「黒《くろ》魔《ま》女《じょ》さんが通《とお》る!!」×「若《わか》おかみは小《しょう》学《がく》生《せい》!」

# 恋《こい》のギュービッド大《だい》作《さく》戦《せん》!

石崎洋司×令丈ヒロ子／作
藤田 香×亜沙美／絵



講談社 青い鳥文庫

もくじ

## おもな登場人物《とうじょうじんぶつ》

● 鈴鬼《すずき》
春《はる》の屋《や》旅館《りょかん》に
すんでいる魔物《まもの》。→

● 源蔵《げんぞう》
おっこの友人《ゆうじん》、
真月《まつき》の祖父《そふ》。↓

● ギュービッ
チョコのイ
ストラクタ
黒魔女《くろまじょ》。

● 大蔵《だいぞう》
今《いま》は亡《な》き、
おっこの祖父《そふ》。

● 峰子《みねこ》
おっこの祖母《そぼ》。
春《はる》の屋《や》のおかみ。

● 千香子《ちかこ》
チョコの祖母《そぼ》。
元黒魔女《もとくろまじょ》ティカ。

● 伊蔵《いぞう》
お芋《いも》を愛《あい》する、
チョコの祖父《そふ》。

● おっこ
(関織子《せきおりこ》)
小《しょう》6。祖母《そぼ》
峰子《みねこ》の旅館《りょかん》
『春《はる》の屋《や》』で
若《わか》おかみ修業中《しゅぎょうちゅう》。

● チョコ
(黒鳥千代子《くろとりちよこ》)
小《しょう》5。ギュー
ビッドにしご
かれながら、
黒魔女修行中《くろまじょしゅぎょうちゅう》。

## 1　おっことひみつの相談《そうだん》

【問題《もんだい》】横綱《よこづな》の体重《たいじゅう》は、だれもが知《し》っているように、90 kgです。また、エロエースの体重《たいじゅう》は横綱《よこづな》の体重《たいじゅう》より35％軽《かる》く、メルヘン女王《じょおう》の体重《たいじゅう》はエロエースの体重《たいじゅう》の60％です。ではメルヘン女王《じょおう》の体重《たいじゅう》は何《なん》kgですか？

わからん……。松岡先生《まつおかせんせい》が作《つく》った冬休《ふゆやす》みの宿題《しゅくだい》、むずかしすぎ。だいたい、あたし、算数《さんすう》でなにがわからないって、『割合《わりあい》』ってやつがいちばんだめ。何《なん》パーセントとか、何割何分《なんわりなんぶ》とか、『もとになる数《かず》』とか、わけワカメだよ。

ああ、なんだか、頭《あたま》が熱《あつ》くなってきたから、ちょっと休憩《きゅうけい》しようかな。

「また休憩《きゅうけい》かよ！　十分《ぷん》まえにも休憩《きゅうけい》しただろ！」

ギューービッドのどなり声《ごえ》で、あたしのお部屋《へや》の天井《てんじょう》が、びりびりふるえた。なんで、天《てん》井《じょう》かというと、ギューービッドは、今《いま》、ベッドで、あおむけに寝《ね》っころがってるから。

「冬休《ふゆやす》みは明日《あした》で終《お》わりなんだぞ。宿題《しゅくだい》は算数《さんすう》だけじゃないんだし。一問《いちもん》でも多《おお》く解《と》かないと、間《ま》に合《あ》わないだろ。それがなんだ。なにかといやあ、休憩《きゅうけい》、休憩《きゅうけい》って。」

……はい。いちいち、ごもっともです。

でも、人《ひと》が勉強《べんきょう》している横《よこ》で、『なかよし』読《よ》みながら、ごろごろしてるってのも、いかがなものでしょうか。

「子《こ》どもは風《かぜ》の子《こ》、大人《おとな》は火《ひ》の子《こ》！　ごはんはタケノコ、さがせ、ツチノコ！」

な、なによ！　新《あたら》しい機関銃攻撃《きかんじゅうこうげき》？

「ちがうって。あたしは大人《おとな》なの。子《こ》どものとき、さんざん勉強《べんきょう》したの。だから、今《いま》は、あったかーいお部屋《へや》で、だらだらしていいの。でも、子《こ》どものおまえは、今苦労《いまくろう》しなくちゃいけないの。」

出《で》ました！　こういうとき、大人《おとな》がよく言《い》うセリフ！

だけど、黒魔女《くろまじょ》が弟子《でし》をしかるセリフが、ありきたりな人間《にんげん》と同《おな》じだなんて、魔女《まじょ》や魔《ま》法《ほう》にあこがれている人《ひと》が聞《き》いたら、かなり、がっかりだろうねぇ。

「な、なにを言《い》う！　こ、これには、オリジナルなつづきがあるんだよっ。」

ほう。いったい、どんな？

「チョコは風《かぜ》の子《こ》、北風《きたかぜ》の子《こ》！　宿題《しゅくだい》だって、外《そと》でやる！」

やりません。算数《さんすう》の宿題《しゅくだい》で、かぜひきたくありませんから。

「だいたい、ギュービッドさまは、魔界育《まかいそだ》ちなんだよ。あたしたち、人間《にんげん》の子《こ》どもみたいな苦労《くろう》はしてないはずでしょ。」

ついこのあいだ、魔女学校《まじょがっこう》の冬期講習《とうきこうしゅう》に行《い》った、というか、行《い》かされたから、知《し》ってるの。たしかに、魔界《まかい》の魔女学校《まじょがっこう》ならではの、大変《たいへん》なことはあったけど、算数《さんすう》の授業《じゅぎょう》はなかったです。

「それは、ダメ魔女専用《まじょせんよう》の冬期講習《とうきこうしゅう》だからだよ。魔女学校《まじょがっこう》のふだんの授業《じゅぎょう》には、算数《さんすう》はちゃんとあるし、文章問題《ぶんしょうもんだい》だって、解《と》かされたぜ。」

う、うそ。じゃあ、『割合《わりあい》』の問題《もんだい》もやったの？

「あたりまえ。でも、『割合《わりあい》』の問題《もんだい》は、わりあい、かんたんなほうだろ。」

ギュービッド……。

オヤジギャグのために、算数《さんすう》も勉強《べんきょう》したなんて、話《はなし》を合《あ》わせてるでしょ。

「ほんとに勉強《べんきょう》したんだって！　だから、その問題《もんだい》だって、かんたんにわかるんだぞ。っていうか、計算《けいさん》すらいらないぜ。」

な、なんですとぉ？

「ねえ、ねえ、答《こた》え、教《おし》えて。いや、答《こた》えは自分《じぶん》で出《だ》すから、やりかただけでも。ね？」

「しょうがないなぁ。だったら、教《おし》えてやるか。」

おおっ！　さすがは、二段黒魔女《だんくろまじょ》さん！　やさしい！　美《うつく》しい！　お茶目《ちゃめ》！

「そんなあたりまえのこと、言《い》う必要《ひつよう》はないぜ。いいか、答《こた》えはな、『なし』だ。」

は？　今《いま》、なんて？

「答《こた》えは『なし』。なぜって、この問題《もんだい》は、なかったことにされるからだよ。問題《もんだい》がなければ、答《こた》えもなし。そもそも、解《と》くだけ、むだ。」

あのう、言《い》ってる意味《いみ》が、さっぱりわからないんですけど。

「だぁかぁらぁ！　学校《がっこう》の宿題《しゅくだい》に、実在《じつざい》する生徒《せいと》の名前《なまえ》、しかも、本人《ほんにん》がいやがってるあだ名《な》なんかつかっちゃだめだろ？　さらにだ、メルヘン女王《じょおう》の霧月姫香《きりつきひめか》の体重《たいじゅう》が35・1kgだと、ばれちゃうんだぞ。そんな個人情報《こじんじょうほう》を公開《こうかい》していいのか！」

……そ、そうだよね。だめだよね。

「松岡先生《まつおかせんせい》、今《いま》ごろ、教育委員会《きょういくいいんかい》&《アンド》校長《こうちょう》&《アンド》たっくさんの父母《ふぼ》から、つっこまれてるぜ。いや、それ以前《いぜん》に、学級委員《がっきゅういいん》のツンツン女《おんな》が、文句《もんく》言《い》ってるな。」

た、たしかに、舞《まい》ちゃんがゆるすとは思《おも》えないよ。で？

「で、松岡先生《まつおかせんせい》は、こう言《い》わされるんだ。『この問題《もんだい》には、不適切《ふてきせつ》な点《てん》があるので、宿題《しゅくだい》からはずします。』」

なるほどぉ。だから、やるだけむだなのかぁ。さすがです。

「でも、ギューピッドさま、さっき言《い》った35・1kgっていうのは、てきとうでしょ。」

そうしたら、ギューピッドったら、ぷかあって、鼻《はな》の穴《あな》を開《ひら》いちゃって。

「ちゃんと計算《けいさん》したよっ。うそだと思《おも》うなら、この式《しき》を計算《けいさん》してみろ！」

90×0.65×0.6＝35.1

わわわっ。どうしてこういう式《しき》になるのか、ぜんぜんわからないけど、かなり、合《あ》ってるっぽい。ご、ごめんなさい！

「じゃあ、天才《てんさい》ギューピッドさま、この問題《もんだい》も教《おし》えてくれない？」

これは、名前《なまえ》もあだ名《な》もないから、なかったことにはされないと思《おも》うんだよね。しかも、めっちゃむずかしくって……。

【問題《もんだい》】段《だん》ボールの箱《はこ》に缶《かん》ジュースが3ダース入《はい》っています。これを箱《はこ》ごと重《おも》さをはかると、15kgありました。箱《はこ》の重《おも》さは６００ｇです。

いま、缶《かん》ジュースを7本《ほん》、飲《の》みました。そして、飲《の》みおわったあとの缶《かん》を全部《ぜんぶ》箱《はこ》にもどしました。まだ残《のこ》っているジュースといっしょに重《おも》さをはかると、何《なん》kgでしょう？ ただし、あき缶《かん》1本《ぽん》の重《おも》さを100gとします。

問題《もんだい》を読《よ》みおわったギューピッド、黄色《きいろ》い目《め》をぎらりと光《ひか》らせた。

「おまえ、あたしのこと、バカにしてるだろ。さっきより、かんたんじゃないか。」

そ、そうなの？ で、答《こた》えは？

「15kg。」

へ？ もともと15kgだったんだよ。7本《ほん》も飲《の》んだのに、重《おも》さが変《か》わらないなんて、へんだよ。

「ぜーんぜんへんじゃないね。飲《の》んだのが7本《ほん》だろうが、10本《ぽん》だろうが、3ダースだろうが、飲《の》みおわったあとの缶《かん》をもどすんなら、全体《ぜんたい》の重《おも》さは15kgのままなの。」

「なんで？」

「飲《の》みおわった缶《かん》には、水《みず》を入《い》れて、ふたをしておくからさ。でな、あとで、知《し》らずに飲《の》んだやつが、ビビるの。『な、なんで、水《みず》なんだぁ～。』って。ギヒヒヒヒ！」

……。

「楽《たの》しいぜ、算数《さんすう》！」

そりゃそうでしょうよ！　ギャグのネタにしてるだけならね！

「チョコ、宿題《しゅくだい》、見《み》せろよ。次《つぎ》の問題《もんだい》も教《おし》えてやる。」

けっこうです。自分《じぶん》で考《かんが》えますから。

「あっそ。でも、一人《ひとり》でやるなら、基礎《きそ》からやりなおしたほうがいいぞ。50＋50＝とか。」

バカにしないでくださいっ。それぐらいできますっ。

「50＋50＝100に決《き》まってるでしょ！」

そのとき、がらっと窓《まど》が開《あ》いた。ここは二階《かい》。その窓《まど》を外《そと》から開《あ》けられるということは、もちろん、人間《にんげん》のはずがなく……。

「おねえちゃん！」

飛《と》びこんできたのは、黒革《くろかわ》ハイネック・ノースリワンピに身《み》をつつんだ、桃花《とうか》・ブロッサムちゃん。ギュービッドの後輩《こうはい》の黒魔女《くろまじょ》さんで、ふだんは、小《しょう》二の『大形桃《おおがたもも》ちゃん』として、おとなりに住《す》んでるんだけど……。

桃花《とうか》ちゃん、そんなにあわてて、どうしたの？

「どうしたもこうしたも、おねえちゃん、そこまで算数《さんすう》が苦手《にがて》だったなんて……。」

「地獄耳《じごくみみ》だね、桃花《とうか》ちゃん。でも、見《み》てよ、この宿題《しゅくだい》。『割合《わりあい》』っていう、スーパーむずかしい問題《もんだい》で……。」

「そうじゃなくて！　足《た》し算《ざん》のほうです。50＋50＝100だなんて！」

へ？　いや、だって、50＋50＝100でしょ……。

「50＋50＝50ですよっ！」

な、なんで？

「だって、50度《ど》のお湯《ゆ》に、50度《ど》のお湯《ゆ》を足《た》しても、50度《ど》のままでしょう？」

……。

「それがびっくりなんだよ、桃花《とうか》。三級黒魔女《きゅうくろまじょ》の黒鳥千代子《くろとりちよこ》さまは、50度《ど》のお湯《ゆ》に50度《ど》のお湯《ゆ》を足《た》して、100度《ど》のお湯《ゆ》にできる黒魔法《くろまほう》を身《み》につけたのさ、ギヒヒヒヒ！」

し、信《しん》じられん。勉強《べんきょう》のことで、ギュービッドにバカにされるなんて……。

「だって、おまえ、バカだも〜ん。バカをバカにするのは、とうぜんだも〜ん。ギヒヒヒヒ！」

く、くやしい！　もう、こうなったら、50＋50＝100だってこと、証明《しょうめい》してやる！

ええっと、50度《ど》のお湯《ゆ》に50度《ど》のお湯《ゆ》を足《た》すと……。

「千代子《ちよこ》ぉ～。千代子《ちよこ》ぉ～。」

ん？　階段《かいだん》の下《した》から呼《よ》んでるのは、ママ？

「電話《でんわ》よぉ！」

電話《でんわ》？　あたしに？　めずらしいね。あたし、友《とも》だちらしい友《とも》だちいないから、電話《でんわ》なんて、めったにかかってこないんだけど。

「関織子《せきおりこ》さんって女《おんな》の子《こ》からよぉ。」

関織子《せきおりこ》？　え、まさか、おっこちゃん？　花《はな》の湯温泉《ゆおんせん》の春《はる》の屋旅館《やりょかん》で、小《しょう》六なのに、若《わか》おかみさんをりっぱにつとめている、おっこちゃん？

「おねえちゃん、なに、描写《びょうしゃ》してるんですか？　それより早《はや》く電話《でんわ》に出《で》たほうがいいですよ。」

そ、そうだね、桃花《とうか》ちゃんの言《い》うとおりだよ。それじゃあ、さっそく。

ところが、お部屋《へや》を出《で》ていこうとしたら、ギュービッドが、ふふんと鼻《はな》で笑《わら》った。

「チョコ、おまえ、黒魔法《くろまほう》、つかったな？」

はあ？　いったいなんの話《はなし》？

「昆布巻《こぶま》き女《おんな》に電話《でんわ》をかけさせて、算数《さんすう》の天才《てんさい》のあたしから、逃《に》げようってんだろ。まったく、見《み》やすいことをするやつだぜ。」

はあ？　それを言《い》うなら「見《み》えすいた」でしょ。

「先輩《せんぱい》、おねえちゃんは、まだ三級黒魔女《きゅうくろまじょ》さんですよ。そんな高等《こうとう》な黒魔法《くろまほう》がつかえるようになるのは、まだまだ先《さき》ですよ。」

「あ、そっかぁ。そうだよなぁ。50＋50＝50もわからない、へちゃむくれの低級黒魔女《ていきゅうくろまじょ》だもんなぁ。」

むかむかむかっ。あんたこそ、見《み》やすいイヤミを言《い》ってるじゃないの！

「おねえちゃん、それを言《い》うなら『見《み》えすいた』ですよ。」

わかってます！　とにかく、電話《でんわ》に出《で》てきます！

あたしは、足《あし》をふみならしながら階段《かいだん》を下《お》りると、リビングルームの入《い》り口《ぐち》に置《お》いてある電話《でんわ》を取《と》った。

「もしもし？」

「あ、チョコちゃん？」

受話器《じゅわき》の向《む》こうから流《なが》れてきたのは、やさしい声《こえ》。

ああ、おっこちゃん……。なつかしいなぁ。

って、待《ま》てよ。このあいだ、いっしょに魔界《まかい》ツアーにいったのって、この冬休《ふゆやす》みだったような。あれは、クリスマスのあと、いわゆる年末《ねんまつ》ってやつ。

ってことは、まだ一週間《しゅうかん》とたってないってこと？

いや、それにしても、ずいぶんとまえのような気《き》がする。なんか、黒魔法《くろまほう》がからむと、時間《じかん》の感覚《かんかく》がわからなくなるのは、あたしだけでしょうか。

「もしもし！　チョコちゃん？　どうかしたの？　もしもし！」

受話器《じゅわき》から、あわてたような声《こえ》が流《なが》れだした。

い、いけない、すっかり自分《じぶん》の世界《せかい》に入《はい》って、おっこちゃんのことを忘《わす》れてたよ。

「もしもし！　なんか、電話《でんわ》、遠《とお》いね。やっぱり東京《とうきょう》と花《はな》の湯温泉《ゆおんせん》、はなれてるからかな。」

へへへ、千代子《ちよこ》、ごまかしの天才《てんさい》です。

「そう？　でも、あたし、今《いま》、東京《とうきょう》に来《き》てるんだけど。」

……な、なんですと？

「暮《く》れから三《さん》が日《にち》までは、春《はる》の屋《や》は大《おお》いそがしだったんだけど、四日《よっか》ぐらいから、ちょっとひまになってね。おばあちゃんも、『せっかくの冬休《ふゆやす》みなんだし、東京《とうきょう》へでも遊《あそ》びにいっておいで。』って。それで、ゆうべから、東京《とうきょう》のお友《とも》だちのお家《うち》に泊《と》まってるの。でも、やっぱり東京《とうきょう》は広《ひろ》いのね。花《はな》の湯《ゆ》にいるときと同《おな》じくらい、電話《でんわ》の声《こえ》が遠《とお》くなるのね。」

い、いえ、今《いま》は、だいぶよく聞《き》こえるようになってきましたです、はい……。

「今日《きょう》はもう、花《はな》の湯《ゆ》温泉《おんせん》に帰《かえ》っちゃうんだけど、せっかく東京《とうきょう》に来《き》たことだし、できたら、チョコちゃんにぜひ会《あ》いたいなって思《おも》って。それで電話《でんわ》したのよ。」

おお、おお！　それはいいね！

「あ、でも、冬休《ふゆやす》み、そろそろ終《お》わりかしら？　もし宿題《しゅくだい》でいそがしいなら……。」

「ああ、そんなの、ぜんぜんだいじょうぶだよ！」

もちろん、ぜんぜんだいじょうぶじゃありません。だけど、宿題《しゅくだい》はたのみもしないのに、ずっとお家《うち》にいるくせに、おっこちゃんは、今日《きょう》しか東京《とうきょう》にいないんだよ。

こんなチャンス、宿題《しゅくだい》ごときで、のがしてなるものかぁ！

「よかった！　じゃあ、あたし、これから、チョコちゃんの家《いえ》に行《い》くね。」

「おっこちゃん、わざわざ来《き》てくれるの？」

「せっかくだからチョコちゃんの住《す》んでるとこに行《い》ってみたいし。チョコちゃんのつごうがよければだけど。」

いいに決《き》まってます！　出不精《でぶしょう》っていうの？　あたし、自分《じぶん》からお出《で》かけすること、めったにないから、いざ出《で》かけようとすると、準備《じゅんび》だけで半日《はんにち》ぐらいかかってしまい……。

「じゃあ、チョコちゃんのところまで、どうやって行《い》ったらいいのか、教《おし》えてくれない？」

……電車《でんしゃ》に乗《の》ったこともほとんどないので、教《おし》えたくても教《おし》えられず。

というわけで、そのあとの電話《でんわ》は、ママにバトンタッチ。

「……三本木《さんぼんぎ》から来《く》るのね。そうしたら、まず地下鉄《ちかてつ》の日々矢線《ひびやせん》に乗《の》って……。」

路線《ろせん》の名前《なまえ》とか、乗《の》りかえの駅《えき》とか、『いったいどこの国《くに》の話《はなし》？』って感《かん》じ。こんなあたしは、小《しょう》五として、おかしいのでしょうか、正常《せいじょう》なのでしょうか……。

とまあ、そんなことはともかく。

冬休《ふゆやす》みのさいごに、おっこちゃんに会《あ》えるなんて、最高《さいこう》のしめくくり！

ああ、楽《たの》しみ～！

☆

プルルルル。

発車《はっしゃ》のチャイムが鳴《な》りおわると、電車《でんしゃ》はドアを閉《と》じ、ホームをすべりだしていった。

改札口《かいさつぐち》から出《で》てくる人《ひと》は、もういない。

……おかしいなぁ。おっこちゃん、今《いま》の電車《でんしゃ》に乗《の》ってると思《おも》ったんだけど。

約束《やくそく》の五分《ふん》まえには、駅《えき》についたから、行《い》きちがいになってるとは思《おも》えないし。

そもそも、駅《えき》まで迎《むか》えにきてほしいって、たのんできたの、おっこちゃんだしね。

でも、電話《でんわ》で、ちょっと気《き》になること、言《い》ってたのよね。

「それから、駅《えき》へ迎《むか》えにくるときは、チョコちゃん、一人《ひとり》で来《き》てほしいの。ギューピッドさまや、桃花《とうか》ちゃんには悪《わる》いんだけど……。」

まあ、ギューピッドは、たのまれたって、迎《むか》えになんて行《い》かないだろうけどね。たとえ、おっこちゃんが来《く》るよって、教《おし》えてあげたとしても、

『だからどうした？　昆布巻《こぶま》き女《おんな》が来《き》たって、おもしろくもない。鈴鬼《すずき》ならべつだけど。』

とか、言《い》うはずで。

でも、桃花《とうか》ちゃんは、おっこちゃんのお迎《むか》えをしたがっただろうな。このまえ、魔界《まかい》のホテル『魔宮《まきゅう》』ってところで、いっしょに大冒険《だいぼうけん》したばかりだし、それにウリ坊《ぼう》くんのことも、気《き》になっているにちがいなく……。

おっこちゃん、どうして、あたし一人《ひとり》でって、言《い》ったんだろ……。

「それは、二人《ふたり》きりで、話《はな》したいことがあるからなの。」

ほへ？　後《うし》ろのほうで、声《こえ》がした……。

「本当《ほんとう》に、一人《ひとり》で来《き》てくれたのね。」

わわわっ、柱《はしら》のかげから、知《し》らない子《こ》が出《で》てきたよ。白《しろ》いコートに、白《しろ》いセーター、チェックのスカートの、おとなしそうな女《おんな》の子《こ》……。

「ごめんなさい、かくれてたりして。ギュービッドさまが、チョコちゃんをつけてくるかもしれない……なんて思《おも》ったりして。鈴鬼《すずき》くんも、いないふりして急《きゅう》にあらわれたりするのよね……。」

ギュービッドさまとか、鈴鬼《すずき》くんがって、それじゃ、ま、まさか、あなたが……。

「あたしよ、チョコちゃん。まだわからない？　おっこよ！」

えええ〜！　おっこちゃん？

いや、まあ、言《い》われてみれば、その、お顔《かお》、たしかに、おっこ、ちゃん……。

それにしても、なんだか、見《み》ちがえちゃったなぁ。ものすごくかわいくて、なんていうか、いまどきの女《おんな》の子《こ》〜って感《かん》じで……。

そうしたら、おっこちゃんったら、はずかしそうに、顔《かお》をふせちゃって。

「こういうかっこう、へんかな？」

「ううん、ぜんぜんっ！　ほら、あたし、着物《きもの》に帯《おび》をしめたおっこちゃんしか、見《み》たことないし、あれ、ものすごく大人《おとな》っぽかったから……。」

たぶん、着物《きもの》を着《き》ると、おっこちゃん、若《わか》おかみのお仕事《しごと》モードになるんだね。だからスカートだと、かわいさがよけいにひきたつんじゃないかと。

「へんなのは、あたしのほうだよ。オーバーオールでも、ゴスロリでも、ちっともかわりばえしないでしょ。」

ギューービッドも、いっつもあたしに言《い》うもの。

『おまえは、なにを着《き》せても、へちゃむくれだなぁ。』って。

「そんなことないわよ。」

今度《こんど》は、おっこちゃんが、あわてて、手《て》をふった。

「チョコちゃんも、そのオーロラテルコとかいうお洋服《ようふく》だと、ずいぶんちがって見《み》えるわよ。なんていうか、すごく、リラックスした感《かん》じがするわ。」

『オーバーオール』です。いったいなんなのでしょうか、『オーロラテルコ』って……。

でも、ゴスロリ姿《すがた》しか見《み》たことないおっこちゃんが、オーバーオールの、しかも、後《うし》ろ姿《すがた》だけでわかったってことは、やっぱり、あたしはかわりばえしないわけで。

「おっこちゃん、気《き》をつかわなくてもいいよ。あたし、ファッションに興味《きょうみ》ゼロだし、もともと、外見《がいけん》とか、ぜんぜん気《き》にしないタイプだから。」

「そうじゃなくって。ほら、若《わか》おかみっていう仕事《しごと》のせいか、チョコちゃんにかぎらず、一度会《いちどあ》った人《ひと》は見《み》た目《め》がどんなに変《か》わっていても、いちおうはすぐにわかるの。」

どういうこと？

「お客《きゃく》さま商売《しょうばい》だから、人様《ひとさま》の名前《なまえ》と顔《かお》をしっかり覚《おぼ》えなくちゃいけないよっておばあちゃんに言《い》われて。お客《きゃく》さまの顔《かお》とかしぐさとか、ちょっとした特徴《とくちょう》を記憶《きおく》するようになったの。おかげで、ひさしぶりにいらっしゃったり、春《はる》の屋《や》以外《いがい》でお目《め》にかかったお客《きゃく》さまの名前《なまえ》も、すぐに言《い》えるのよ。」

ほへ〜。記憶《きおく》レス少女《しょうじょ》のあたしからすると、それは黒魔法《くろまほう》なみに、すごいことです。

「自分《じぶん》でも、これは特技《とくぎ》だと思《おも》うわ。……で、その特技《とくぎ》のせいかな？　気《き》になったことがあって、どうしても、チョコちゃんに相談《そうだん》したかったのよ。二人《ふたり》きりで。」

ん？　おっこちゃん、なんだか、ものすごく真剣《しんけん》なお顔《かお》になったよ。

「じつはね……。」

おっこちゃんは、その場《ば》にしゃがみこむと、手《て》にしたかばんをさぐりはじめた。そして、取《と》りだした茶色《ちゃいろ》い封筒《ふうとう》から、大《おお》きめのカードのようなものを一枚《まい》、引《ひ》っぱりだした。

「これなんだけど。」

ん？　これ、写真《しゃしん》だね。それもずいぶん古《ふる》いよ。白黒写真《しろくろしゃしん》だし、全体《ぜんたい》に黄《き》ばんでるし、角《かど》もよれよれになってるし。

「うん、たぶん六十年以上《ねんいじょう》はたってるはずよ。」

六十年《ねん》！　はあ、それって、何時代《なにじだい》なんだろ。

「チョコちゃん、写真《しゃしん》を見《み》て。」

はいはい。へえ、ほんとに六十年以上《ねんいじょう》もまえって感《かん》じだね。だって、バックに写《うつ》っているお家《うち》、めっちゃ古《ふる》いもの。屋根《やね》には、わらみたいなものがのっかってるし。

で、すすけた小屋《こや》みたいなお家《うち》の前《まえ》で、若《わか》い男《おとこ》の人《ひと》と女《おんな》の人《ひと》がツーショットで写《うつ》って

る。まあ、むかしは、ツーショットなんて言《い》わなかっただろうけど……。

あ、あれ？　こ、この女《おんな》の人《ひと》……。

「ああ、やっぱり、チョコちゃんにそっくりだわ……。」

おっこちゃんは、ほうっとため息《いき》をついた。

やっぱり？　じゃあ、おっこちゃんは、最初《さいしょ》から……。

「この写真《しゃしん》を見《み》た瞬間《しゅんかん》、チョコちゃんのことを、思《おも》いだしたの。もちろん、六十年以上《ねんいじょう》もまえに、チョコちゃんがいるはずない。ということは、この女《おんな》の人《ひと》はチョコちゃんの……。」

そう。あたしのおばあちゃん。

黒鳥千香子《くろとりちかこ》。

でも、にっこりとほほえむ、その若《わか》い女《おんな》の人《ひと》の顔《かお》は、黒鳥千香子《くろとりちかこ》というより、黒魔女《くろまじょ》ティカっていうほうが、ぴったりくる。

だって、その姿《すがた》、まえに、王立魔女学校《おうりつまじょがっこう》の卒業生向《そつぎょうせいむ》けの会報《かいほう》『黒魔女通信《くろまじょつうしん》』で見《み》たのと、ほぼ同《おな》じだもの。

ちがうといえば、着《き》ているもの。王立魔女学校《おうりつまじょがっこう》のかわいい制服《せいふく》じゃなくて、着物《きもの》とジャージのズボンを合《あ》わせたみたいな、へんなお洋服《ようふく》を着《き》てることぐらい。

「でも、どうして、おばあちゃんの写真《しゃしん》を、おっこちゃんが持《も》ってるの？」

「じつはね、いっしょに写《うつ》っているこの男《おとこ》の人《ひと》……」

男《おとこ》の人《ひと》？　うん、おばあちゃんと向《む》かいあって、角刈《かくが》りでごつごつした、いかつい顔《かお》の人《ひと》が、なんだかすごく楽《たの》しそうに笑《わら》ってるけど。いったいだれ？

「あたしのおじいちゃんなの。」

ええ？　おっこちゃんの？

「ちょっと待《ま》って。じゃあ、おっこちゃんのおじいちゃんと、あたしのおばあちゃん、若《わか》いころ、知《し》り合《あ》いだったってこと？」

「そういうことになるよね……。でも、ただの知《し》り合《あ》いっていうより、かなり仲《なか》がよさそうでしょう？　そのう、なんていうか……。」

おっこちゃん、奥歯《おくば》に物《もの》がはさまったような、言《い》いかただね。表情《ひょうじょう》も、なんだか、くもってるし。

「……アベックみたいだよね。」

アベック……。

その言葉《ことば》、『なつかしのＴＶ番組《テレビばんぐみ》』って本《ほん》にのってた。カップルのこと、むかしはアベックって言《い》ったんだって。そういう死語《しご》を、一つ年上《としうえ》のおっこちゃんの口《くち》から聞《き》くと、自分《じぶん》がタイムスリップしちゃったような気《き》がします。

「チョコちゃんはどう思《おも》う？　この二人《ふたり》の雰囲気《ふんいき》、気《き》にならない？」

なります。というか、写《うつ》っているのが、おばあちゃんだって気《き》づいたときから、気《き》になってました。

だって、この男《おとこ》の人《ひと》、おばあちゃんの肩《かた》に手《て》なんか置《お》いちゃってるし。おばあちゃんも、それをいやがるふうでもなく。

……なんか、ラブラブな感《かん》じがする。

だけど、そんなの、おかしいよ。おばあちゃんは、あたしのおじいちゃん、つまり、黒《くろ》鳥伊蔵《とりいぞう》さん、ひとすじだったはず……。

その想《おも》いを通《とお》すため、黒魔女《くろまじょ》ティカであることも、メリュジーヌとギューバッドという親友《しんゆう》も、すべてを捨《す》てて、魔界追放《まかいついほう》になったんだし。それは、いまだに魔界《まかい》では『愛《あい》の黒《くろ》魔女《まじょ》ティカ』として、語《かた》りつがれるほど、すごいことなわけで。

それが、おっこちゃんのおじいちゃんと、いちゃいちゃツーショットだなんて！

「それは、あたしのほうも同《おな》じよ。おじいちゃんは早《はや》くに亡《な》くなってるから、直接聞《ちょくせつき》いたことはないけど……。おばあちゃんの話《はなし》じゃ、村《むら》じゅうの女《おんな》の子《こ》のあこがれだったっていう、かっこいい源蔵《げんぞう》さんのアタックにも心《こころ》をぜんぜん動《うご》かさず、おじいちゃん、ひとすじだったはずなのよ。それなのに、この写真《しゃしん》……。」

おっこちゃん、眉間《みけん》にしわを寄《よ》せてる。いつもやさしい笑顔《えがお》をたたえた若《わか》おかみさんの表情《ひょうじょう》は、すっかりなりをひそめちゃって……。

「この写真《しゃしん》、物置《ものおき》のすみっこから出《で》てきたの。まるで、ひみつをかくすみたいに。だから、ひょっとして、おじいちゃんとチョコちゃんのおばあさんは、やっぱり、その……。」

「……『アベック』だった？」

おっこちゃんは、こくっと、うなずいた。

「そう、そうだったんじゃないかなって……。」

……ふーん。ってことは、この写真《しゃしん》、その証拠《しょうこ》かもしれないってことかぁ。

おっこちゃんは、そこで、ぎゅっと目《め》をつぶった。

「でも、そんなの信《しん》じられない！　といって、おばあちゃんにもきけないでしょう？　知《し》らないほうがいいひみつかもしれないし。」

あ、だから、おっこちゃん、あたしにだけ、相談《そうだん》したかったの？

「だって、ギュービッドさまや桃花《とうか》ちゃんの耳《みみ》に入《はい》ったら、話《はなし》が大《おお》きくなるでしょ。それに、チョコちゃんのおばあちゃんとか、パパさんやママさんに、この写真《しゃしん》のことが、へんなふうに伝《つた》わっちゃいけないとも思《おも》って。」

さすがに、若《わか》おかみさん。あたしと一つちがいなのに、すごい気《き》づかいぶり。

「でも、このままにしておけない！　できることなら、おじいちゃんに直接会《ちょくせつあ》って確《たし》かめたい！」

直接会《ちょくせつあ》って？　で、でも、おっこちゃんのおじいちゃん、亡《な》くなってるんだよね。

「そうなの。でも、会《あ》えるものならまた会《あ》いたいってまえから思《おも》ってたの。あたしが小《ちい》さいときに亡《な》くなってるしね。そこにこんな写真《しゃしん》を見《み》ちゃったら、よけいに会《あ》いたくなったのよ……。」

ものすごく必死《ひっし》な感《かん》じ。こんなおっこちゃん、見《み》たことない。

いっしょに魔界《まかい》へ行《い》って、ピンチになったときでも、おっこちゃんって、どこか、ぽわんとした目《め》をしてた。そのおかげで、不安《ふあん》な気持《きも》ちもやわらいで、ピンチをのりこえられたような気《き》がしたんだよ。

それが、こんなに真剣《しんけん》に写真《しゃしん》のことを心配《しんぱい》して、おじいちゃんに会《あ》いたがってる……。

いや、あたしだって、写真《しゃしん》のこと、心配《しんぱい》だよ。すごい気《き》になるよ。

だって、伊蔵《いぞう》さんと黒魔女《くろまじょ》ティカの恋《こい》のお話《はなし》、あたし、すっごく感動《かんどう》したんだよ。

そして、その二人《ふたり》のあいだに生《う》まれたのがパパで、そのパパの娘《むすめ》があたし。だからこそ、あたしには黒魔女《くろまじょ》ティカの血《ち》が流《なが》れているわけで……。

そんなすてきなおばあちゃんが、よりによって、伊蔵《いぞう》さん以外《いがい》の人《ひと》と、ラブラブだったなんて、そんなこと、想像《そうぞう》すらしたくない。

あたしのおばあちゃんは元気《げんき》だから、直接確《ちょくせつたし》かめることはできるけど、でも、話《はなし》が話《はなし》だもん、どきどきするし、うまく話《はなし》が聞《き》けるかどうか、自信《じしん》ないし。

それなら、いっそ、この写真《しゃしん》の時代《じだい》に行《い》って、直接《ちょくせつ》、二人《ふたり》に会《あ》ったほうが早《はや》いんじゃ……。

「……おっこちゃん、ほんとに、おじいちゃんに会《あ》いたい？」

「もちろんよ！　でも、そんなこと無理《むり》よね……。え？」

おっこちゃんの言葉《ことば》がとぎれた。あたしを見《み》つめる目《め》が、みるみる大《おお》きくなっていく。

「ま、まさか、できるの？」

……できないわけじゃない。

……黒魔法《くろまほう》をつかえば。

……『時間自由自在魔法《じかんじゆうじざいまほう》』で、時間《じかん》をさかのぼれば。

「そうか、チョコちゃんは、あのごすろりとかいう服《ふく》を着《き》れば、不思議《ふしぎ》なことができるのよね。」

うん。でも、問題《もんだい》があるの……。

時間自由自在魔法《じかんじゆうじざいまほう》は、黒魔女《くろまじょ》さん四級認定黒魔法《きゅうにんていくろまほう》で、あたしもつかったことあるけれど、それは、ただ、時間《じかん》の進《すす》みかたをゆっくりさせただけ。六十年《ねん》もまえの時代《じだい》へもどるなんて、そんなすごいつかいかた、したことないんだよ。

もしかしたら、習《なら》えばできるのかもしれないけど、今《いま》、そんな時間《じかん》はないし。

「じゃあ、ギュービッドさまにたのんでみたら、どうかしら？」

いや、ギュービッドにたのむぐらいなら、悪魔《あくま》に魂《たましい》をただであげるほうが、まだましってもんです。

だって、冬休《ふゆやす》みの宿題《しゅくだい》ひとつ見《み》ても、あたしをからかったりするような、札《ふだ》つきの性悪《しょうわる》黒魔女《くろまじょ》だよ。むかしにさかのぼったりしたら、それだけで、大《おお》はしゃぎ&悪《アンドわる》ノリするのは、目《め》に見《み》えてるもの。尊敬《そんけい》する黒魔女《くろまじょ》ティカには、なにかするわけないけど、おっこちゃんのおじいちゃんに、どんな悪《わる》さをするか、わかったもんじゃない……。

ギュービッドの力《ちから》を借《か》りず、ふつうの人間《にんげん》のおっこちゃんを危険《きけん》に巻《ま》きこまず、正確《せいかく》にこの写真《しゃしん》の時代《じだい》へ行《い》って、無事《ぶじ》に『今《いま》』にもどってくる、そんなうまい方法《ほうほう》は……。

「そ、そうだ！　あの人《ひと》にたのんでみれば、いいかも！」

あたし、自分《じぶん》でもびっくりするような大《おお》きな声《こえ》をあげると、おっこちゃんの手《て》を取《と》って、駅《えき》を飛《と》び出《だ》した。

「チョコちゃん、ど、どこへ行《い》くの？」

「まかせてください。たぶん、だいじょうぶだと思《おも》いますから！」

あたし、駅前商店街《えきまえしょうてんがい》を、お家《うち》とは反対《はんたい》の、第一小学校《だいいちしょうがっこう》へ向《む》かって、走《はし》る、走《はし》る！

とはいえ、あたしは、五年女子《ねんじょし》としては、悲《かな》しいほどの鈍足《どんそく》。手《て》を引《ひ》くあたしは、もう息《いき》をはずませてるのに、おっこちゃんは、ふつうの顔《かお》でついてくる。

でも、そんなことは気《き》にしない、気《き》にしない！

それより、ちゃんと開《あ》いていると、いいんだけど！

## 2　六十年《ねん》まえの世界《せかい》に！

「う、うわ……。本当《ほんとう》に来《き》ちゃった？」

おっこは、目《め》の前《まえ》にいきなり広《ひろ》がった一面《いちめん》の芋畑《いもばたけ》におどろいて、思《おも》わず、つないでいたチョコちゃんの手《て》をぎゅうっと強《つよ》く握《にぎ》った。

「……来《き》たみたいだね。ほら、後《うし》ろ見《み》てみて。この写真《しゃしん》といっしょの場所《ばしょ》だよ。」

チョコちゃんは、そっとおっこの手《て》をはなして、おっこが春《はる》の屋《や》旅館《りょかん》の物置《ものおき》から見《み》つけた写真《しゃしん》を取《と》り出《だ》した。

おっこは、若《わか》いころのおじいちゃんとチョコちゃんのおばあちゃん——黒鳥千香子《くろとりちかこ》さんが仲良《なかよ》く笑《わら》いあっている例《れい》の疑惑《ぎわく》の写真《しゃしん》——の背景《はいけい》と、自分《じぶん》の後《うし》ろの景色《けしき》を見比《みくら》べて、のけぞった。

小《ちい》さな農家《のうか》が一軒《けん》、立《た》っている。たくさんの木《き》ぎれを打《う》ちつけたかべ、小《ちい》さな引《ひ》き戸《ど》が一枚《まい》だけの玄関《げんかん》、そして、こげ茶色《ちゃいろ》の茅葺《かやぶ》き屋根《やね》……。

『まんが日本昔《にっぽんむかし》ばなし』の世界《せかい》から飛《と》び出《だ》してきたようなその姿《すがた》は、写真《しゃしん》のバックに写《うつ》った農家《のうか》そのものだった。

「森川《もりかわ》さんの言《い》ったとおりになったわ！　すごい！　本当《ほんとう》に『画面《がめん》に入《はい》れる魔法《まほう》』がつかえたのね！　うわあ、すごいわ。あたしまで魔法使《まほうつか》いになったみたい。なんだっけ、あの呪文《じゅもん》！　る気右毛《きうげ》・る気右毛《きうげ》・円虎《えんとら》……うっ。」

おっこの口《くち》を、チヨコちゃんの手《て》がふさいだ。

「だめだよ、むやみに呪文《じゅもん》を唱《とな》えちゃ！」

チヨコちゃんは、ひきつった顔《かお》で、白《しろ》くて四角《しかく》いものを指《ゆび》さしている。大《おお》きめの写真立《しゃしんた》てのようだ。その画面《がめん》のなかには、水煙《みずけむり》をあげる、大《おお》きな滝《たき》が写《うつ》っていた。

「ほら、もう少《すこ》しで、魔界《まかい》の『無智《むち》の滝《たき》』へ移動《いどう》するところだった……。」

それは、このあいだ、おっことチヨコちゃんがいっしょに魔界《まかい》を旅《たび》した記念《きねん》に、魔界《まかい》から『旅《たび》の思《おも》ひ出《で》』として、わざわざ春《はる》の屋旅館《やりょかん》に送《おく》られてきた写真《しゃしん》だった。

「ご、ごめんね。あたし、つい興奮《こうふん》しちゃって。そうよね、森川《もりかわ》さんにも、気《き》をつけるように言《い》われたのよね。これは、黒魔法《くろまほう》をつかった時間旅行《じかんりょこう》だから、って……。」

おっこは、ほっと胸《むね》をなでおろしながら、ついさっき会《あ》った、かわいい黒魔女《くろまじょ》さんの顔《かお》と、不思議《ふしぎ》な店《みせ》のことを思《おも》いだしていた……。

その店《みせ》は、チョコちゃんが通《かよ》っている第一小学校《だいいちしょうがっこう》の校門前《こうもんまえ》にあった。

ぱっと見《み》たところは、小学校《しょうがっこう》のそばによくあるような小《ちい》さな文具店《ぶんぐてん》。だが、チョコちゃんの話《はなし》では、その正体《しょうたい》は、魔界《まかい》の黒魔女《くろまじょ》が魔界《まかい》グッズを売《う》っている店《みせ》だという。

「まあ、『ホソカワ』っていうのね。」

看板《かんばん》に書《か》かれたカタカナを読《よ》みあげるおっこを、すかさずチョコちゃんが訂正《ていせい》した。

「『モリカワ』だよ。『森川瑞姫《もりかわみずき》』っていうのが、黒魔女《くろまじょ》さんのお名前《なまえ》。まあ、字《じ》がめっちゃ下手《へた》なギューービッドが書《か》いたからね、ちゃんと読《よ》めるほうがオカルトですけど。」

チョコちゃんが笑《わら》いながら、引《ひ》き戸《ど》を開《あ》けると、お店《みせ》の奥《おく》から、女《おんな》の人《ひと》があらわれた。

「あら、チョコちゃん、いらっしゃい！」

三《み》つ編《あ》みのお下《さ》げ髪《がみ》。萌葱色《もえぎいろ》の、パフスリーブのワンピース。そして、そばかすの散《ち》った、やさしそうな顔《かお》。

（まあ、映画《えいが》で見《み》た、ええと『赤毛《あかげ》のアン』みたい。この人《ひと》が黒魔女《くろまじょ》さんだなんて信《しん》じられないわ！）

古《ふる》くて純和風《じゅんわふう》なお店《みせ》からも、魔界《まかい》の黒魔女《くろまじょ》さんという言葉《ことば》からも、あまりにかけはなれたイメージに、おっこはおどろくばかりだった。

　チョコちゃんは、手短《てみじか》におっこを紹介《しょうかい》すると、森川《もりかわ》さんにすぐにききたいことをたずねた。

「じつはあたしたち、お願《ねが》いがあるんです。ゴスロリなしで、この写真《しゃしん》の時代《じだい》に行《い》きたいんですけど、いい方法《ほうほう》はありませんか？」

「だったら、これはどうかしら？　仕入《しい》れたばかりの魔界《まかい》グッズなんだけど。」

　森川《もりかわ》さんは、チョコちゃんに理由《りゆう》すらきかないで、四角《しかく》いものを取《と》りだした。

「『魔《ま》ジタル・フォトフレーム』よ。ここに写真《しゃしん》を映《うつ》して、『ルキウゲ・ルキウゲ・エントラーレ！』って唱《とな》えると、魔力不足《まりょくぶそく》の黒魔女《くろまじょ》さんはもちろん、おっこちゃんのような人間《にんげん》さんでも、『画面《がめん》に入《はい》れる魔法《まほう》』をかけたのと、同《おな》じ効果《こうか》が得《え》られるの。」

　森川《もりかわ》さんは、おっこから、例《れい》の白黒写真《しろくろしゃしん》を受《う》けとると、そばにあったデジカメで撮影《さつえい》した。それから、そのデジカメを『魔《ま》ジタル・フォトフレーム』につなぐと、おっこのおじ

いちゃんと、チョコちゃんのおばあちゃんのツーショットが大写《おおうつ》しになった。

「準備完了《じゅんびかんりょう》！　たったこれだけで、『瞬間移動魔法《しゅんかんいどうまほう》』と『画面《がめん》に入《はい》れる魔法《まほう》』と、同《おな》じことができるのよ。」

（……消《け》しゴムや三角定規《さんかくじょうぎ》なんかを売《う》っているお店《みせ》で、こんなすごい魔法《まほう》グッズがすぐに出《で》てくるなんて、もう『ドレえもん』みたい！　鈴鬼《すずき》くんもときどきおかしな魔界《まかい》グッズを持《も》ってくるけど、便利《べんり》さがちがうし、現代的《げんだいてき》だわ。さすが黒魔女《くろまじょ》さんのお店《みせ》ね！）

おっこは、ひたすら感心《かんしん》した。

「しかも『魔《ま》ジタル・フォトフレーム』には、合計《ごうけい》一万枚《まんまい》の写真《しゃしん》が保存可能《ほぞんかのう》。ボタンひとつで、好《す》きな写真《しゃしん》をいつでも映《うつ》し出《だ》せるから、呪文《じゅもん》ひとつで、どんな場所《ばしょ》や時代《じだい》へだって、安全《あんぜん》、正確《せいかく》、かんたんに行《い》けるの。その魔界《まかい》の名所《めいしょ》へもね！」

森川《もりかわ》さんは、ウィンクをすると、今度《こんど》は、おっこが持《も》っていた『無智《むち》の滝《たき》』の写真《しゃしん》を、デジカメで撮影《さつえい》しはじめた。

「すごいです、森川《もりかわ》さん！」

「チョコちゃん、おどろくのはまだ早《はや》いわよ。『スライドショー機能《きのう》』をつかうと、もっと楽《たの》しい遊《あそ》びもできるの。この機能《きのう》は、保存《ほぞん》された写真《しゃしん》を、自動《じどう》で次々《つぎつぎ》と表示《ひょうじ》していくものなんだけど、そこで、わざと目《め》をつぶって、『ルキウゲ・ルキウゲ・エントラーレ！』って呪文《じゅもん》を唱《とな》えるの。すると、予想《よそう》もしないところへ、瞬間移動《しゅんかんいどう》できちゃう！」

「ええっ！　でも、それじゃあ、迷子《まいご》になっちゃうんじゃないですか。」

「だいじょうぶ。もとの世界《せかい》にもどるのもかんたんなのよ！」

森川《もりかわ》さんは、そばかすの散《ち》った顔《かお》をほころばせると、今度《こんど》は、おっことチョコちゃんに、デジカメを向《む》け、カシャッとシャッターを切《き》った。

「今撮《いまと》ったあなたたちの写真《しゃしん》を、こうして、『ホーム』ポジションに登録《とうろく》しておくの。もとの世界《せかい》に帰《かえ》りたくなったら、お家《うち》マークのボタンを押《お》して、呪文《じゅもん》を唱《とな》えて。それで、その写真《しゃしん》のなかに入《はい》れる、つまり『今《いま》』にもどってこられるわけ。」

「すごい！　これ一台《だい》で、黒魔女修行《くろまじょしゅぎょう》しなくても、自由《じゆう》に時間旅行《じかんりょこう》ができますね！」

（……森川《もりかわ》さん、すばらしい話術《わじゅつ》だわ！　テレビショッピングの、あの髪《かみ》が赤茶色《あかちゃいろ》のおじさんのようだわ！　ひょっとして商売上手《しょうばいじょうず》になる魔界《まかい》グッズがあるのかしら？　あるなら、それ、ゆずっていただけないかしら？）

おっこがつい考《かんが》えこんだとき、森川《もりかわ》さんが思《おも》いもよらないことを口《くち》にした。

「しーっ！　二人《ふたり》とも、このフォトフレームのことはひみつにしてね。」

森川《もりかわ》さんは、くちびるの前《まえ》に、人《ひと》さし指《ゆび》をたてている。

「修行《しゅぎょう》がいらないグッズだなんて、ギュービッドみたいな、修行《しゅぎょう》をさせるの大好《だいす》き黒魔女《くろまじょ》たちの耳《みみ》に入《はい》ったら、文句言《もんくい》われるに決《き》まってるもの。だから、お代《だい》もいらないわ。」

お金《かね》はいらないと聞《き》いて、おっこは、はっとわれにかえった。

「それはいけません。ただでこんなりっぱなものを……しかも、お店《みせ》の商売物《しょうばいもの》をいただくなんて。おばあちゃんにしかられます！」

「いいのよ。そのかわり、あとでアンケートにこたえてもらうから。」

森川《もりかわ》さんは、人《ひと》なつこそうにほほえんだ。

「そのアンケートを、黒魔女《くろまじょ》しつけ協会《きょうかい》に送《おく》って、『魔《ま》ジタル・フォトフレーム』が、見《み》習《なら》い黒魔女《くろまじょ》さんの黒魔法学習《くろまほうがくしゅう》に役立《やくだ》つことを、知《し》ってもらうの。それで『黒魔女公認《くろまじょこうにん》グッズ』に認定《にんてい》されれば、大《おお》きな顔《かお》をして売《う》れる。おっこちゃんもわかるでしょ？　商売《しょうばい》は、損《そん》して得取《とくと》れ、よ。」

「そ、そんな。でも……。」

「ご心配《しんぱい》なく。こう見《み》えて、あたし、いろいろときびしい目《め》にあってるのよ。チョコちゃんも知《し》ってのとおり、魔界《まかい》では、悪《わる》いやつに、お店《みせ》を焼《や》かれてしまったしね。」

「お店《みせ》を焼《や》かれたんですか！」

おっこは、大《おお》きくのけぞった。

「まあ！　なんてひどい！　そんな大変《たいへん》なことがおありになったんですね。」

「それで、こうして人間界《にんげんかい》へ来《き》たの。まだ慣《な》れないから、大変《たいへん》なこともあるけど、でも、いいこともたくさんあるのよ。人間《にんげん》の子《こ》どもたちはかわいいし、チョコちゃんたち、楽《たの》しい黒魔女《くろまじょ》もたくさんいるし。商売《しょうばい》だけじゃなくて、人生《じんせい》も、損《そん》して得取《とくと》れ、かな？」

笑《え》みをたたえたまま、『魔《ま》ジタル・フォトフレーム』を手渡《てわた》してくれる森川《もりかわ》さんに、おっこは、なんだか胸《むね》が熱《あつ》くなった。

（お若《わか》いのにご苦労《くろう》をされているかたは、おっしゃることがちがうわ……。って、黒魔女《くろまじょ》さんって何歳《なんさい》なのかわからないけど……。）

「わかりました。では、お言葉《ことば》にあまえて……。森川《もりかわ》さん、おかげさまで、おじいちゃんに会《あ》いたいという願《ねが》いが、かないます……。」

「いいのよ、お礼《れい》なんか。それより、はじめは、取《と》りあつかいには十分《じゅうぶん》に気《き》をつけてね。それに黒魔法《くろまほう》をつかったものとはいえ時間旅行《じかんりょこう》だから、過去《かこ》で先々《さきざき》の歴史《れきし》が変《か》わるようなことだけはしないでね。」

「え？　歴史《れきし》が変《か》わるようなことって？」

「そうね。過去《かこ》の世界《せかい》ではぜったいにありえないようなものを残《のこ》してきたり……、まあ、とにかく、くれぐれも事故《じこ》のないように！」


「本当《ほんとう》に、いいかたよねぇ。」

おっこは、『魔《ま》ジタル・フォトフレーム』を、しみじみと見《み》つめた。

「森川《もりかわ》さん、魔界《まかい》でお店《みせ》を焼《や》かれたというだけでもお気《き》の毒《どく》なのに、そのうえ、人間界《にんげんかい》でふつうの文房具屋《ぶんぼうぐや》さんをよそおって、じつは魔界《まかい》グッズを売《う》るなんて、もう、想像《そうぞう》もつかないような気苦労《きぐろう》があるはず。それなのに、あたしたちのことを気《き》づかってくださって……。」

「おっこちゃん、今《いま》、そんなことをしみじみ言《い》ってる場合《ばあい》じゃないよ。ここがこの写真《しゃしん》のなかだとしたら、あたしたち六十年《ねん》ぐらい過去《かこ》に来《き》てることになるんだよ。早《はや》くおっこちゃんのおじいちゃんと、あたしのおばあちゃんを見《み》つけなきゃ……。」

「あ、そうよね！」

そう言《い》いあったとき。

「あ！　だれか出《で》てきた！」

小屋《こや》のとびらが開《あ》いて、男《おとこ》の人《ひと》があらわれた。まんまるい顔《かお》にぷくぷくしたほっぺた。笑《わら》っているようなタレ目《め》で、いかにも人《ひと》のよさそうな人《ひと》だ。

「あ、あれは……、おじいちゃん！」

チョコちゃんが、そう言《い》ってかたまってしまった。

「え、あの人《ひと》、チョコちゃんのおじいさんなの？」

「そう！　黒鳥伊蔵《くろとりいぞう》っていって、茨城県《いばらきけん》で干《ほ》し芋作《いもづく》りをしてるんだけど……。ああ、そうか！　ここはおじいちゃんの芋畑《いもばたけ》なんだ！　こっちはきっとおじいちゃんの、お芋《いも》を干《ほ》し芋《いも》に加工《かこう》する小屋《こや》なんだわ。なるほど、六十年《ねん》まえってこんなふうだったんだね！」

つい大声《おおごえ》を出《だ》すチョコちゃんを、今度《こんど》はおっこがおさえた。

「見《み》つかるわよ！　チョコちゃん、こっちにかくれて！」

「あ、そ、そうだね！」

二人《ふたり》が小屋《こや》のかげにかくれるのといれちがいに、伊蔵《いぞう》さんが小屋《こや》から出《で》てきた。さらに伊蔵《いぞう》さんの後《うし》ろから、背《せ》の高《たか》い、ほっそりとした青年《せいねん》がつづいた。

さらさらの長髪《ちょうはつ》を首《くび》の後《うし》ろでしばり、すっきりとした顔立《かおだ》ちの美青年《びせいねん》。だけど目《め》がきりっとしていて、なんだかおこっているみたいな顔《かお》をしている。

「あの顔《かお》……、きれいなのに、いつもなにかをにらんでるみたいな目《め》つき、まちがいないわ。若《わか》いころの源蔵《げんぞう》さんだわ！」

おっこもさけびそうになるのを必死《ひっし》でおさえて、そう言《い》った。

「おっこちゃん、源蔵《げんぞう》さんって？」

「ええ。花《はな》の湯温泉一《ゆおんせんいち》モテモテだった、そして今《いま》、花《はな》の湯温泉一大《ゆおんせんいちおお》きな旅館《りょかん》を経営《けいえい》している、秋好旅館《しゅうこうりょかん》の源蔵《げんぞう》さんよ。そして仲良《なかよ》しの秋野真月《あきのまつき》さんと、美陽《みよ》ちゃんのおじいさんでもあるの。」

「ああ、おっこちゃんのおばあちゃんが、そのアタックを断《ことわ》ったっていう人《ひと》。」

「ええ。源蔵《げんぞう》さんとも、チョコちゃんのおじいさんは知《し》り合《あ》いだったのね！」

話《はな》していると、ゆらっとまた男《おとこ》の人《ひと》の姿《すがた》が、小屋《こや》から出《で》てきた。

短《みじか》く刈《か》りこんだ髪《かみ》、ごつごつっと四角《しかく》い顔《かお》に小《ちい》さな目《め》、浅黒《あさぐろ》い顔《かお》の色《いろ》。おっこの手元《てもと》の写真《しゃしん》とそっくり同《おな》じだった。

「お、おじいちゃん……。昔《むかし》のおじいちゃんだわ！」

おっこは息《いき》をのんだ。

「あの人《ひと》が、おっこちゃんのおじいちゃんね！」

「ええ、大蔵《だいぞう》っていう名前《なまえ》なの。そうなんだ……、みんな、知《し》り合《あ》いで、仲良《なかよ》しだったのね。」

たしかに、三人《にん》はいかにも仲《なか》がよさそうだった。

「今年《ことし》も干《ほ》し芋《いも》、うまいぞう〜。白《しろ》い米《こめ》より、うまいぞう〜。伊蔵《いぞう》の干《ほ》し芋《いも》、すごいぞう〜。みんなに食《た》べて、ほしいぞう〜。」

伊蔵《いぞう》さんがへんてこな歌《うた》を歌《うた》いだすと、小屋《こや》のとびらを閉《し》めながらおじいちゃんがふきだした。源蔵《げんぞう》さんも、ポケットに手《て》をつっこんで、くくっと背中《せなか》をゆらして笑《わら》っている様《よう》子《す》だ。

おじいちゃんは、おっこが八つのときに亡《な》くなっている。だから、正直《しょうじき》あまりその顔《かお》や声《こえ》は覚《おぼ》えていない。ほとんど写真《しゃしん》でしか知《し》らないと思《おも》っていたが、なんだかその笑《わら》っている様子《ようす》や、しぐさを見《み》ていたら、なつかしいような気持《きも》ちになってきた。

もっとおじいちゃんの近《ちか》くに行《い》きたくて、おっこがつい前《まえ》のめりになったそのとき。

「伊蔵《いぞう》さあーん！」

女《おんな》の人《ひと》の声《こえ》が遠《とお》くから聞《き》こえてきた。

芋畑《いもばたけ》の向《む》こうから、すらっと背《せ》の高《たか》い、紺色《こんいろ》の着物姿《きものすがた》の女《おんな》の人《ひと》が手《て》をふっている。その横《よこ》には、かすりのもんぺにかっぽう着《ぎ》を着《き》た、笑顔《えがお》の女《おんな》の人《ひと》がいた。

「あ、あれは！」

「ああ！　あれって！」

おっことチヨコちゃんは、目《め》を見《み》はった。

「おばあちゃん！」

「おばあちゃん！」

同時《どうじ》に言《い》って、顔《かお》を見合《みあ》わせた。

「伊蔵《いぞう》さん、ごめんね、今朝《けさ》はお芋《いも》の皮《かわ》むきを手伝《てつだ》えなくて。今《いま》やっとお客《きゃく》さまの朝《あさ》ごはんが終《お》わったところをぬけてきたんだけど。」

そう言《い》って、息《いき》を切《き》らしながら駆《か》けよってきたのは、まちがいなく若《わか》いころの、おっこのおばあちゃんだった。

真《ま》っ黒《くろ》で豊《ゆた》かな髪《かみ》をひっつめて、しゃきっと旅館《りょかん》の仲居《なかい》らしい着物《きもの》を着《き》こなしている。ウリ坊《ぼう》が見《み》たら、『峰子《みねこ》ちゃんの着物姿《きものすがた》は、ほんまきれいやな……。』と、うっとりとするであろう美女仲居《びじょなかい》ぶりだ。

そして、その横《よこ》にひかえめに立《た》っているのは、チョコちゃんをちょっと大人《おとな》にしたような感《かん》じの千香子《ちかこ》さんだ。

大《おお》きな瞳《ひとみ》で静《しず》かにうなずいている様子《ようす》は、おだやかでとてもやさしそう。

チョコちゃんのおばあちゃんは魔女《まじょ》だったと聞《き》いているが、とてもそんなふうには見《み》えない。おしとやかで、芯《しん》の強《つよ》い日本女性《にほんじょせい》という感《かん》じだ。

「いやあ、いいんだぞう。峰子《みねこ》さんも千香子《ちかこ》さんも旅館《りょかん》のことでいそがしいだろう？　芋《いも》の皮《かわ》むきは夜中《よなか》から朝《あさ》までかかることだからぁ、大変《たいへん》だしぃ……。」

伊蔵《いぞう》さんが、のんびりとした笑顔《えがお》でそうこたえた。

「峰子《みねこ》ちゃん、栗林旅館《りつりんりょかん》でなにかめんどうなことでもあったのか？」

おじいちゃん――大蔵《だいぞう》さんがたずねる。

「それが……。歌謡《かよう》ショーがね。大変《たいへん》なことになっちゃって。」

「歌謡《かよう》ショー？　なんの話《はなし》だぞう？」

首《くび》をかしげる伊蔵《いぞう》さんに、大蔵《だいぞう》さんが説明《せつめい》をした。

「今日《きょう》、栗林旅館《りつりんりょかん》に天才少女歌手《てんさいしょうじょかしゅ》っていうのが来《く》るんだ。たしか、越冬《えっとう》からすとかいう子《こ》だ。ひさしぶりの本格的《ほんかくてき》な歌謡《かよう》ショーだっていうんで、お客《きゃく》の予約《よやく》がどっときてな。おれたち下足番《げそくばん》もかりだされて、そこのお寺《てら》から、足《た》りないふとんやざぶとんを借《か》りて大広間《おおひろま》に運《はこ》びこんだのさ。なあ源蔵《げんぞう》。」

大蔵《だいぞう》さんの言葉《ことば》に、源蔵《げんぞう》さんがうなずき、そしてたずねた。

「峰子《みねこ》さん、大変《たいへん》なことって、なにが起《お》きたんです？」

「そのからすちゃんが、ひどい食《しょく》あたりで、今日来《きょうこ》られなくなったって連絡《れんらく》が今朝早《けさはや》くにきたんです。それでもう旅館《りょかん》じゅう大騒《おおさわ》ぎで……。だれかかわりに歌手《かしゅ》を見《み》つけてこいとか、おかみさんはむちゃを言《い》うし。だんなさんは、もう中止《ちゅうし》にしようっておっしゃったんだけど、なにしろ村《むら》じゅうの人《ひと》が楽《たの》しみにしてるし、遠《とお》くからいらっしゃるお客《きゃく》さまもいるから。厨房《ちゅうぼう》のほうだって、大騒動《おおそうどう》だって、ねえ、千香子《ちかこ》さん。」

「そうなんです。ひさしぶりのショーだからって、たくさんのかたのご予約《よやく》がありましたから、お魚《さかな》や野菜《やさい》をたくさんたのんでしまって……。」

(伊蔵《いぞう》さん以外《いがい》は、みんな栗林旅館《りつりんりょかん》で働《はたら》く仲間《なかま》なんだわ。だから、こんなにみんな親《した》しいんだ。)

五人《にん》の会話《かいわ》から、おっこはそう気《き》がついた。

(じゃあ、だれとだれが好《す》きどうしってわけじゃなくって、いい仲間《なかま》って感《かん》じなのね！

この写真《しゃしん》も、アベックとかそういうことじゃなかったのかも……。）

おっこは少《すこ》しほっとして、問題《もんだい》の写真《しゃしん》をもう一度《いちど》見《み》た。

大蔵《だいぞう》さんと千香子《ちかこ》さんが仲良《なかよ》さそうに、笑《わら》い合《あ》っている。

ラブラブのように見《み》えるが、考《かんが》えたらこの写真《しゃしん》を撮《と》っている人《ひと》もいるわけで、二人《ふたり》っきりでこんな感《かん》じなわけではない。

（ひょっとしたら、ふざけて、冗談《じょうだん》でこんな写真《しゃしん》を撮《と》ったのかも……。）

おっこがそんなことを考《かんが》えているあいだも、五人《にん》は、今日《きょう》の歌謡《かよう》ショーのことを真剣《しんけん》に話《はな》しあっていた。

「今《いま》から中止《ちゅうし》にしてしまったら、栗林旅館《りつりんりょかん》は大損害《だいそんがい》だな。」

大蔵《だいぞう》さんが腕組《うでぐ》みしてうなった。

「そうなのよ。お客《きゃく》さまもおこっちゃうでしょうしね。なんといっても、紫苑《しおん》さまのご予《よ》約《やく》が心配《しんぱい》だわ。」

峰子《みねこ》さんが顔《かお》をくもらせると、源蔵《げんぞう》さんがきびしい顔《かお》になった。

「なんだって？　あの紫苑《しおん》さまの予約《よやく》が？　そいつはまずいですね。」

「楽《たの》しみにしていた歌謡《かよう》ショーが中止《ちゅうし》になったと知《し》ったら、あのお嬢《じょう》さまが、きっとどえらいことを言《い》いだすぞ。」

大蔵《だいぞう》さんも頭《あたま》をかかえた。

「紫苑《しおん》さまって、そんなに大変《たいへん》な人《ひと》なのかい?」

伊蔵《いぞう》さんが、きょとんとした顔《かお》できいた。

「食《しょく》あたりで歌手《かしゅ》の人《ひと》が来《こ》られなくなったって説明《せつめい》したら、ふつうは、あきらめそうだぞう。だって好《す》きで食《しょく》あたりになる人《ひと》なんかいないし、病気《びょうき》はしかたがないぞう。」

「お客《きゃく》さまみんなが伊蔵《いぞう》さんみたいに、やさしくって、ものわかりのいい人《ひと》だったらいいんだけどね!」

峰子《みねこ》さんが、くすっと笑《わら》って言《い》った。

「紫苑《しおん》さまは戦後《せんご》のどさくさで大《おお》もうけしたお金持《かねも》ちでね、羽振《はぶ》りのよさがはんぱじゃないのよ。そのうえめぐみお嬢《じょう》さまは、はで好《ず》き、新《あたら》しいもの好《ごの》みで有名《ゆうめい》なかたで、歌謡《かよう》ショーをそれはもう楽《たの》しみにしてらっしゃったから。」

「まあ、ものすごくおこるだろうな。とにかく、二度《にど》と栗林旅館《りつりんりょかん》に来《こ》ないなんて言《い》われたら、まずいぞ。紫苑《しおん》さまは大《だい》のお得意《とくい》さんだ。従業員全員《じゅうぎょういんぜんいん》を連《つ》れて、宴会《えんかい》につかってくださったり、お得意《とくい》さまの接待《せったい》につかってくださったりしているんだからな。このあいだなんて、アメリカさんの接待宴会《せったいえんかい》まで。源蔵《げんぞう》が英語《えいご》がうまくしゃべれるもんで、ずっと通訳《つうやく》がわりにつかわれたんだ。なあ源蔵《げんぞう》。」

大蔵《だいぞう》さんがそう言《い》うと、源蔵《げんぞう》さんが声《こえ》に出《だ》さずに、うん、とうなずいた。

「ま、源蔵《げんぞう》さん、通訳《つうやく》なんてすごいわねえ。どうやって勉強《べんきょう》してるの？」

峰子《みねこ》さんが感心《かんしん》したように源蔵《げんぞう》さんを見《み》た。

「まあ、ラジオを聞《き》いたりレコードをきいたりして独学《どくがく》でね。アメリカの歌《うた》は歌詞《かし》がいいんですよ……。それよりも、歌手《かしゅ》が来《こ》ないなら来《こ》ないで、なにかお客《きゃく》を満足《まんぞく》させるような代案《だいあん》をたてないとね。」

源蔵《げんぞう》さんは、照《て》れたようにすぐに話題《わだい》を変《か》えた。どうやら、ほめられるのは苦手《にがて》のようだ。

「だよなあ。せっかく戦争《せんそう》も終《お》わって、栗林旅館《りつりんりょかん》も本格的《ほんかくてき》に繁盛《はんじょう》してきたところなのに。ここで栗林旅館《りつりんりょかん》が左前《ひだりまえ》になっちゃ、おれたちの給料《きゅうりょう》もあぶなくなるかもな。」

大蔵《だいぞう》さんの言葉《ことば》に、

「そんな……。」

「あたしたちだって、やっと見《み》つけたいい働《はたら》き口《ぐち》なのにねえ……。」

峰子《みねこ》さんも千香子《ちかこ》さんも、そろって困《こま》った顔《かお》をした。

(大蔵《だいぞう》さんたちが、あんなに困《こま》ってる。あたしたちで、なんとかできないかしら……。)

「そうだ、チョコちゃん、魔法《まほう》で歌手《かしゅ》の人《ひと》を見《み》つけるとか、そういうことはできないの？」

おっこに言《い》われて、チョコちゃんは、目《め》を白黒《しろくろ》させた。

「そ、それは無理《むり》だよ。あたしの習《なら》ってるのは黒魔術《くろまじゅつ》、つまり、人《ひと》を呪《のろ》うものだし。だいいち、ゴスロリの服《ふく》がないと、魔法《まほう》もつかえないし。」

「ああ、あの黒《くろ》いカラス天狗《てんぐ》みたいな衣装《いしょう》がないと無理《むり》なのね……。そうか、そうよね。いくらチョコちゃんが魔女《まじょ》の修行《しゅぎょう》をしているからっていっても、そうかんたんに、魔法《まほう》をつかえるわけないわよね。」

おっこはちょっとがっかりして、それからはずかしくなった。

チョコちゃんがいっしょうけんめい修行《しゅぎょう》している魔法《まほう》の力《ちから》に、都合《つごう》よく頼《たよ》るようなことを言《い》ってしまった。

(それって、あたしが若《わか》おかみの修業《しゅぎょう》をしているからって、旅館《りょかん》でない場所《ばしょ》で、おかみだったら接客《せっきゃく》しろって言《い》われているようなものよね。チョコちゃんがいくらやさしくておだやかだからって、あまえすぎちゃった。）

おっこがしゅんとなったとき。

「ゴスロリーい。えー、ゴシックロリータの御用《ごよう》はございませんか？」

おっこたちの後《うし》ろから、妙《みょう》な声《こえ》が聞《き》こえた。

見《み》ると、ぷっくりした顔《かお》の中年《ちゅうねん》のおじさんが、カバンをかかえて立《た》っていた。

「ああ！　駄天使《だてんし》さん！　どうしてここに？」

チョコちゃんがそのおじさんの顔《かお》を見《み》るなり、びっくりした顔《かお》をした。

「チョコちゃん、このかたお知《し》り合《あ》い？」

「う、うん……。魔界《まかい》でちょっと……。」

言葉《ことば》をにごすチョコちゃんを押《お》しのけて、
そのおじさんは話《はな》しだした。

「あっしは旅《たび》から旅《たび》へ、おもしろ魔界《まかい》グッズを売《う》り歩《ある》く、魔界行商人《まかいぎょうしょうにん》でございます。そこの見習《みなら》い黒魔女《くろまじょ》のお嬢《じょう》さんとは、魔界《まかい》の『魔《ま》ったり旅館《りょかん》　ばかの屋《や》』で会《あ》いましたな。」

「え！　魔界《まかい》にそんな旅館《りょかん》があるの？　『ホテル魔宮《まきゅう》』みたいな大《おお》きな旅館《りょかん》なのかしら？」

「いえ、『魔宮《まきゅう》』よりもこぢんまりしていますよ。どんなお客《きゃく》にでもちゃんと対応《たいおう》するというか、こまやかなサービスが売《う》り物《もの》でね。ちょうど、お嬢《じょう》さんの『春《はる》の屋旅館《やりょかん》』みたいなところなんでさぁ。若《わか》おかみも、お嬢《じょう》さんにそっくりでしてね。これが、一見《いっけん》、バカのようで、じつはなかなか頭《あたま》のいい子《こ》で。名前《なまえ》も『オリコウ』っていうんですよ！」

「へえ！　って、あれ？　打点氏《だてんし》さんはどうしてあたしが、春《はる》の屋旅館《やりょかん》の若《わか》おかみだって知《し》ってらっしゃるの？」

「打点氏《だてんし》って、そんなへっぽこ草野球《くさやきゅう》マニアみたいな名前《なまえ》じゃありませんぜ！　『駄目《だめ》』の『駄《だ》』に、天使《てんし》で、『駄天使《だてんし》』！」

「つまり、ダメな天使《てんし》ってこと。エヘヘヘヘ。」

チョコちゃんの説明《せつめい》に、おっこは、目《め》をまるくした。

（ダメな天使《てんし》……。魔界《まかい》ってそんなかたもいるんだわ。深《ふか》いわ……。）

「名前《なまえ》は『駄目《だめ》』でも、こちとら、りっぱな魔界《まかい》の商売人《しょうばいにん》！　お客《きゃく》さまになりそうなかたのことは全部調《ぜんぶしら》べ済《ず》みです。だから今《いま》、お嬢《じょう》さまがたがほしいと思《おも》ってらっしゃるもののことも、ちゃーんと、わかってるんで。」

カバンから取《と》り出《だ》したのは、チョコちゃんのいつもの、黒《くろ》くてばさばさと今《いま》にも黒《くろ》い羽《は》根《ね》をまいて飛《と》んでいきそうなゴスロリ衣装《いしょう》だった。

「あ！　これ、あたしがいつも着《き》てるやつじゃないの！」

おどろくチョコちゃんの横《よこ》で、おっこは感心《かんしん》して拍手《はくしゅ》した。

「なんてすばらしいの！　そこまでお客《きゃく》さまの望《のぞ》んでいるものを調《しら》べあげてくるなんて！」

「おっこちゃん、それ、考《かんが》えが接客中心《せっきゃくちゅうしん》になりすぎて、ぜったいちがった方向《ほうこう》に行《い》ってるよ。あたしのものを勝手《かって》に取《と》ってきてあたしに売《う》りつけるって、あくどいし、そのまえにドロボウですから！」

チョコちゃんが注意《ちゅうい》したが、おっこの耳《みみ》には入《はい》らなかった。

駄天使《だてんし》さんがもう一つの商品《しょうひん》を、カバンからするっと出《だ》して見《み》せたからだった。

「お仕事熱心《しごとねっしん》で感心《かんしん》な、若《わか》おかみのお嬢《じょう》さん。こちらはいかがでしょう？」

カバンから出《で》てきたのは、着物《きもの》と帯《おび》、足袋《たび》とぞうりなど、いつもおっこが春《はる》の屋旅館《やりょかん》で身《み》につけている、若《わか》おかみの着物一式《きものいっしき》だった。

「わあ！　これ、あたしの、それもいちばん着慣《きな》れていて動《うご》きやすいやつだわ！　この帯《おび》もとてもしめやすいやつなの！　駄天使《だてんし》さん、すばらしいわ！　どうしてあたしがこれがここにあったら……って考《かんが》えていたのがわかったの？」

「ええ？　あたしのゴスロリはともかく。おっこちゃんはどうして、若《わか》おかみの着物《きもの》がここでほしかったの？」

チヨコちゃんが目《め》をまるくした。

「だって、あんなに大蔵《だいぞう》さんや峰子《みねこ》さんが旅館《りょかん》のことで困《こま》ってるんだもの。あたしも仲居《なかい》として栗林旅館《りつりんりょかん》で働《はたら》かせてもらえたら、ちょっとでもお手伝《てつだ》いできるかと思《おも》って……。」

おっこの説明《せつめい》に、駄天使《だてんし》さんがつけたした。

「それに、この働《はたら》き者《もの》で心《こころ》から旅館《りょかん》を愛《あい》しているお嬢《じょう》さんは、旅館《りょかん》と見《み》ればそこで働《はたら》きたくてしょうがないんですよ。」

おっこは、その言葉《ことば》に大《おお》きくうなずいた。

「ええっ!?　おっこちゃん、栗林旅館《りつりんりょかん》で働《はたら》きたいの？」

「だって……。六十年《ねん》まえの旅館《りょかん》って、いったいどんなふうなのか知《し》りたいじゃないの。どんなサービスをして、どんなお料理《りょうり》を出《だ》してるのか。お部屋《へや》のしつらえは？　お風呂《ふろ》は？　浴衣《ゆかた》は？　お客《きゃく》さまはどんなかたが？　こんなチャンスは二度《にど》とないわ！」

「あぜん……。おっこちゃん、そこまで旅館《りょかん》マニアだったとは……。」

絶句《ぜっく》するチョコちゃんに、駄天使《だてんし》さんが小声《こごえ》で訂正《ていせい》した。

「旅館《りょかん》マニアじゃなくって、旅館《りょかん》で労働《ろうどう》マニアでしょうな。」

「あ、大蔵《だいぞう》さんたちが行《い》っちゃう！」

おっこは、小屋《こや》をはなれて、林《はやし》のほうに向《む》かって歩《ある》いていく伊蔵《いぞう》さんたちを指《ゆび》さした。

「だいじょうぶですよ。あの栗林《くりばやし》の向《む》こうに栗林旅館《りつりんりょかん》がありますからね。みんな、旅館《りょかん》のほうに行《い》ったんですよ。」

「チョコちゃん！　早《はや》く着《き》がえて、あたしたちも行《い》きましょう！」

「う、うん……。」

おっこのいきおいに押《お》されたのか、チョコちゃんも駄天使《だてんし》さんから自分《じぶん》のゴスロリ服《ふく》を受《う》け取《と》った。

「お代《だい》は、かまめしの容器《ようき》一個《こ》。のちほどいただきにあがる、ということで、よろしくお願《ねが》いしますよ。では、まいどありー。」

☆

「ああ、ここが栗林旅館《りつりんりょかん》らしいわよ。」

どれくらい歩《ある》いただろう、おっことチョコちゃんが、広大《こうだい》な栗林《くりばやし》をぬけたところに、二階建《かいだ》ての建物《たてもの》が立《た》っていた。

「うわあ……。すてき……。」

おっこはその純和風《じゅんわふう》の落《お》ちついたたたずまいの建物《たてもの》に目《め》を見《み》はった。けして豪華《ごうか》でも巨大《きょだい》でもないのだが、正面《しょうめん》の様子《ようす》……広《ひろ》い間口《まぐち》、格子《こうし》の窓《まど》、玄関《げんかん》のくつぬぎ石《いし》、すがすがしくそうじされた玄関《げんかん》、目《め》に入《はい》るところはどこも惜《お》しみなく、大勢《おおぜい》の人《ひと》の手《て》で、きっちりと手入《てい》れされていた。

「やとってもらうのに、正面玄関《しょうめんげんかん》からなんて入《はい》っちゃだめよね、ふつう。」

きょろきょろしているおっこの背中《せなか》に、チョコちゃんが、申《もう》しわけなさそうに、ささやいた。

「っていうか、あたしのゴスロリ、かなり、場《ば》ちがいな感《かん》じなんだよね。ぜったいへんな子《こ》って思《おも》われるから、どこかにかくれてるね。」

「この時代《じだい》じゃそうかもね。妖怪《ようかい》なんかとまちがえられてもいけないし。じゃ、チョコちゃんはどこかにかくれて……。」

おっこがそう言《い》おうとしたときだった。

「ああー！　いらっしゃったわ！」

だれかの、ものすごいさけび声《ごえ》がひびいてきた。

見《み》ると、やけに前髪《まえがみ》が多《おお》くてうっとうしい、紺《こん》の着物《きもの》を着《き》た女《おんな》の人《ひと》が、チョコちゃんを見《み》て両手《りょうて》をさしだした。

「越冬《えっとう》からすちゃんですね！　わたしは仲居頭《なかいがしら》の窮美《ぎゅうび》です。まあ、見事《みごと》なお衣装《いしょう》！　おかみさんが、それはもう心配《しんぱい》してたんですよ。お体《からだ》の具合《ぐあい》が悪《わる》いって聞《き》いて。もう来《こ》られないのかと気《き》をもんでたんですが、やっぱり来《き》てくださった。ああよかった！」

チョコちゃんは目《め》をぱちぱちさせて、何度《なんど》も、

「あの、いえ、あたしは……。」

と言《い》おうとしたが、窮美《ぎゅうび》さんには通用《つうよう》しなかった。

「みんなー！　からすちゃんが来《き》てくださったよ！　歌謡《かよう》ショーは予定《よてい》どおりやるよーっ！」

大声《おおごえ》でさけぶと、裏口《うらぐち》にばたばたっと、旅館《りょかん》の名前入《なまえい》りのはっぴを着《き》た、色《いろ》の黒《くろ》い、黒《くろ》

栗林旅館
栗林旅館

ぶちめがねの男《おとこ》があらわれた。

「どうもどうも。番頭《ばんとう》の豆頭木《ずずき》です。いやあもう、ようおこし。今《いま》、控《ひか》え室《しつ》にご案内《あんない》いたしますからね！　一休《ひとやす》みなさってください。」

そう早口《はやくち》で言《い》うと、チョコちゃんを連《つ》れていってしまった。

（大変《たいへん》だわ！　チョコちゃんを連《つ》れもどさないと！）

「あ、あのう。」

おっこがおずおずと話《はな》しかけようとすると、窮美《ぎゅうび》さんがちらっとおっこを見《み》て、おや？という顔《かお》をした。

「仲居見習《なかいみなら》いの子《こ》どもが来《く》るって言《い》ってたけど、あんたかい。ずいぶん早《はや》くついたんだね。じゃ、さっそく働《はたら》いてもらうよ。名前《なまえ》は？」

（うわあ、仲居見習《なかいみなら》いの女《おんな》の子《こ》が来《く》る日《ひ》だったのね！　ちょうどいいタイミングだったわ！　ようし、申《もう》しわけないけど、その子《こ》のふりをさせてもらって仲居見習《なかいみなら》いとして旅館《りょかん》に入《い》れてもらおう。それに、チョコちゃんをまず見《み》つけないと！）

「は、はい。おっこ……いえ、あの、おっことといいます。」

「乙子《おつこ》だね。じゃあ、さっそく働《はたら》いてもらうからね。乙子《おつこ》、おみゃーは、なにができる？」

窮美《ぎゅうび》さんの瞳《ひとみ》が、まるくて黒《くろ》いふちのめがねの奥《おく》から、きらっと鋭《するど》く光《ひか》った。

（こ、この人《ひと》きびしそうだわ。小藤原旅館《こふじわらりょかん》の虎子《とらこ》おかみよりもまだきびしいかたかも……。）

「は、はい！　館内《かんない》のおそうじやお庭《にわ》の草《くさ》むしり、お皿洗《さらあら》いからお食事《しょくじ》のお運《はこ》び、客室《きゃくしつ》のご用意《ようい》からお客《きゃく》さまのお世話《せわ》まで、旅館《りょかん》のお仕事《しごと》なら、なんでもやらせていただきます！」

「ふん。子《こ》どものくせに、いっぱしの口《くち》をきくじゃないか。今日《きょう》は歌謡《かよう》ショーでね、うちはとんでもなくいそがしいんだ。じゃんじゃん働《はたら》いてもらうよっ！」

窮美《ぎゅうび》さんにぐいっと見据《みす》えられて、おっこは、冷《つめ》たい汗《あせ》がにじんできた。

（あたし、とんでもないことしちゃったかも……。）

## 3　黒魔女《くろまじょ》さんの歌謡《かよう》ショー？

「いやあ、来《き》てくださって、よかったぁ。ほっとしましたよぉ〜。」

豆頭木《ずずき》とかいう番頭《ばんとう》さん、はずむような足《あし》どりで、あたしの先《さき》を歩《ある》いていく。

「それにしても、からすちゃん、食《しょく》あたりだなんて、なにを食《た》べたんです？」

「さっきから言《い》ってるように、あたしは、からすちゃんじゃなくて……。」

「わかった。ヤミ市《いち》で、おかしな雑炊《ぞうすい》でも食《た》べたんでしょう。それか、拾《ひろ》い食《ぐ》いですか？

からすちゃん、それはいけませんよ！」

ああっ、もうっ。

人《ひと》ちがいだって、さっきからずっと言《い》ってるのに、ちっとも聞《き》いてくれない……。

「これからはね、おなかがすいたら、電話《でんわ》を一本《ぽん》くださいよ。このあたりは、絶品《ぜっぴん》の芋《いも》がいっぱいありますから、すぐに送《おく》ってあげますからね。」

な、なんなの、この人《ひと》？　夏《なつ》でもないのに日焼《ひや》けしてるし。太《ふと》った子《こ》どもみたいにころころしてるのに、ガハガハまくしたてて、オヤジまるだし。めがねもフレームが太《ふと》すぎだし！

あぜんとするあたしをよそに、豆頭木《ずずき》さんは、細《ほそ》いろうかを、右《みぎ》へ行《い》ったり、左《ひだり》へ行《い》ったり。やがて、ぴたっと足《あし》を止《と》めると、目《め》の前《まえ》のふすまを、すたんっと、開《ひら》いた。

「さあどうぞ。こちらが控《ひか》え室《しつ》です。」

そこは、三畳《じょう》ほどのせまいお部屋《へや》。なんだか、畳《たたみ》もかべも黄《き》ばんで、うす暗《ぐら》い……。

「申《もう》しわけありませんねぇ。大広間《おおひろま》に近《ちか》いっていうと、このふとん部屋《べや》しかありませんで。ま、ショーのほうはすぐにはじまりますんで、ちょっとだけ、ごしんぼうを。」

だから、あたしは歌手《かしゅ》じゃないんですってば！　ショーとやらにも、無関係《むかんけい》で……。

「で、今日《きょう》は、どんな歌《うた》を歌《うた》っていただけるんで？」

もうっ！　少《すこ》しは、こっちの話《はなし》、聞《き》いてくださいっ。

「その魔法使《まほうつか》いみたいなかっこうから見《み》ると、一曲目《きょくめ》はやっぱりあれですか？　大《だい》ヒット曲《きょく》『毒《どく》リンゴの歌《うた》』ですか？」

ど、毒《どく》リンゴ？　な、なんすか、それはいったい？

「まったく、とぼけちゃって！　あ、まさか、これ、幕開《まくあ》きには、ぼくに歌《うた》わせようっていう演出《えんしゅつ》ですかぁ？」

はぁ？　演出《えんしゅつ》？

「イントロとともに、からすちゃん、ステージに登場《とうじょう》。ところが、笑顔《えがお》が一転《いってん》、半泣《はんな》きに。歌詞《かし》を忘《わす》れちゃったんですよ。おろおろするからすちゃん、どよめく客席《きゃくせき》。そこへ飛《と》び出《だ》したのが、宿屋《やどや》の番頭《ばんとう》。つまり、ぼくですよ！」

豆頭木《ずずき》さん、こんがり日焼《ひや》けした顔《かお》を、にかにかさせながら、まくしたてる。

「ぼくは、マイクの前《まえ》に立《た》つと、ひとふし歌《うた》う。それを聞《き》いて、歌詞《かし》を思《おも》いだしたからすちゃん、ぱっと顔《かお》を輝《かがや》かせて、歌《うた》いだす。で、お客《きゃく》さんは、拍手喝采《はくしゅかっさい》！　いやあ、いい演《えん》出《しゅつ》です！　でも、ぼく、責任重大《せきにんじゅうだい》だなぁ。できるかなぁ。だけど、ここまでお願《ねが》いされたら、やらないわけにはいきませんなぁ。」

……あのう、あたし、なにも言《い》ってませんけど。

「じゃあ、さっそく、出《で》だしを練習《れんしゅう》しましょう！」

そう言《い》ったかと思《おも》うと、豆頭木《ずずき》さん、大《おお》きなお口《くち》を、ぱかっ。

「♪黒《くろ》い～リンゴを～、ひとくち食《た》べた～、しらゆきひ―め―は、あの世《よ》～行《い》き～。」

へ、へた……。がなりたてるだけで、音程《おんてい》が上《あ》がりもしなければ、下《さ》がりもせず、それでいて、とつぜん声《こえ》がうらがえったり、不気味《ぶきみ》にふるえたり。

十一年間生《ねんかんい》きてきたなかで、ここまで、へた&《アンド》不気味《ぶきみ》な歌声《うたごえ》は、聞《き》いたことがないよ。

歌詞《かし》だって意味不明《いみふめい》。っていうか、かえ歌《うた》？　だとしても、レベルが低《ひく》すぎ……。

そのとき、がらりと、ふすまが開《ひら》いた。

「こらぁ！　なに、いい気《き》になって、歌《うた》ってるずら！」

そこに立《た》っていたのは、紺《こん》の着物《きもの》の、すらりと背《せ》の高《たか》い女《おんな》の人《ひと》。

たしか、仲居頭《なかいがしら》の窮美《ぎゅうび》さんとかいってたけど……。

でも、なんか、へんなのよね。やたらにいばってるし、和服《わふく》なのに、右目《みぎめ》がかくれるほど、前髪《まえがみ》をのばしたりして。六十年《ねん》まえって、こんな髪型《かみがた》が流行《はや》ってたのかな……。それに牛乳《ぎゅうにゅう》びんの底《そこ》ほどぶあついレンズのまるいめがね！　こんなの見《み》たことないよ。

「窮美《ぎゅうび》さん、これ、歌謡《かよう》ショーの幕開《まくあ》きの練習《れんしゅう》だよ。からすちゃんにたのまれてねぇ。」

豆頭木《ずずき》さん、にたにたしながらそう言《い》うと、また、口《くち》をぱかっと開《ひら》いた。

「♪こびとはなんにも知《し》らないけれどぉ〜、あたしの黒魔法《くろまほう》〜、よく効《き》くのぉ〜。」

「だめですよ〜、からすちゃん！」

いたっ。窮美《ぎゅうび》さん、急《きゅう》に、背中《せなか》をたたかないでください。

「番頭《ばんとう》さん、このあたりじゃ、いちばん歌《うた》がうまいから、みんなききほれて、仕事《しごと》になららなくなっちゃうんですよ。」

あのう、いったいどこがうまいんでしょうか……。

「ほれ、豆頭木《ずずき》！　歌《うた》の練習《れんしゅう》はいいから、さっさと大広間《おおひろま》に行《い》って、司会《しかい》の準備《じゅんび》をするずら！　お客《きゃく》さん、お待《ま》ちかねずらよ！」

「おおっと、それはいけない。じゃあ、からすちゃん、打《う》ち合《あ》わせのほうは、ばっちり決《き》まったようですから、本番《ほんばん》、ともにがんばりましょう。」

なんだか、わけのわからないことを言《い》うと、豆頭木《ずずき》さん、肩《かた》をゆすりながら、どこかへ行《い》っちゃった。

こうなったら、このおかしな髪型《かみがた》の仲居《なかい》さんだけがたよりだよ。あたしが、越冬《えっとう》からすちゃんじゃないこと、わかってもらわなくちゃ。

「あ、あのう、窮美《ぎゅうび》さん、ちょっと聞《き》いてほしいんですけど……。」

「ああ、あたしとしたことが、お茶《ちゃ》をお出《だ》しもせず！　そうですよねぇ、歌《うた》うまえに、のどをうるおさなくちゃ。乙子《おっこ》！　お茶《ちゃ》を持《も》ってくるずら！　乙子《おっこ》！　乙子《おっこ》！　ああ、まったく、つかえない子《こ》ずら！」

腰《こし》をうかせた窮美《ぎゅうび》さんを、あたし、がしっとつかまえた。

「ち、ちがうんです！　お茶《ちゃ》なんかより、もっとずっと、大切《たいせつ》なことがあるんです！」

あたし、もう必死《ひっし》。だって、ここで、人《ひと》ちがいだってわかってもらわないと、あたしも、この栗林旅館《りつりんりょかん》さんとやらも、ものすごーく、困《こま》ったことになるわけで。

窮美《ぎゅうび》さんも、なにやら、ただならぬ気配《けはい》をかぎとったみたい。色白《いろじろ》のきれいな顔《かお》を向《む》けて、黒《くろ》い瞳《ひとみ》で、じっとあたしを見《み》つめてきた。

よ、よし！　今度《こんど》こそ、ちゃんと聞《き》いてもらえるような気《き》がするよ。

「……窮美《ぎゅうび》さん、じつは、あたし、歌手《かしゅ》じゃないんです。」

そのとたん、窮美《ぎゅうび》さんの目《め》が、ぎらりん。

「す、すいません、今《いま》ごろになって。でも、ほんとなんです。あたしは、『越冬《えっとう》からす』じゃなくて、本当《ほんとう》は……。」

そこまで言《い》ったところで、窮美《ぎゅうび》さん、いきなりあたしの手《て》を握《にぎ》ってきた。

「わかりますっ。わかりますよっ！」

は？　あ、あの、なにがわかるっていうの？

「つらいですよね！　苦《くる》しいですよね！」

え？　つらいって、な、なにが？

「本当《ほんとう》なら、まだ国民学校《こくみんがっこう》の五年生《ねんせい》。お友《とも》だちと遊《あそ》びたいさかり、親御《おやご》さんが恋《こい》しいお年《とし》ごろですものねぇ。」

国民学校《こくみんがっこう》？　なんすか、それは？

「なのに、親元《おやもと》をはなれて、街《まち》から街《まち》への旅《たび》ガラス。こうして、付《つ》き人《びと》さんすらいないときもあるんですもの。おさびしいに決《き》まっていますよねぇ。」

『旅《たび》ガラス』？　あのう、さっきは『越冬《えっとう》からす』って呼《よ》んでたんじゃ……。

「旅《たび》をつづけることを、『旅《たび》ガラス』って言《い》うんですよ、からすちゃん。」

ほう、それは勉強《べんきょう》になりました……。って、だから、あたしは、からすちゃんじゃないって言《い》ってるんです！

「ですよね！　自分《じぶん》はからすちゃんじゃないって、言《い》いはりたいですよね！　そんなさびしい暮《く》らしをしてたら、自分《じぶん》をいつわってでも、逃《に》げたいですよね！　わかります〜！」

ぜんぜん、わかってませんっ。

「そう興奮《こうふん》しないで。あのねぇ、からすちゃん。世《よ》の中《なか》には、からすちゃんより、ずっとかわいそうな子《こ》どもたちが、たっくさん、いるんですよ。」

窮美《ぎゅうび》さん、ずずずっと、あたしににじりよってきた。

「ついこのあいだ、あたし、東京《とうきょう》の有楽町《ゆうらくちょう》ってとこ、行《い》ってきたんです。そうしたら、どうです。あっちこっち、浮浪児《ふろうじ》だらけじゃないですか！」

ふろうじ？　おふろに入《はい》ってる、おじさん？

「浮浪児《ふろうじ》。お父《とう》さんが戦死《せんし》したり、空襲《くうしゅう》で家《いえ》も家族《かぞく》も失《うしな》ったりして、この世《よ》にたったひとりぼっち、住《す》むところもない子《こ》どものことですよ。」

あ、『家《いえ》なき子《こ》』？　うん、あの名作《めいさく》、涙《なみだ》なくしては、読《よ》めません……。

「そうそう、そういう家《いえ》なき子《こ》みたいのが、たくさんいるんですよ。ガード下《した》で雨露《あめつゆ》をしのいだり、寒《さむ》い夜《よる》なのに新聞紙《しんぶんし》にくるまって寝《ね》たり……。」

はあ〜。それじゃあ『ホームレスは小学生《しょうがくせい》！』だよ。

「まったく、戦争《せんそう》っていうのはむごいものです。でもね、浮浪児《ふろうじ》たち、必死《ひっし》に生《い》きてましたよ。くつみがきをしたり、ヤミ市《いち》の手伝《てつだ》いしたり、けんめいに働《はたら》いてました。」

そうなんだ……。うーむ、平和《へいわ》なときに生《う》まれて、よかったよ……。

「ええっ？　からすちゃんも、同《おな》じじゃないですか？」

あ、いけない。窮美《ぎゅうび》さんたち、あたしが六十年後《ねんご》の未来《みらい》からやってきたなんて、思《おも》いもよらないんだよね。

「からすちゃんだって、大人《おとな》が起《お》こした戦争《せんそう》で、ひどい目《め》にあわされてる子《こ》どもの一人《ひとり》。でも、泣《な》き言《ごと》も言《い》わず、いっしょうけんめいに生《い》きてる。そうです、からすちゃん、ほんとは、芯《しん》の強《つよ》いがんばりやさんなんですよ。窮美《ぎゅうび》には、ちゃーんとわかってますよ。」

それはどうかな？　そもそも、あたしが『越冬《えっとう》からす』じゃないってこと、わかってないし……。

「いいえ、みんなも、ちゃーんとわかってるんです。だからこそ、みんな、からすちゃんのこと、大好《だいす》きなんです、応援《おうえん》してるんです！」

な、なんか、窮美《ぎゅうび》さん、興奮《こうふん》してきていませんか？

「興奮《こうふん》しますよ、だれだって！　なんてったって、これから、あの人気者《にんきもの》のからすちゃんの歌《うた》がきけるんですから！　ほら、お客《きゃく》さまたちの興奮《こうふん》ぶり、かべ一枚《まい》へだてたここでも、手《て》に取《と》るようにわかるでしょう？」

え？　かべ一枚《まい》へだてた？　じゃあ、このかべのすぐ向《む》こうが……。

「ええ、大広間《おおひろま》です。なにしろ、ここは大広間《おおひろま》のざぶとんをしまっておく部屋《へや》ですから。」

そんな！

あれ？　かべの向《む》こうから、なんだかレトロな音楽《おんがく》が聞《き》こえてくるよ。それに、エコーがかかった声《こえ》も……。

「番頭《ばんとう》の豆頭木《ずずき》さんですよ。ああ見《み》えて、司会《しかい》だけは、たいしたもんなんです。ほら！」

窮美《ぎゅうび》さんに言《い》われて、耳《みみ》をすましてみると。

「本日《ほんじつ》はニギニギしくご来場《らいじょう》、まぁことにぃ、ありがとうございます。わたくしぃ、栗林《りつりん》旅館《りょかん》のザット・エンターティメントぉ〜、豆頭木《ずずき》与太《よた》八左衛門《はちざえもん》でございますぅ。いよいよこれよりぃ、歌謡《かよう》ショーの開幕《かいまく》でございますぅ。」

ちょ、ちょっと待《ま》ってよ。

あたし、ほんとにからすちゃんなんかじゃないんだってば……。

なのに、窮美《ぎゅうび》さんたら、かべの向《む》こうの司会《しかい》の声《こえ》に、うっとりと耳《みみ》をかたむけてるし、豆頭木《ずずき》さんは、大《おお》きくなっていくイントロに負《ま》けじと、ますます声《こえ》をはりあげて……。

「歌《うた》は流《なが》れる、あなたの胸《むね》にぃ。今《いま》、歌謡界《かようかい》の王座《おうざ》に、さ〜んぜんと光《ひか》り輝《かがや》く、お待《ま》ちどおさまっ、越冬《えっとう》からすちゃんです！」

そのとたん、かべが、ぱたんとたおれた。

ほ、ほへ！

あたしの目《め》の前《まえ》に、あめ色《いろ》の木《き》の舞台《ぶたい》が広《ひろ》がってる。

そのまん中《なか》に、まるくて赤《あか》い光《ひかり》の輪《わ》が一つ。

見上《みあ》げると、天井《てんじょう》に、赤《あか》いセロハンのついた、しょぼいスポットライトが……。

「待《ま》ってました！」

「からすちゃん、日本一《にっぽんいち》！」

な、なんなの、これ！　うす暗《ぐら》い大広間《おおひろま》を、ぎっしりと人《ひと》が埋《う》めてるよ。

黄土色《おうどいろ》のお洋服《ようふく》のおじさんや、白茶《しらちゃ》けたかっぽう着《ぎ》にもんぺ姿《すがた》のおばさんたちが、畳《たたみ》に腰《こし》をおろして、しゃんしゃん、手拍子《てびょうし》をしながら、あたしを見《み》つめてる。

「さあ、からすちゃん！　がんばってください！」

窮美《ぎゅうび》さん、やさしい言葉《ことば》とともに、どすんっと、あたしの背中《せなか》をつきとばした。そのいきおいで、あたしは、ふらふらっと、舞台《ぶたい》のまん中《なか》へ。

すかさず豆頭木《ずずき》さんが、あたしの手《て》にマイクを押《お》しつけてくる。

どうすることもできず、あたしはマイクを手《て》に、うつむくだけ。

それを見《み》て、また、わあっと、安《やす》っぽい歓声《かんせい》があがる。

「はにかんだ顔《かお》が、かわいい！」

「さすがは、焼《や》けあとの美少女《びしょうじょ》！」

な、なんか、かけ声《ごえ》も意味不明《いみふめい》……。

っていうか、どうしたらいいの！

「そうそう、その調子《ちょうし》！」

舞台《ぶたい》のそでで、豆頭木《ずずき》さんが、にんまりしながら、ささやいてる。

「打《う》ち合《あ》わせどおりですね。そのまま、そのまま。」

あ。豆頭木《ずずき》さん、あたしが、歌詞《かし》を忘《わす》れたふりしてると思《おも》ってる。

ち、ちがいますって。あたし、ほんとに歌詞《かし》を知《し》らないんです。いや、それ以前《いぜん》に、歌《か》手《しゅ》じゃないんですってば……。

「♪黒《くろ》い～リンゴを～、ひとくち食《た》べた～。」

豆頭木《ずずき》さん、あたしをはげますみたいに、おおげさに手《て》をたたいて、歌《うた》いはじめたよ。

それを見《み》て、お客《きゃく》さんたち、あたしが歌詞《かし》を忘《わす》れたと、かんちがいしたみたい。

「がんばれ、からすちゃん！」

「おらたちが、ついてるぞ！」

あたしは、からすちゃんじゃないから、がんばりません……。

だから、『おらたち』も、ついてこなくてけっこうです……。

なんてこと、言《い》えるわけもなく。

あたしがとまどえばとまどうほど、みんなは、手拍子《てびょうし》のボリュームを上《あ》げ、さらには、
豆頭木《ずずき》さんと、声《こえ》をそろえて、歌《うた》いはじめちゃった……。

「♪しらゆきひーめーは、あの世《よ》～行《い》き～。はい！」

いや、「はい！」って言《い》われても……。

「♪こびとはなんにも知《し》らないけれどぉ～、はい！」

そんな歌《うた》、知《し》らないんですって……。

「♪あたしの黒魔法《くろまほう》～、よく効《き》くのぉ～、はい！」

黒魔法《くろまほう》は、まあ、習《なら》ってるところですけど……。

「ちょっとぉ、この子《こ》、ノリ、悪《わる》くない？」

え？　今《いま》、客席《きゃくせき》から、女《おんな》の子《こ》の声《こえ》が聞《き》こえたような……。

あ、客席《きゃくせき》のいちばん前《まえ》の、それも、どまん中《なか》の特等席《とくとうせき》に、女《おんな》の子《こ》がいる。明《あか》るい舞台《ぶたい》と暗《くら》い客席《きゃくせき》のちょうど間《あいだ》で、見《み》えにくかったんだね。

それにしても、なんだか、やけにハデハデな感《かん》じの女《おんな》の子《こ》だね。

あたしと同《おな》じぐらいの年《とし》だと思《おも》うけど、ウェーブさせた前髪《まえがみ》をぺったりなでつけておきながら、肩《かた》までのばした後《うし》ろ髪《がみ》は、ボリューム感《かん》たっぷりにぐりんぐりんに巻《ま》いて、やたらに大人《おとな》っぽいし……。

「この髪型《かみがた》、サバキって言《い》ってぇ。」

お洋服《ようふく》が、またどハデ。ショッキングピンクっていうの？　目《め》が覚《さ》めるようなピンクに、大《おお》きな白《しろ》い水玉《みずたま》がついてて……。

「やあだぁ、水玉《みずたま》じゃなくてぇ、ドット柄《がら》って言《い》ってくれなぁい？」

はあ。どっと疲《つか》れました、って、こ、このやりとり、覚《おぼ》えがあるような……。

「やっぱりぃ？　あたしぃ、日本《にほん》のマレーネ・ディートリッヒとも、シャーリー・テンプルともいわれるぐらい超有名《ちょうゆうめい》でぇ。」

は？　それが、だれなのか知《し》りませんけど、そうじゃなくって……。

「あ、このドレス？　これはぁ、エルザ・スキャパレリっていってえ、ニューヨークから直輸入《ちょくゆにゅう》の最新《さいしん》のドレスでぇ。」

ああ、やっぱり、このしゃべりかた、どこかで聞《き》いたことがあるような……。

それにしても、最新《さいしん》のドレスって、おかしいんじゃない？

色《いろ》と模様《もよう》のハデハデさもそうだけど、へんなのは形《かたち》。巨大《きょだい》な肩《かた》パッドを入《い》れてるのか、肩《かた》はばがやけに広《ひろ》いのに、ウエストのところは、これでもかってぐらいにしぼってあって。

最新《さいしん》どころか、ファッションオンチのあたしにもわかるくらい、レトロな雰囲気《ふんいき》がただよってます。まあ、六十年以上《ねんいじょう》もまえのお洋服《ようふく》だから、しかたがないんだけどね。

「な、なんですって！　歌手《かしゅ》なんかに、おしゃれのなにがわかるのよ！」

ま、まずい……。心《こころ》のなかで思《おも》ってたこと、声《こえ》に出《だ》しちゃったみたい……。

「スキャパレリはぁ、今《いま》はニューヨークにいるけどぉ、イタリア人《じん》でぇ、ダリとかぁ、ヨーロッパの芸術家《げいじゅつか》たちと影響《えいきょう》をあたえあうようなぁ、アートなデザイナーなのぉ。日本《にほん》人《じん》にはちょっとハデだけどぉ。あたしぐらいかわいいとぉ、これぐらいでいいのぉ。」

は、はあ……。

っていうか、やっぱり、このしゃべりかた、聞《き》きおぼえがある……。

「まあ、あなたが着《き》たらぁ、曲乗《きょくの》りの道化師《どうけし》になっちゃうだろうけどぉ。」

『きょくのり』？『どうけし』？なにそれ？

そのとたん、どハデワンピの女《おんな》の子《こ》のほっぺたが、ぴくぴくっとひきつった。

「ちょっと、なに、とぼけたふりしてるのよ？あたしが、超特別《ちょうとくべつ》なお客《きゃく》さまだと、知《し》ってて、バカにしてるの？」

わわわ、ものすごいけんまく。

「まずいですよ、からすちゃん、歌《うた》はあとまわしでいいから、まず、あやまって！」

足元《あしもと》で、豆頭木《ずずき》さんが、色黒《いろぐろ》の顔《かお》であたしを見上《みあ》げて、ぶるぶるふるえてる。

いつのまにか、『毒《どく》リンゴの歌《うた》』の伴奏《ばんそう》も止《と》まってるよ。大広間《おおひろま》を埋《う》めたお客《きゃく》さんたちも、ついさっきまで手拍子《てびょうし》でもりあがってたのがうそみたいに、しーんとしてる。

「あ、あたりまえですよ。あのかたは、財閥《ざいばつ》のお嬢《じょう》さまなんですよ。」

ざいばつ？髪《かみ》の毛《け》、切《き》るの？あ、それは、散髪《さんぱつ》か……。

「からすちゃん！　ウケをねらってる場合《ばあい》じゃないですよ。財閥《ざいばつ》っていうのは、とてつもないお金持《かねも》ちってことじゃないですか。」

お金持《かねも》ち……。なるほど、たしかに、お嬢《じょう》さまって感《かん》じがするね。

「感《かん》じじゃありません、正真正銘《しょうしんしょうめい》のお嬢《じょう》さまです！　終戦直後《しゅうせんちょくご》で、この国《くに》のほとんど全員《ぜんいん》が食《く》うや食《く》わずの今《いま》、からすちゃんの歌《うた》がききたいってだけで、わざわざ東京《とうきょう》からハイヤーで当館《とうかん》までおこしになれるなんて、財閥《ざいばつ》でもなければ、できませんからねっ。」

東京《とうきょう》からハイヤーで？　す、すご……。

「ふーん、やっと、あたしがどんなにかわいいお嬢《じょう》さまか、わかったみたいね。」

わっ、また、さりげなく『かわいい』って、アピったよ。

わかった！　おかしな髪型《かみがた》にまどわされたけど、このハデハデなお洋服《ようふく》といい、周《まわ》りの空気《くうき》を読《よ》まず、自分《じぶん》のかわいさをアピりまくるところといい、この子《こ》は……。

「メグ……。」

「わぁっ、だ、だめだよ、からすちゃん！　なれなれしく、あだ名《な》で呼《よ》ぶなんて、とんでもない！　めぐみさま！　紫苑《しおん》めぐみさまと、お呼《よ》びしなくちゃだめだよ！」

豆頭木《ずずき》さん、あわあわ。大広間《おおひろま》のお客《きゃく》さんたちも、全員《ぜんいん》、瞬間冷凍《しゅんかんれいとう》されたみたいにかたまっちゃってる。

紫苑《しおん》？　うわあ、すごいぐうぜんです。

「じつは、あたしのクラスに、あなたと同《おな》じように、いつもハデハデの、じゃなかった、かわいいお洋服《ようふく》を着《き》て、お顔《かお》もどことなく似《に》ている女《おんな》の子《こ》がいるんです。その子《こ》、紫苑《しおん》メグっていって……。」

すると、今度《こんど》は、瞬間冷凍《しゅんかんれいとう》のお客《きゃく》さんたちに、ぴきぴきっとひびが入《はい》った。

「からすちゃん！　あやまって！　紫苑《しおん》さまにあやまって！　ああ、申《もう》しわけありませんっ、紫苑《しおん》さまぁ〜。」

豆頭木《ずずき》さん、ばったりとたおれこむと、顔全体《かおぜんたい》を畳《たたみ》にこすりつけて、土下座《どげざ》。

ところが、六十年《ねん》まえの、レトロバージョンのメグは、すごいおこりっぽい子《こ》みたいで。

目《め》じりをぎりぎりっとつりあげたと思《おも》ったら、わあわあ、わめきだした。

「どういうこと？　紫苑財閥《しおんざいばつ》がバカにされるなんて、ありえない！」

「め、めっそうもございません！　紫苑家《しおんけ》をバカにする者《もの》など、この日本《にほん》に一人《ひとり》だっているわけがありませんよ。ねえ、からすちゃん、そうでしょ？」

そうです。バカにするつもりなんて、ありません。

「あらそう。じゃあ、あやまってもらおうかしら。」

あやまる？

「そうよ。あやまって、それから、もう一度《いちど》『毒《どく》リンゴの歌《うた》』を、ちゃんと歌《うた》ってちょうだい。そうしたら、今《いま》のこと、きれいさっぱり忘《わす》れてあげるから。」

「ああ、さすがは紫苑家《しおんけ》のお嬢《じょう》さま。なんとお心《こころ》が広《ひろ》い。さ、からすちゃん、あやまろう。あやまって、歌《うた》、歌《うた》おう。ね！」

ちょっと待《ま》ってよ、豆頭木《ずずき》さん。なんか、あたし、はらが立《た》ってきたよ。

だって、そうでしょ。メグに似《に》ているなぁって、つぶやいたら、たまたま名字《みょうじ》とあだ名《な》が同《おな》じだったってだけじゃない。あやまらなくちゃいけない理由《りゆう》が、わかりません。

「なんですって！　ちょっと、番頭《ばんとう》さん、これ、いったいどういうこと？」

「わわわっ、すいません。からすちゃん、とにかく、あやまって！」

いやです。

だいたい、あたしは、からすちゃんでもなんでもないんです。さっきからずっとそう言《い》ってるんです。なのに、だれも聞《き》いてくれなくて。

あたしが、桃花《とうか》ちゃんだったら、どうなってると思《おも》う？　とっくにダイナマイトを投《な》げられてるよ。

そうしたら、紫苑財閥《しおんざいばつ》のめぐみお嬢《じょう》さま、きいっと、ぶきみなさけび声《ごえ》をあげた。

「なんて子《こ》！　ちょっと人気《にんき》があるからって、いい気《き》になって。麻倉《あさくら》！　麻倉《あさくら》！」

めぐみお嬢《じょう》さまが、ちらりと背中《せなか》のほうへ目《め》をやると、後《うし》ろから、若《わか》い男《おとこ》が一人《ひとり》、音《おと》もなく、すっとあらわれた。

黒《くろ》いスーツに白《しろ》いワイシャツ。角刈《かくが》りにした短《みじか》い髪《かみ》。絵《え》に描《か》いたような、やくざさん。

……いや、ちょっと待《ま》て。今《いま》、麻倉《あさくら》って、言《い》わなかった？

「麻倉《あさくら》、今《いま》のやりとり、聞《き》いてたわね。」

「へい。」

「だったら、あたしがどうしてほしいか、わかってるわね。」

「へい。」

低《ひく》い声《こえ》で、短《みじか》く返事《へんじ》をすると、角刈《かくが》りの若《わか》いやくざさん、すっと顔《かお》を上《あ》げた。

うそ……。

そ、そっくりだよ、あたしのクラスの麻倉良太郎《あさくらりょうたろう》くんに……。

角刈《かくが》りじゃないんだけどね、でも、相手《あいて》を下《した》から見上《みあ》げる大《おお》きな目《め》。いかにも、きかんきそうな口《くち》とか、うりふたつ。そのうえ、麻倉《あさくら》って名前《なまえ》まで同《おな》じだなんて、あっけにとられちゃうよ……。

ところが、角刈《かくが》りのやくざさんも、目《め》をまんまるにして、あたしを見《み》つめかえしてきた。

「あ……。」

な、なんなの？　ほっぺたを、ぽっと、ほてらせちゃって。

さらには、なにか言《い》いたそうに、もじもじしてるし。

この雰囲気《ふんいき》、ますます五年《ねん》一組《くみ》の麻倉《あさくら》くんに似《に》てきてる。いや、似《に》てるというより、同《おな》じと言《い》ったほうがぴったり……。

「どうしたの、麻倉《あさくら》？　知《し》り合《あ》い？」

めぐみお嬢《じょう》さまが、さすような視線《しせん》で、やくざさんを見《み》つめてる。そのするどい声《こえ》に、やくざさん、びくっと肩《かた》をふるわせた。

「い、いえ、なんでも、ございやせん。」

「なら、思《おも》い知《し》らせてやりなさい。紫苑財閥《しおんざいばつ》をこけにすると、どんな痛《いた》い目《め》にあうか。」

痛《いた》い目《め》って言葉《ことば》に、番頭《ばんとう》の豆頭木《ずずき》さんが、ひぃっと、息《いき》をのんでる。

ところが、次《つぎ》にやくざさんがしたのは、ぺこりと頭《あたま》を下《さ》げたことだけ。

「年端《としは》もいかない女《おんな》の子《こ》どもに、手荒《てあら》なまねはいけません。場合《ばあい》によっちゃあ、将来《しょうらい》、極妻《ごくづま》として、あっしを支《ささ》えるようになるかもしれませんし。」

ええっ？　そのセリフ、ますます麻倉良太郎《あさくらりょうたろう》くんっぽい……。

「どうでしょう、お嬢《じょう》さん、ここは、この麻倉《あさくら》に、すべて、まかせていただけませんでしょうか。」

すると、めぐみお嬢《じょう》さまの顔《かお》が、みるみる怒《いか》りで赤《あか》くなっていった。

「なんですって！　麻倉《あさくら》、あたしの言《い》うことが聞《き》けないっていうの？」

「めっそうもございません。あっしはただ……。」

「麻倉《あさくら》。おまえが、大日本雄弁組《だいにっぽんゆうべんぐみ》の若頭《わかがしら》に出世《しゅっせ》できたのは、パパのおかげよね。」

「……へえ。」

「なぜだか知《し》らないけど、パパはおまえがお気《き》に入《い》り。それで、池袋《いけぶくろ》と新宿《しんじゅく》のヤミ市《いち》に出《だ》す芋《いも》は、おまえがこの村《むら》で仕入《しい》れた芋《いも》だけにしろと、パパが言《い》ったのよ。おかげで、大日本雄弁組《だいにっぽんゆうべんぐみ》は大《おお》もうけ、おまえは、組長《くみちょう》にかわいがられて大出世《だいしゅっせ》。そうよね。」

「……へえ。」

ちょっと待《ま》て。なんか、だんだん見《み》えてきたような気《き》がする。

大出世《だいしゅっせ》した、この若《わか》い『麻倉《あさくら》』さんは、このあと、独立《どくりつ》して『講談組《こうだんぐみ》』を作《つく》るんじゃないの？　ってことは、この人《ひと》は、麻倉良太郎《あさくらりょうたろう》くんのおじいちゃん！

そう考《かんが》えれば、顔立《かおだ》ちも、あたしを見《み》つめる目《め》つきも、そしてセリフまで、麻倉《あさくら》くんにそっくりなのも説明《せつめい》がつくもの！

「でも、パパは、娘《むすめ》のあたしにめろめろなのよ。もし、あたしが『貧乏《びんぼう》くさい歌手《かしゅ》にバカにされたのに、ボディガードの麻倉《あさくら》はなにもしてくれなかった。』って、パパに言《い》いつけたら、どうなるかしら。」

そうか！　じゃあ、このファッション命《いのち》の自己《じこ》チュー爆発少女《ばくはつしょうじょ》は、メグのおばあちゃんなんだ。し、しかし、こんなぐうぜん、あり？

「ヤミ市《いち》の芋商売《いもしょうばい》はパア。大日本雄弁組《だいにっぽんゆうべんぐみ》は大損《おおぞん》、そして、おこった組長《くみちょう》はおまえを……。」

ドタドタドタッ！

大広間《おおひろま》の向《む》こうから、すごい足音《あしおと》がした。と思《おも》ったら、人《ひと》で埋《う》まった大広間《おおひろま》に、着物姿《きものすがた》の女《おんな》の子《こ》が一人《ひとり》、転《ころ》がりこんできた。だ、だれ？

「お、お客《きゃく》さま！　お待《ま》ちくださいっ！」

その声《こえ》は……。あたしが目《め》をこらすと同時《どうじ》に、窮美《ぎゅうび》さんが後《うし》ろから飛《と》び出《だ》してきた。

「乙子《おつこ》！　おみゃー、なにしに来《き》たずら！」

おっこちゃん！

けれど、おっこちゃんは、あたしにも、窮美《ぎゅうび》さんにも、目《め》もくれず、一直線《いっちょくせん》にめぐみお嬢《じょう》さまのもとへ駆《か》けよった。

「申《もう》しわけございません、お客《きゃく》さま。どうか、おゆるしください！」

おっこちゃん、いきなり土下座《どげざ》！

これには、めぐみお嬢《じょう》さまもあぜん。いや、その場《ば》にいた全員《ぜんいん》が、あぜん。

いったいどうしたの？

「まちがいなんです！　このかたは、越冬《えっとう》からすさんではありません。」

「なんですって！」

その瞬間《しゅんかん》、どよめきで大広間《おおひろま》がぐらり。そこらじゅう、O《オー》の形《かたち》をした口《くち》だらけ。

「からすさんのご到着《とうちゃく》がおくれていたので、当館《とうかん》の者《もの》はみな、やきもきしていたのです。

そこへ、このような妖怪《ようかい》……いえ、とても個性的《こせいてき》なお衣装《いしょう》のかたがあらわれたので、あたしたち、てっきり、越冬《えっとう》からすさんと、かんちがいしてしまいまして……。」

おっこちゃん、それはちがうでしょ。

あたしを、歌手《かしゅ》だと言《い》いはったのは、仲居頭《なかいがしら》の窮美《ぎゅうび》さんと、番頭《ばんとう》の豆頭木《ずずき》さん……。

そうしたら、おっこちゃん、ちらっとあたしを見上《みあ》げて、しぃっと、指《ゆび》をたてた。

「じつは、たった今《いま》、越冬《えっとう》からすさまの付《つ》き人《びと》で『板東《ばんどう》いるか』というかたから、電報《でんぽう》が届《とど》きまして……。」

バンドウイルカ？　あのう、それって、イルカの種類《しゅるい》の名前《なまえ》では……。

でも、おっこちゃんたら、すました顔《かお》で、着物《きもの》のたもとから、細長《ほそなが》い紙《かみ》を取《と》りだすと、読《よ》みあげはじめた。

「『カラス　食《しょく》アタリ　ナオラズ。歌謡《かよう》ショー　チュウシ　ニ　サレタシ　イルカ。』」

またまた、どよめきで大広間《おおひろま》がぐらり。全員《ぜんいん》のお口《くち》がO《オー》の形《かたち》。

「……そ、それじゃあ、この子《こ》は？」

めぐみお嬢《じょう》さまがきくと、おっこちゃん、待《ま》ってましたとばかりに口《くち》を開《ひら》いた。

「わたしと同《おな》じ、仲居見習《なかいみなら》いでございます。」

「仲居見習《なかいみなら》い？　そ、それにしちゃ、ずいぶんとキテレツなかっこ、してるじゃない。」

すると、それまで、かたまっていた窮美《ぎゅうび》さんが、急《きゅう》にしゃしゃり出《で》てきて。

「どうせ、アメリカの兵隊《へいたい》さんにでも、もらったんでしょう。このごろ、多《おお》いんでございますよ。東京《とうきょう》あたりから、働《はたら》き口《ぐち》をさがして、勝手《かって》に入《はい》りこんでくるんでございます。」

勝手《かって》に入《はい》りこんでくる？　あたしが？

「こちらも、人手不足《ひとでぶそく》なもので、つい受《う》け入《い》れてしまうんですが、やっぱりだめですねえ、どこの馬《うま》の骨《ほね》ともわかんない子《こ》どもたちは。」

どこの馬《うま》の骨《ほね》って、な、なんてこと言《い》うのよ！

「おさえて、チョコちゃん。ここは、おさえて。」

おっこちゃん、あたしの腕《うで》をつかんで、ささやいてる。

いや、でも、あたしは、納得《なっとく》いかないよ。勝手《かって》にかんちがいされたあげく、なんで、言《い》われたい放題《ほうだい》にされなくちゃならないのか……。

「姐《あね》さん、ここはどうか……。」

低《ひく》い声《こえ》にふりかえると、麻倉《あさくら》くん、いえ、麻倉《あさくら》くんのおじいちゃんの、若《わか》い角刈《かくが》りやくざさんが、あたしに頭《あたま》を下《さ》げてる。

若《わか》おかみとして、世《よ》の中《なか》のことにくわしいおっこちゃんまでが、おさえてって言《い》ってるわけだし、ここは、言《い》われたとおりにするかな……。

「乙子《おつこ》！　そのニセからす、さっさと、向《む》こうへ連《つ》れていくずら！」

いきなり強気《つよき》になった窮美《ぎゅうび》さん、大《おお》きな片目《かため》をぎらつかせて、どなりつけると、今度《こんど》は、めぐみお嬢《じょう》さまをふりかえって、にたにた&《アンド》ぺこぺこ。

「申《もう》しわけございません。ただいま、お食事《しょくじ》を特別《とくべつ》にご用意《ようい》いたしますので、どうか、ゆっくりしていってくださいませ。」

豆頭木《ずずき》さんは豆頭木《ずずき》さんで、がっかりするお客《きゃく》さんたちの、ごきげんをとってる。

「やっぱりねえ。こんな、へちゃむくれのオンチが、人気者《にんきもの》のからすちゃんだなんて、どうもおかしいと思《おも》ってたんですよね……。」

む、むかつく……。

「さ、チョコちゃん、行《い》こう！」

うん……。なんか、生《う》まれて以来《いらい》、いちばん納得《なっとく》がいかない気分《きぶん》だけど……。

あ、若《わか》き日《ひ》の麻倉《あさくら》くんのおじいちゃん、まだ、あたしのほうをチラ見《み》してる。

うーん、六十年《ねん》まえの世界《せかい》でまで、麻倉《あさくら》くんとメグのご先祖《せんぞ》さんに、ふりまわされるなんて、これまた、納得《なっとく》がいきません！

## 4　二人《ふたり》はどうなるの!?

おっこはゴスロリ姿《すがた》のチョコちゃんといっしょに、栗林旅館《りつりんりょかん》の裏口《うらぐち》のほうに行《い》った。

「チョコちゃん、大変《たいへん》だったわね。ごめんね。こんなことになるんだったら、チョコちゃんにはどこかにかくれててもらって、あたし一人《ひとり》が栗林旅館《りつりんりょかん》に来《く》ればよかったわ。」

おっこが言《い》うと、チョコちゃんは、首《くび》を横《よこ》にふってきっぱり言《い》った。

「おっこちゃんのせいじゃないよ。あのやたらに『ずら!』って言《い》う人使《ひとづか》いのあらい仲居《なかい》さんと、目立《めだ》ちたがりのうえに人《ひと》の話《はなし》を聞《き》かない番頭《ばんとう》さんが、勝手《かって》にあたしをからすちゃんとまちがえたのが悪《わる》いんだよ!」

「とにかく、このまま、その衣装《いしょう》でいるのは目立《めだ》つからよくないわ。どこかにかくしておいたほうがよくない?」

「それも、そうだね。黒魔法《くろまほう》をつかうときに着《き》がえたらいいね。」

「この旅館《りょかん》のどこかに、目立《めだ》たないような着《き》がえ、ないかしら。みんなが着《き》ているようなもんぺとか仲居用《なかいよう》の着物《きもの》とか……。」

二人《ふたり》で話《はな》していると。

「着《き》がえがほしけりゃ、いくらでも用意《ようい》してあげるわよ。」

すぐ後《うし》ろから、きんきん高《たか》い女《おんな》の子《こ》の声《こえ》がひびいてきた。

「ええ?」

ふりむくと、目《め》がちかちかするようなピンクに、大《おお》きな水玉《みずたま》もようのドレスを着《き》た女《おんな》の子《こ》が、腰《こし》に手《て》を当《あ》てて立《た》ちはだかっていた。

(ああー! さっきのお客《きゃく》さま……紫苑《しおん》めぐみさまだわ! 真月《まつき》さんとピンク衣装《いしょう》はで試《じ》合《あい》をしても、このかたならきっといい戦《たたか》いをされるわね。)

「あたしは、顔《かお》だけじゃなくって心《こころ》もすっごくかわいいからぁ、さっきのめっちゃくちゃなひどい歌《うた》のことは、水《みず》に流《なが》してあげる。そのうえ、あなたに似合《にあ》うようなお洋服《ようふく》もプレゼントしてあげるってわけ。麻倉《あさくら》、あれを。」

すると、紫苑《しおん》さまの後《うし》ろから、ゆらっと大《おお》きな影《かげ》があらわれて、黒《くろ》いスーツ姿《すがた》の目《め》つきの鋭《するど》い男《おとこ》の……麻倉《あさくら》さんがなにかを手《て》に持《も》って出《で》てきた。

麻倉《あさくら》さんは、だまってチョコちゃんの前《まえ》に、灰色《はいいろ》のもんぺと上着《うわぎ》を置《お》いた。はきものや、足袋《たび》、手《て》ぬぐいまでも一式《いっしき》そろっている。

「あなたに合《あ》うように、手《て》ぬぐいも足袋《たび》も、あずきを煮《に》つめたような色《いろ》のものをそろえさせたのよ。けっこうお金《かね》がかかってるの。だから、これでいいわよね？」

紫苑《しおん》さまの問《と》いかけに、おっこもチョコちゃんも、

「はあ？」

と首《くび》をかしげた。

なにがいいのか、意味《いみ》がよくわからないのだ。

「もーう！　にぶいったらありゃしない！　麻倉《あさくら》！　この子《こ》たちにわからせてやって！」

紫苑《しおん》さまが命令《めいれい》すると、麻倉《あさくら》さんは静《しず》かにおっことチョコちゃんの前《まえ》に寄《よ》ってきて、低《ひく》い声《こえ》でこう言《い》った。

「めぐみお嬢《じょう》さまは、こうおっしゃってるんで。かわりの服《ふく》をやるから、その黒《くろ》いばさばさした服《ふく》をこっちによこせ……。意味《いみ》、わかりやしたか？」

「すごくよくわかりました！」

「わかりやすかったです。麻倉《あさくら》く……いえ、麻倉《あさくら》さん。」

おっことチョコちゃんは、いっしょにうなずいた。

「だけど、それは……チョコちゃん、できないわよね？」

おっこがきくと、チョコちゃんは深《ふか》くうなずいた。

「これがないと、とっても困《こま》るんです。だから、ゆずれないんです。ごめんなさい。」

するとと、紫苑《しおん》さまの顔《かお》が、着《き》ているドレスぐらい、かあっと熱《あつ》くのぼせたピンク色《いろ》になった。

「あのねぇ、そういう個性的《こせいてき》なデザインのドレスはぁ、まず、あたしぐらいかわいい子《こ》がためして、着《き》こなしかたを考《かんが》えてあげるのぉ。だからこそ、ふつーの子《こ》も着《き》られるように、なるわけぇ。わかったぁ？」

紫苑《しおん》さまの自己《じこ》チューな理屈《りくつ》と、おかしなしゃべりかたに、おっこもチョコちゃんもたじたじとなった。

「それに、着《き》がえがほしいって言《い》ったの、自分《じぶん》たちじゃない。それを助《たす》けてあげようって言《い》ってるのよぉ。」

「そ、そうですけど、でもこれは手放《てばな》すわけにはいかないんです。」

「そ、そうなんです。チョコちゃんにとって、この衣装《いしょう》はすごく特別《とくべつ》でたいせつなものだから、ほかのものと交換《こうかん》するなんてできないんです。」

すると、紫苑《しおん》さまは、わかった！　とうなずいた。

「……わかったわ。それだけのイケてるデザインだもの。ずいぶんお金《かね》がかかったのね。じゃあ、こうしましょう。パパに特別《とくべつ》なお洋服《ようふく》を取《と》りよせるからってたのんだら、お金《かね》いっぱいくれるから。そのお洋服代《ようふくだい》いくら？　とりあえずはこれだけあるけど。」

紫苑《しおん》さまが、ドレスと同《おな》じ色柄《いろがら》の、リボンのついたがまぐちを開《あ》けて、お札《さつ》をごそっと引《ひ》っぱりだしたので、おっこもチョコちゃんも、びっくりしてしまった。

「そ、そんなのじゃないんです！」

「どうしてもチョコちゃんはこれを手放《てばな》せないんです！」

必死《ひっし》にいいわけしていると。

「紫苑《しおん》さま！　紫苑《しおん》さま、大変《たいへん》です！」

だれかが大《おお》きな声《こえ》でさけびながら、裏庭《うらにわ》から駆《か》けてきた。

（あ、峰子《みねこ》さん！）

おっこは、目《め》をまるくした。

仲居《なかい》の着物姿《きものすがた》の峰子《みねこ》さんが、走《はし》ってきたのだ。

「大事《だいじ》なお車《くるま》が、だれかに落書《らくが》きされてますよ！　早《はや》くお車《くるま》を動《うご》かされたほうがいいですよ！」

「なんですって⁉　あのおしゃれなオープンカーに落書《らくが》きですって？　せっかく今日《きょう》のために、車《くるま》をお取《と》りよせしたのに！　大変《たいへん》！　麻倉《あさくら》！　行《い》くわよ！」

「へい！」

紫苑《しおん》さまと麻倉《あさくら》さんは、大急《おおいそ》ぎでその場《ば》から走《はし》り去《さ》った。

ぼうぜんと二人《ふたり》の後《うし》ろ姿《すがた》を見送《みおく》っているおっことチョコちゃんに、峰子《みねこ》さんは、にこっと笑《わら》いかけた。

「だいじょうぶだった？　あのハデハデお嬢《じょう》さまのむちゃな話《はなし》につきあわされて、大変《たいへん》だったわね。」

おっこは息《いき》をのんで、若《わか》い娘時代《むすめじだい》のおばあちゃんの顔《かお》を見《み》つめた。

髪《かみ》は墨《すみ》を流《なが》したように真《ま》っ黒《くろ》でつややか。白《しろ》い額《ひたい》にすきっと細《ほそ》いあご、写真《しゃしん》で見《み》るよりもっともっときれいだ。

だけど、おっこたちにほほえみかけてくる、その目《め》のやさしさは、おっこのよく知《し》っているおばあちゃんのものだ。

峰子《みねこ》さんはチョコちゃんにも話《はな》しかけた。

「あなたも仲居見習《なかいみなら》いだったのに、歌謡《かよう》ショーまでやらされそうになっちゃって、とんだ災難《さいなん》だったわね。気《き》の毒《どく》に。疲《つか》れたでしょう？　とにかく仲居部屋《なかいべや》で着《き》がえをなさいよ。でないと、またあのわがままお嬢《じょう》さまがもどってきちゃうかも。車《くるま》に落書《らくが》きしてる人《ひと》なんていないんだからね。」

「ええ!?　じゃ、さっきの話《はなし》はうそだったんですか？」

おっこがおどろいてたずねると、峰子《みねこ》さんは、うふっといたずらっぽく笑《わら》いながら言《い》った。

「それぐらい言《い》わないと、あのお嬢《じょう》さまはむちゃ言《い》うからね！　それに、あんなどハデな外国《がいこく》の車《くるま》、ばかばかしくって、落書《らくが》きする気《き》にもなれないわよ。ねえ、千香子《ちかこ》さん。」

峰子《みねこ》さんが言《い》うと、ろうかの奥《おく》から千香子《ちかこ》さんも顔《かお》をのぞかせた。

「峰子《みねこ》さんたら、ほんとおかしなことをすぐに思《おも》いつくんだから。さ、二人《ふたり》とも早《はや》くこちらにいらっしゃいな。」

千香子《ちかこ》さんが、にっこりとほほえんだ。

「は、はい、では……。」

一歩《ぽ》ふみ出《だ》そうとしたとき。おっこはくらっと体《からだ》がゆれて、よたよたっとチョコちゃんの肩《かた》につかまった。

「おっこちゃん、どうしたの？」

「……ら、らいじょうぶ……。ただ、おなかがすいて……。」

仲居部屋《なかいべや》は、窓《まど》ガラスごしに陽《ひ》にやけた畳《たたみ》と、ほころびだらけのざぶとんがあるだけの、古《ふる》びた六畳間《じょうま》だった。

しかし、仲居《なかい》さんたちの私物《しぶつ》が置《お》いてあったり、欠《か》けたとっくりに庭《にわ》の花《はな》が一輪《りん》さしてあったりで、たくさんの女《おんな》の人《ひと》がここですごしているのがわかる、あたたかみが感《かん》じられる部屋《へや》だった。

「あなたたちもまだ若《わか》いのに、親元《おやもと》をはなれて働《はたら》きに出《で》なくちゃいけないなんて大変《たいへん》ね。」

峰子《みねこ》さんが湯《ゆ》のみに、色《いろ》のうすいお茶《ちゃ》をつぎながら、しんみりそう言《い》った。

「は、はあ……。」

「名前《なまえ》はなんていうの？」

「あ、あたしはおっこ……、いえ、乙子《おつこ》です。」

「あたしは、チョコ……ええと、千洋子《ちよこ》です。」

「乙子《おつこ》ちゃんに千洋子《ちよこ》ちゃんね。これから同《おな》じ旅館《りょかん》で働《はたら》く仲間《なかま》なのね。よろしくお願《ねが》いいたします。」

峰子《みねこ》さんは、大人《おとな》にするように、きちんと頭《あたま》を下《さ》げた。

「こ、こちらこそ、よろしくお願《ねが》いいたします。」

おっこもあわてて、いっしょにあいさつを返《かえ》していると。

「よかったわ。厨房《ちゅうぼう》にまだ宴会《えんかい》のお料理《りょうり》が残《のこ》っていたわよ。」

千香子《ちかこ》さんが、お盆《ぼん》に器《うつわ》をたくさんのせて、部屋《へや》にもどってきた。

「窮美《ぎゅうび》さんや豆頭木《ずずき》さんに見《み》つからなくってよかったわ！　あの人《ひと》たちったら意地《いじ》きたなくて、ぜったいに食《た》べ物《もの》は横取《よこど》りするんだから。いやだいやだ！」

峰子《みねこ》さんが、顔《かお》をしかめてそう言《い》った。

(峰子《みねこ》さ……おばあちゃんって、若《わか》いときはすっごくはっきり物《もの》を言《い》う性格《せいかく》だったのね……。それに、大事《だいじ》なお客《きゃく》さまにうそついて追《お》いはらうようなことをしたりして……。お茶目《ちゃめ》っていうか、なんていうか、強《つよ》い性格《せいかく》だわ。)

おっこは、おばあちゃんをしみじみ観察《かんさつ》しながら、そう思《おも》った。

「あなたたち、運《うん》がよかったわね。さあ、たくさんめしあがれ。」

千香子《ちかこ》さんが、おっことチョコちゃんの前《まえ》にお盆《ぼん》を置《お》いた。

焼《や》いた魚《さかな》や、煮物《にもの》などがずらっと並《なら》んでいる。

「うわあ、おいしそう！」

「いただきます！」

おっことチョコちゃんが、はしを手《て》にしたときだった。

いきなり、がらっとふすまが開《あ》いた。

「ぎゅ、窮美《ぎゅうび》さん！」

「おみゃーら、急《きゅう》に消《き》えたからあやしいと思《おも》ったら、ここにいたずらか！」

窮美《ぎゅうび》さんが、じろっとおっことチョコちゃんをにらみ、それから二人《ふたり》の前《まえ》に並《なら》んだ料理《りょうり》を見《み》て、目《め》をむいた。

「ほー、この栗林旅館《りつりんりょかん》でロクに働《はたら》きもせずに、飯《めし》だけは一人前《いちにんまえ》に食《く》うずらか？　とんだごくつぶしずら！」

「窮美《ぎゅうび》さん、この子《こ》たちはおなかがすいてたおれそうだったんですよ！　たおれそうになるまで、なにも食《た》べさせないなんて！」

「そうですよ。おなかがすいては、仕事《しごと》もできないですし……。この子《こ》たちは、これから仲居《なかい》の仲間《なかま》としていっしょに働《はたら》くんですから……。」

必死《ひっし》で峰子《みねこ》さんと千香子《ちかこ》さんがかばってくれたが、窮美《ぎゅうび》さんはようしゃがなかった。

「峰子《みねこ》、おみゃーの出《で》る幕《まく》ではないわ。仕事《しごと》がちょっこしできるのを鼻《はな》にかけて、生意気《なまいき》なんずら！　仲居頭《なかいがしら》はあたしずら！　歌手《かしゅ》のふりをして歌謡《かよう》ショーをめちゃめちゃにしたやつを、ここでやとうことはできないで！　おみゃーはすぐに出《で》ていくずら！」

窮美《ぎゅうび》さんは、チョコちゃんをびしっと指《ゆび》さした。

「そんな！　チョコちゃんだけ一人《ひとり》でどこかに行《い》かせるなんてできないわ！」

「なら、乙子《おつこ》も出《で》ていけ！　ここで働《はたら》きたいって子《こ》はいっくらでもいるんだわ！」

「……わかりました。じゃ、あたしも出《で》ていきます。」

おっこは決心《けっしん》して、チョコちゃんの手《て》を取《と》った。

「ここで旅館《りょかん》の仕事《しごと》を勉強《べんきょう》させていただきたかったんですけど、しかたありません。お世話《せわ》になりました。」

「おっこちゃん……。」

チョコちゃんが不安《ふあん》そうに、おっこの手《て》を握《にぎ》った。

すると窮美《ぎゅうび》さんは牛乳《ぎゅうにゅう》びんの底《そこ》のような厚《あつ》いレンズのめがねを光《ひか》らせて、こう言《い》いはなった。

「犬《いぬ》にやる飯《めし》はあっても、おみゃーらにやる飯《めし》はにゃーだで！　さっさと出《で》ていくずらあ！」

おっこはチョコちゃんと、栗林旅館《りつりんりょかん》をあとに、とぼとぼと歩《ある》きだした。

「おっこちゃん、これからどうしよう？」

「旅館《りょかん》に入《はい》れたら、大蔵《だいぞう》さんや峰子《みねこ》さんたちの近《ちか》くにいられると思《おも》ったんだけど、ね……。」

（ああ、さっき千香子《ちかこ》さんが持《も》ってきてくれたお料理《りょうり》を、ひとくちでも食《た》べておけばよかった。どっちにしても、窮美《ぎゅうび》さんに追《お》いだされたんだものね。ああ、おなかがすいて、目《め》がかすんできたわ……。）

途方《とほう》にくれていると。

「おおーい。おおーい。」

いきなり栗林《くりばやし》の間《あいだ》からむくっと、まるい体型《たいけい》の男《おとこ》の人《ひと》があらわれた。

「あれ、伊蔵《いぞう》さん……！　チョコちゃんのおじいちゃんじゃない？」

「そうだわ！　おじいちゃんだ！　なんだろう？」

二人《ふたり》で顔《かお》を見合《みあ》わせていると、伊蔵《いぞう》さんが走《はし》ってきた。

「千洋子《ちよこ》ちゃんと、乙子《おつこ》ちゃんかなあ？」

「は、はい！」

「二人《ふたり》とも仕事《しごと》がなくって行《い》くとこがないって、峰子《みねこ》さんと千香子《ちかこ》さんに聞《き》いたぞう。二人《ふたり》ともよかったら、うちの芋《いも》ねえちゃんになるんだぞう。」

「芋《いも》ねえちゃん？」

「って、なんですか？　それ。」

「うちは干《ほ》し芋作《いもづく》りをやってるんだぞう。うまい干《ほ》し芋《いも》を作《つく》るために、芋《いも》の皮《かわ》むきを手《て》伝《つだ》ってくれる女《おんな》の人《ひと》を、芋《いも》ねえちゃんって言《い》うんだぞう。」

「ええ？　じゃあ、お芋《いも》の皮《かわ》むきの仕事《しごと》にやとってもらえるんですか？　ありがとうございます！」

「うれしいです！」

「じゃ、すぐにうちの小屋《こや》に来《く》るといいぞう。寒《さむ》くないぞう。」

伊蔵《いぞう》さんに連《つ》れられて、おっことチヨコちゃんは、干《ほ》し芋作《いもづく》りの小屋《こや》に入《はい》った。

小屋《こや》は意外《いがい》と広《ひろ》くて、火《ひ》のあたたかさがほわっと、おっことチヨコちゃんをやさしくつつんだ。

「あったかい……。」

「芋《いも》を蒸《む》してるから、あったかいんだぞう。火《ひ》の近《ちか》くに座《すわ》るといいぞう。そっちのわらをしいてあるところで、早寝《はやね》するといいぞう。」

「早寝《はやね》？」

「芋《いも》むきは夜中《よなか》からはじめないと間《ま》に合《あ》わないから、すごく早起《はやお》きするんだぞう。三時《じ》には、峰子《みねこ》さんや千香子《ちかこ》さん、ほかのみんなも集《あつ》まって、芋《いも》むきをはじめるから、それまでに起《お》きて顔《かお》を洗《あら》ったりするんだぞう。」

「えぇー！　三時《じ》スタートですか。旅館《りょかん》の朝《あさ》よりも、ずっと早《はや》いわ。」

「そっちの鍋《なべ》に雑炊《ぞうすい》があるから、それを食《た》べたら寝《ね》るんだぞう。干《ほ》し芋《いも》の黒《くろ》くなってしまったやつも食《た》べていいぞう。」

伊蔵《いぞう》さんは、言《い》うだけ言《い》うと、自分《じぶん》は外《そと》に行《い》ってしまった。

おっことチヨコちゃんは顔《かお》を見合《みあ》わせた。

「……チヨコちゃんのおじいちゃん、すごくいい人《ひと》ね。知《し》らない子《こ》にこんなに親切《しんせつ》にしてくださるなんて。」

「それを言《い》うなら、おっこちゃんのおばあちゃんだって。初《はじ》めて会《あ》った子《こ》のために、うるさい窮美《ぎゅうび》さんとやりあってくれたりして。」

「それはチョコちゃんのおばあちゃんも同《おな》じよ……。わ、なんかこれすごくおいしそう。あたためていただきましょう！」

おっこが、雑炊《ぞうすい》の鍋《なべ》を指《ゆび》さした。

「うん！　こっちの干《ほ》し芋《いも》も火《ひ》にあぶってみよう。かたくなった干《ほ》し芋《いも》も、軽《かる》くあぶると、やわらかくて、あまくなるって、まえに、おばあちゃんに教《おし》えてもらったの。」

二人《ふたり》で、あたたかい食《た》べ物《もの》をほおばった。

「う、わ、めっちゃおいしいー！　なかに入《はい》ってる野菜《やさい》がおいしい！」

「おっこちゃん、こっちの干《ほ》し芋《いも》も、もう、めっちゃあまくておいしいよ！」

「うわあ、本当《ほんとう》だ！　はちみつで煮《に》たみたいにあまいし、いいにおい！」

二人《ふたり》はうれしくって、ひとくち食《た》べるたびに、笑《わら》ってしまった。

炉《ろ》の火《ひ》にあたりながら、仲良《なかよ》しのチョコちゃんとくっついて、おいしいものを食《た》べていると、おっこはふと、今《いま》ここがいつの時代《じだい》で、どこにいるのかも忘《わす》れてしまいそうになった。

にこにこしながら干《ほ》し芋《いも》をかじるチョコちゃんは、千香子《ちかこ》さんに貸《か》してもらった上着《うわぎ》ともんぺを着《き》ている。ゴスロリ衣装《いしょう》はふろしきにつつんで、小屋《こや》のすみに置《お》いてある。

(チョコちゃん……ごすろりも似合《にあ》うけど、このかっこうも、なんだかすごく似合《にあ》うわ。本当《ほんとう》にこの時代《じだい》の子《こ》みたい……。)

そう思《おも》ったときに、チョコちゃんがこう言《い》った。

「……おっこちゃん、その仲居《なかい》さんの着物《きもの》を着《き》てるせいかな？　もともと勤労《きんろう》になれてるせいかな？　なんかこの時代《じだい》に、おっこちゃん、ぴったり合《あ》ってるように見《み》えるよ。この時代《じだい》の子《こ》みたい。」

「え、本当《ほんとう》に？　じつはあたしも同《おな》じことを思《おも》ってたの。チョコちゃんも、干《ほ》し芋《いも》とか、もんぺとか、違和感《いわかん》ないわよ。」

「え、そう？」

「うん。」

二人《ふたり》はちょっとのあいだ口《くち》を閉《と》じて、ぱちぱちと火《ひ》にくべた木《き》がはぜる音《おと》を聞《き》いていた。

「……考《かんが》えてみたら、あたし、過去《かこ》に来《き》ても、まったく生活《せいかつ》に違和感《いわかん》ないわね。旅館《りょかん》の仕《し》事《ごと》は、今《いま》もむかしもあまり変《か》わらない感《かん》じだし……。」

おっこの言葉《ことば》に、チョコちゃんが深《ふか》くうなずいた。

「あたしも。ケータイとかパソコンとか、もともと苦手《にがて》でしょ。でも、こういうごはんは、ぜんぜん平気《へいき》だし。っていうか、こっちのほうがおいしいかも。まえに、ナスの煮《に》びたしが好《す》きとか言《い》って、ギュービッドさまに『小学生《しょうがくせい》のくせにしぶいな。』って言《い》われたぐらいだから。それに早起《はやお》きも。朝《あさ》三時《じ》は早《はや》すぎだけど、黒魔女修行《くろまじょしゅぎょう》で、毎日《まいにち》五時《じお》起きだもの。」

「ほんと、そうよね。それに仕事《しごと》が大変《たいへん》だったり、やたらきびしい人《ひと》がいるのはどこも同《おな》じだもんね。」

「そうそう！　黒魔女修行《くろまじょしゅぎょう》じゃ、仲居《なかい》の窮美《ぎゅうび》さんみたいなこと、ギュービッドさまに、いつも言《い》われてるもん。それに知《し》りあう人《ひと》たちも、なんだかみんな知《し》ってるような感《かん》じの人《ひと》ばっかりだし。」

「あとはあまいものがあったら、なあんて思《おも》ってたけど、この干《ほ》し芋《いも》、もうすごーくあまい！　これで満足《まんぞく》よ！」

「あたしはチョコレートもほしいかな。」

「むかし、チョコレートってすごく高価《こうか》で手《て》に入《はい》りにくいお菓子《かし》だったって、おばあちゃんに聞《き》いたことあるわ。アメリカの兵隊《へいたい》さんにもらったりしたら、すごくうれしかったって。お金持《かねも》ちで外国《がいこく》のものがお好《す》きな紫苑《しおん》さまにたのんだら、くださるんじゃない？」

「あはは、そうね！　でもゴスロリとひきかえにってまた言《い》われるだろうけど。」

「それは困《こま》るわね！」

おっことチョコちゃんは、顔《かお》を見合《みあ》わせて大笑《おおわら》いした。そして、わらの上《うえ》に寝《ね》っころがって、いろんな話《はなし》を思《おも》いつくままに話《はな》しつづけて、そのうち眠《ねむ》ってしまった……。

「乙子《おっこ》ちゃん、千洋子《ちよこ》ちゃん。起《お》きなさい。芋《いも》むきをはじめるわよ。」

「二人《ふたり》ともよく寝《ね》てるわ。峰子《みねこ》さん、このままもう少《すこ》し寝《ね》かせてあげたら……。」

「子《こ》どもとはいえ、仕事《しごと》の約束《やくそく》をしている以上《いじょう》、それはだめだろう。伊蔵《いぞう》のところの飯《めし》も食《く》ったんだ。」

「源蔵《げんぞう》さんは、きびしいんだぞう。子《こ》どもはよく寝《ね》たほうがいいぞう。」

「みんな子《こ》どもにかまいすぎだぞ。ほうっときゃ、じきに起《お》きるさ。さっさと仕事《しごと》をはじめようぜ。……お、目《め》を開《あ》けたぞ！」

目《め》を覚《さ》ますなり、円《えん》になっておっこたちの寝顔《ねがお》をのぞきこんでいる、五人《にん》の男女《だんじょ》の顔《かお》が目《め》に入《はい》った。

「あ、おはようございますー。」

「おはよう……ございま……す。」

いっしょうけんめい起《お》きあがる二人《ふたり》に、大人《おとな》たちがほっとしたように、

「ずいぶん眠《ねむ》そうだな。そんなんでふかしたての芋《いも》をつかんだら、やけどしちまうぞ。」

大蔵《だいぞう》さんが、小《ちい》さな目《め》を細《ほそ》くして、ゆかいそうに笑《わら》った。

(おじいちゃん……。)

写真《しゃしん》で見《み》た白髪頭《しらがあたま》のおじいちゃんと、そのごつごつした笑顔《えがお》が重《かさ》なって見《み》える。

峰子《みねこ》さんのほうを見《み》てみる。

峰子《みねこ》さんは、源蔵《げんぞう》さんとなにかしゃべりながら、芋《いも》むきの準備《じゅんび》を手《て》ぎわよくしていた。

(おばあちゃん、おじいちゃんと出会《であ》って、すぐに『この人《ひと》だ』！　って思《おも》ったって言《い》ってたなあ。じゃ、おじいちゃん……大蔵《だいぞう》さんのこと、もう、峰子《みねこ》さんは大好《だいす》きになってるのかな？)

ちらっと見上《みあ》げると、大蔵《だいぞう》さんは、源蔵《げんぞう》さんと楽《たの》しそうに話《はな》す峰子《みねこ》さんのほうを、横目《よこめ》

で見《み》ている。

(大蔵《だいぞう》さんのほうはどうなんだろう? 峰子《みねこ》さんのことを好《す》きになってたら、源蔵《げんぞう》さんと峰子《みねこ》さんが仲良《なかよ》くしてるのは、気《き》になっちゃうわよね……。)

そこで、おっこは、あることを思《おも》いだして、「あっ。」とさけんでしまいそうになった。

(源蔵《げんぞう》さんも、峰子《みねこ》さんのことが大好《だいす》きだったはずよ! そのことはまえに……源蔵《げんぞう》さんからも聞《き》いたことあるわ。)

おっこは、源蔵《げんぞう》さんを見《み》た。気《き》むずかしくって、するどい目《め》つきの源蔵《げんぞう》さんだが、峰子《みねこ》さんを見《み》る目《め》は、なんだかやさしい。

耳《みみ》をそばだてると、源蔵《げんぞう》さんは、最近手《さいきんて》に入《い》れたレコードの話《はなし》をしていた。

「……なかなか、向《む》こうのはいいんだよ。蓄音器《ちくおんき》が焼《や》けなくてよかったな。そうでなかったら、こうしてこの場《ば》で……と、話《はな》すこと以外《いがい》、ぼくの楽《たの》しみはなくなってしまうところだった……。」

そう言《い》いながら、源蔵《げんぞう》さんは、きりりと切《き》れあがったそのきれいな目《め》で、じっと峰子《みねこ》さんを見《み》つめている。

(いけない! 源蔵《げんぞう》さん、それは反則《はんそく》よ!! ああー、峰子《みねこ》さんが源蔵《げんぞう》さんのこと好《す》きになっちゃったらどうしよう！）

おっこは、ちらっとチョコちゃんのほうを見《み》た。

すると、チョコちゃんはチョコちゃんで、おっこと同《おな》じような気持《きも》ちらしく、自分《じぶん》のおじいちゃんとおばあちゃん……伊蔵《いぞう》さんと千《ち》香子《かこ》さんを交互《こうご》に見比《みくら》べていた。

伊蔵《いぞう》さんは、もくもくと、蒸《む》しあがった芋《いも》が並《なら》んでいるせいろを、火《ひ》からおろしている。

千香子《ちかこ》さんがそれを手伝《てつだ》おうとしたら、横《よこ》からさっと大蔵《だいぞう》さんがせいろを取《と》りあげた。

「千香子《ちかこ》さんには、これは重《おも》いな。ひっくり返《かえ》っちゃいけないから、峰子《みねこ》ちゃんの横《よこ》で座《すわ》って待《ま》っててな。」

「大蔵《だいぞう》さん……。いつも助《たす》けてくれてありがとう。」

千香子《ちかこ》さんが、大蔵《だいぞう》さんにお礼《れい》を言《い》った。

「なに、千香子《ちかこ》さんは、小柄《こがら》だし、腕《うで》も子《こ》どもみたいに細《ほそ》っこいからな。重《おも》いものを持《も》ってよろよろしてるの、ほうっとけないんだよ。」

「まあ……。あ、ありがとう。」

千香子《ちかこ》さんは、ぽうっと赤《あか》くなってはずかしそうにうつむいた。

(あ、あああー！　なに？　大蔵《だいぞう》さんは大蔵《だいぞう》さんで、千香子《ちかこ》さんに親切《しんせつ》すぎるよ！　千香子《ちかこ》さんも、なんか赤《あか》くなってるし！)

「いや、礼《れい》にはおよばないよ。おぜんを塔《とう》みたいにつみあげて、鼻歌歌《はなうたうた》いながらろうかを

すごい早足《はやあし》で歩《ある》くだれかさんとちがって、千香子《ちかこ》さんはかばってあげなくちゃいけない気《き》持《も》ちになるんだよなあ。」

するとそれを聞《き》きつけた峰子《みねこ》さんが、「まあ！」と目《め》を大《おお》きく開《あ》けて、大蔵《だいぞう》さんをきゅっとにらんだ。

「大蔵《だいぞう》さん！　それって、どういう意味《いみ》ですか？」

「おや？　どうして峰子《みねこ》ちゃんがおこるのかな？　おれは峰子《みねこ》ちゃんのことなんてひとことも言《い》ってないけどなあ！」

大蔵《だいぞう》さんが、とぼけた。

「たしかにあたしは、おぜんを高《たか》くつんで歩《ある》くのは得意《とくい》だけど。おぜん運《はこ》びは栗林旅館《りつりんりょかん》で一番《ばん》って自信《じしん》もあるけど！　でも、腕《うで》は千香子《ちかこ》さんと同《おな》じぐらい細《ほそ》いし、たまにはよろよろすることもあるわよう！」

すると大蔵《だいぞう》さんは、とぼけた顔《かお》で、蒸《む》しあがった芋《いも》を一つつかむと、

「ええい、うるせえや。ほら！」

と、峰子《みねこ》さんの手元《てもと》に投《な》げた。

「きゃ、あっつい！」

峰子《みねこ》さんが蒸《む》した芋《いも》を取《と》りそこねたのを、ぱしっと源蔵《げんぞう》さんがキャッチした。

「峰子《みねこ》さん、だいじょうぶかい？　おい大蔵《だいぞう》。峰子《みねこ》さんをからかうのはよさないか。きれいな顔《かお》に、やけどでもさせたらどうするんだ。峰子《みねこ》さん目《め》あてに栗林旅館《りつりんりょかん》に来《き》てる大勢《おおぜい》の男《おとこ》が悲《かな》しむぞ。」

源蔵《げんぞう》さんがあんまりまじめな顔《かお》でそう言《い》うので、今度《こんど》は峰子《みねこ》さんが、

「まあ……。」

と、赤《あか》くなって口《くち》に手《て》を当《あ》てた。

（この流《なが》れ、ものすごくまずくない？　伊蔵《いぞう》さん、しっかりアピールしないと、千香子《ちかこ》さんが大蔵《だいぞう》さんのこと、好《す》きになったらどうするのよ！）

おっこは必死《ひっし》の思《おも》いで、伊蔵《いぞう》さんが、なにか言《い》ってくれないかと心《こころ》で願《ねが》った。チョコちゃんも同《おな》じ思《おも》いらしく、伊蔵《いぞう》さんをじっと見《み》つめている。

すると伊蔵《いぞう》さんは、ぐいっと眉《まゆ》を上《あ》げてこう言《い》いはなった。

「みんな！　芋《いも》をおもちゃにするんじゃないぞう！　ふざけてないでまじめに芋《いも》をむくんだぞう！　ほら、乙子《おつこ》ちゃんも千洋子《ちよこ》ちゃんも、皮《かわ》をうすーくむくんだぞう！　身《み》のついた皮《かわ》なんて、うちではだめなんだぞう！」

（ああ……。だめだわ。伊蔵《いぞう》さんがこんなんじゃ、千香子《ちかこ》さん、大蔵《だいぞう》さんのほうを好《す》きになっちゃうかも。）

おっこは、頭《あたま》をかかえたくなった。

（……この写真《しゃしん》、千香子《ちかこ》さんと大蔵《だいぞう》さんが仲良《なかよ》く並《なら》んでいるのを見《み》て、気《き》になってしょうがなかったけど、ひょっとしたら、二人《ふたり》は本当《ほんとう》に恋人《こいびと》どうしだったときがあったのかしら。）

おっこは、小屋《こや》のすみで、着物《きもの》を直《なお》すふりをして、そっと、持《も》ってきた魔《ま》ジタル・フォトフレームをたもとから取《と》り出《だ》し、見《み》てみた。

フレームのなかの写真《しゃしん》には、大蔵《だいぞう》さんと千香子《ちかこ》さんが、いかにも親《した》しげに見《み》つめあって写《うつ》っている。大蔵《だいぞう》さんの手《て》は、千香子《ちかこ》さんの肩《かた》にかかっている。千香子《ちかこ》さんはうれしげに笑《わら》っている。

（……どう見《み》ても、アベック……よね。でも、そんなのってなんだかショックだわ……。）

ため息《いき》をつくおっこの目《め》の前《まえ》で、魔《ま》ジタル・フォトフレームのなかの写真《しゃしん》が、変《か》わった。

（あ、そうだった。スライドショー機能《きのう》にすると、このなかに入《はい》っている写真《しゃしん》が、時間《じかん》ごとに勝手《かって》に変《か》わっていくって、森川《もりかわ》さんが、おっしゃってたわね。)

それは、もうもうと水煙《みずけむり》をあげる、魔界《まかい》の名所《めいしょ》『無智《むち》の滝《たき》』を背景《はいけい》に、おっことチョコちゃんが並《なら》んで写《うつ》っている写真《しゃしん》だった。

(魔界《まかい》にチョコちゃんと行《い》ったときの『旅《たび》の思《おも》ひ出《で》』の写真《しゃしん》ね。この旅行《りょこう》のときも大変《たいへん》だったけど、楽《たの》しかったわ。この『無智《むち》の滝《たき》』ではいっぱいおみやげものを売《う》ってて……、おかしな絵馬《えま》があって……、あら?)

おっこは、目《め》をごしごしとこすった。

ぼんやりと写真《しゃしん》がかすんで見《み》えるので、目《め》になにかごみでも入《はい》ったのかと思《おも》ったのだ。

しかし、それは目《め》のせいではなかった。

背景《はいけい》の滝《たき》はくっきりと水《みず》しぶきまで見《み》えるのに、手前《てまえ》にいる、おっことチョコちゃんの姿《すがた》だけが、足元《あしもと》から透《す》けて……そう、ユーレイのようにうすれて見《み》えるのだ。

(ええ? こ、これってどういうこと!?)

おっこは、息《いき》をのんで、その写真《しゃしん》をただ見《み》つめた。

## 5　あたしたち、消《き》えかけてる……

「大蔵《だいぞう》さん……。いつも助《たす》けてくれてありがとう。」

「なに、千香子《ちかこ》さんは、小柄《こがら》だし、腕《うで》も子《こ》どもみたいに細《ほそ》っこいからな。重《おも》いものを持《も》ってよろよろしてるの、ほうっとけないんだよ。」

「まあ……。あ、ありがとう。」

うわあ！　おばあちゃん、真《ま》っ赤《か》になってる！

いや、『おばあちゃん』は、へんかな。だって、真《ま》っ赤《か》になってるのは、めっちゃ若《わか》くて、かわいい女《おんな》の子《こ》だもの。じゃあ、千香子《ちかこ》さん？　それとも、本名《ほんみょう》のティカって言《い》うべき？　でも、やっぱり、あたしのおばあちゃんであることにはちがいないわけだし……。

ああ、もうなんでもいいけど、ほんとに恋愛体質《れんあいたいしつ》だよね、千香子《ちかこ》さん。

あたしなんか、麻倉《あさくら》くんと東海寺《とうかいじ》くんのアタックを、はねのけまくる、男子無用《だんしむよう》の毎日《まいにち》なのに。とても、血《ち》がつながってるとは思《おも》えません。

っていうか、見《み》てるこっちが、はずかしくなってくるよ。

あ、おっこちゃんも、うつむいちゃったりして、峰子《みねこ》さんのこと、気《き》になるんだね。源《げん》蔵《ぞう》さんにやさしくされて、くらっとなってるものね。

でも、どうしたの？　顔《かお》、青《あお》いし。目《め》もこすったりして。まさか、泣《な》いてるの？

と思《おも》ったら、そうじゃなかった。おっこちゃんは、下《した》のほうにかくしもった、白《しろ》くて四《し》角《かく》いものを見《み》てたんだよ。

あ、それ、魔《ま》ジタル・フォトフレーム……。

「だめだよ、おっこちゃん……。」

あたしは、あわてて、おっこちゃんのそでを引《ひ》っぱった。

たとえそれが、魔界《まかい》グッズじゃなく、ふつうのデジタル・フォトフレームだったとしても、この時代《じだい》にはありえないものなんだよ。見《み》つかったら、めんどうなことになるよ。

ところが、顔《かお》を上《あ》げたおっこちゃん、ものすごく真剣《しんけん》な目《め》で、魔《ま》ジタル・フォトフレームのなかの写真《しゃしん》を指《ゆび》さした。

「チョコちゃん。これ、どういうこと？」

そこに写《うつ》ってたのは、あの魔界《まかい》の名所《めいしょ》『無智《むち》の滝《たき》』をバックにした、あたしたち。

「でも、あたしたち、うすくなってる……。」

うすくなってる？　写真《しゃしん》のなかの、あたしたちが？　どれどれ？

ふーむ……。たしかに、くっきりと水《みず》しぶきまで見《み》える滝《たき》にくらべたら、あたしたちの姿《すがた》は、うすいような気《き》もするけど。

「でも、それは、ここが、うす暗《ぐら》いせいだけなんじゃ？」

なにしろ、朝《あさ》とはいえ、まだ三時半《じはん》。外《そと》がまっくらなのは、夜中《よなか》と同《おな》じ。なのに、この作業小屋《さぎょうごや》には、はだか電球《でんきゅう》が二つ、ついているだけ。ぼんやりとしたオレンジ色《いろ》の光《ひかり》は、お芋《いも》の皮《かわ》むきができるように手元《てもと》を照《て》らすのが、せいいっぱいな感《かん》じなわけで。

「そうかしら。でも、あたしには、たしかにうすくなってるような気《き》がするのよ。それに、その原因《げんいん》も、なんとなく思《おも》いあたる……。」

おっこちゃんが、ささやきながら、大蔵《だいぞう》さんたちを見《み》つめた。

「千香子《ちかこ》さん、芋《いも》の皮《かわ》むきには、この竹《たけ》べらをつかうといい。よくみがいてあるから、すっとむけて、かえってケガしにくいんだ。そのきれいな手《て》が傷《きず》ついたらかわいそうだからな。」

「きれいな手《て》だなんて……。そんなこと言《い》われたの初《はじ》めて……。」

あれまぁ、まぁだ、やってるよ……。

あのね、大蔵《だいぞう》さん、千香子《ちかこ》さんの手《て》はきれいに決《き》まってるの。ついこのあいだまで魔女《まじょ》学校《がっこう》で勉強《べんきょう》してて、峰子《みねこ》さんみたいに働《はたら》いてたわけじゃないんだから。

シュシュシュシュ！

なに、この音《おと》？

「源蔵《げんぞう》さん、どうしてあんなすごいいきおいで、竹《たけ》べらをけずってるのかしら……。」

おっこちゃんがつぶやいたのが聞《き》こえたように、源蔵《げんぞう》さんが竹《たけ》べらを峰子《みねこ》さんのほうへさしだした。

「これ、つかってください。」

「え？　わたしに？」

「大蔵《だいぞう》の竹《たけ》べらよりも、もっとむきやすいはずです。峰子《みねこ》さん、昨夜《ゆうべ》は旅館《りょかん》でいろいろあって、疲《つか》れてるでしょう。少《すこ》しでも力《ちから》がいらないほうが、楽《らく》にむけていいでしょう。」

「まあ！　源蔵《げんぞう》さんって、ほんとにやさしいのね。」

うわあ、峰子《みねこ》さんも、お顔《かお》が真《ま》っ赤《か》っか！　恋愛体質《れんあいたいしつ》ぶりでは、うちのおばあちゃん、いや千香子《ちかこ》さんと、いい勝負《しょうぶ》だね。

いや、勝負《しょうぶ》といえば、大蔵《だいぞう》さんも源蔵《げんぞう》さんもそうだよ。お芋《いも》の皮《かわ》むき用竹《ようたけ》べらで、ここまではりあうとは、麻倉《あさくら》くんvs.《バーサス》東海寺《とうかいじ》くんにも、まさるともおとらないよ。

なあんて、あきれているあたしの手《て》を、おっこちゃんが引《ひ》っぱった。

「見《み》て、チョコちゃん！　あたしたちの姿《すがた》、やっぱりうすくなってる。」

ええ？　あ、ほんとだ！　今度《こんど》は、はっきりとわかったよ。

だって、あたしの体《からだ》が透《す》けてるんだもの！　その証拠《しょうこ》に、あたしの後《うし》ろにあるはずの、無智《むち》の滝《たき》の白《しろ》い流《なが》れが、はっきり見《み》える。

あたしだけじゃない。おっこちゃんも！　あたしたちの姿《すがた》、ぺらぺらのセロハンみたいに、透明《とうめい》になりかけてる！

「でも、いったいどうして？」

今度《こんど》は、あたしが、声《こえ》のトーンを上《あ》げちゃった。おっこちゃんはあわてて、あたしの肩《かた》をつかむと、いっしょに源蔵《げんぞう》さんたちに背《せ》を向《む》けた。

「ひょっとして。まさかと思《おも》うけど……。」

「おっこちゃん、どうしたの？」

「チョコちゃん。あのね……。あたしたちがこの世《よ》にいるのは、お父《とう》さんとお母《かあ》さんがいるからよね。で、そのお父《とう》さんとお母《かあ》さんにも、やっぱりお父《とう》さんとお母《かあ》さん、つまり、

MAGTAL
Photoframe

あたしたちから見《み》たら、おじいちゃんとおばあちゃんがいる。」

おっこちゃんは、声《こえ》をひそめながらも、一語一語《いちごいちご》、ゆっくりと語《かた》ってる。

「あたしのお母《かあ》さんのお父《とう》さんは大蔵《だいぞう》さんで、お母《かあ》さんのお母《かあ》さんは峰子《みねこ》さん。そして、チョコちゃんのお父《とう》さんのお父《とう》さんは、向《む》こうでもくもくとお芋《いも》の皮《かわ》むきをしている伊蔵《いぞう》さんで、お父《とう》さんのお母《かあ》さんは千香子《ちかこ》さん。そうよね？」

そうよねって、なんで、そんなあたりまえのことを……。

いや、待《ま》て！　なんか、わかってきたような気《き》がするよ……。

本当《ほんとう》なら、結婚《けっこん》しなくちゃいけないのは、大蔵《だいぞう》さんと峰子《みねこ》さん、伊蔵《いぞう》さんと千香子《ちかこ》さんのペア。なのに、今《いま》、千香子《ちかこ》さんが赤《あか》くなってる相手《あいて》は大蔵《だいぞう》さんで、峰子《みねこ》さんがぽうっとなってるのは源蔵《げんぞう》さん。

「もし、もしもよ。あたしのおじいちゃんとおばあちゃんが、それぞれほかの人《ひと》と結婚《けっこん》しちゃったら……。あたしのお母《かあ》さんは生《う》まれないよね？　チョコちゃんのおじいちゃんとおばあちゃんがほかの人《ひと》と結婚《けっこん》したら、チョコちゃんのお父《とう》さんは生《う》まれないってことになるし……。」

「そして、それぞれの子《こ》どもである、おっこちゃんとあたしも、生《う》まれない。」

そうか！　そうなったら、あたしとおっこちゃんが出会《であ》うこともないし、とうぜん、魔界《まかい》に行《い》くことも、無智《むち》の滝《たき》の前《まえ》で写真《しゃしん》を撮《と》ることもない。写真《しゃしん》に、あたしたちが写《うつ》っているはずがない。

「あたしたちの姿《すがた》が消《き》えかけてるのは、千香子《ちかこ》さんは大蔵《だいぞう》さんと、峰子《みねこ》さんは源蔵《げんぞう》さんと、結婚《けっこん》する可能性《かのうせい》が高《たか》まっているってことなのかも……。」

う、うーむ……。理屈《りくつ》は通《とお》ってる。でも、そんなことが、本当《ほんとう》に……。

「だってそんな映画《えいが》、美陽《みよ》ちゃんといっしょに見《み》たもの。」

そんな映画《えいが》？

「三十年《ねん》まえの世界《せかい》にタイムスリップした高校生《こうこうせい》が、まだ若《わか》い自分《じぶん》のお父《とう》さんとお母《かあ》さんに会《あ》うんだけど、お父《とう》さんが、なさけないほど気《き》が弱《よわ》い人《ひと》で、若《わか》いころのお母《かあ》さんを、ガールフレンドにすら、できないの。で、その高校生《こうこうせい》が、ふと写真《しゃしん》を見《み》ると、写真《しゃしん》のなかの自分《じぶん》の姿《すがた》が、うすくなっていて……。」

その話《はなし》なら、あたしも知《し》ってる。

それで、その高校生《こうこうせい》、自分《じぶん》が消《き》えないためにも、自分《じぶん》のお父《とう》さんとお母《かあ》さんを結婚《けっこん》させようと、恋《こい》のキューピッド役《やく》になるんだよ。だけど、じゃまがいっぱい入《はい》るんだよね。

「それ、『バック・トゥ・ザ・フューチャー』っていう、二十五年以上《ねんいじょう》もまえの映画《えいが》だよ。」

あたし、パパが持《も》ってるDVD《ディーブイディー》で見《み》たんだけどね。おっこちゃんの言《い》うとおり、たしかに状況《じょうきょう》はよく似《に》てます。でも、映画《えいが》は映画《えいが》。作《つく》り話《ばなし》なわけで、現実《げんじつ》には……。

「チョコちゃんは魔女《まじょ》さんで、魔法《まほう》をつかえるし。あたしも、ウリ坊《ぼう》とか鈴鬼《すずき》くんとか、この世《よ》のものでない人《ひと》たちと、ごくふつうにおつきあいしてる。なにより、あたしたち、こうして過去《かこ》の世界《せかい》にタイムスリップしてるじゃない？　じゅうぶん映画《えいが》っぽいわよ。」

それはそうだけど……。

「ね、よく考《かんが》えてみれば、あの映画《えいが》よりあたしたちのほうがすごくない？　向《む》こうはデロリアン号《ごう》っていうタイムマシンが、マーティっていう男《おとこ》の子《こ》一人《ひとり》を三十年《ねん》まえに連《つ》れていった。でも、あたしたちの場合《ばあい》は二人《ふたり》で、六十年《ねん》ほどまえ。どちらも二倍《ばい》よ！」

わわわ、おっこちゃんの口《くち》ぶり、どんどん熱《ねつ》がこもっていくような……。

「デロリアン号《ごう》は車《くるま》で大《おお》きいし、いちいちタイムスリップするのが大変《たいへん》だったわ。でも、あたしたちは、この魔《ま》ジタル・フォトフレームを持《も》っているだけで、すっとタイムトラベルできる。もっと進化《しんか》してるのよ！　さすがだわ、森川瑞姫《もりかわみずき》さん！　お店《みせ》を燃《も》やされるという苦難《くなん》をのりこえ、なおも商売《しょうばい》の道《みち》を歩《あゆ》むかたは、すすめてくださる商品《しょうひん》もちがうわ！」

あのう、感心《かんしん》する方向性《ほうこうせい》が、ビミョーに、ずれてるような気《き》がしますが……。

「ようし！　チョコちゃん、あたしたちもやりましょう！」

おっこちゃん、な、なにを決《き》めたの？

「千香子《ちかこ》さんの気持《きも》ちを、伊蔵《いぞう》さんに向《む》けるようにするの。それで、写真《しゃしん》のなかの、チョコちゃんの姿《すがた》が濃《こ》くなるかも！」

ほう！　それは名案《めいあん》です！

「じゃ、おっこちゃん、峰子《みねこ》さんの気持《きも》ちを大蔵《だいぞう》さんに向《む》けるように、いっしょにがんばろうよ。」

どっちにしろ、峰子《みねこ》さんと大蔵《だいぞう》さんには、ラブラブになってもらわなくちゃいけないんだし。

そうしたら、おっこちゃん、顔《かお》をちょっとくもらせた。

「あたしもそうしたいけど……、むずかしいかも。源蔵《げんぞう》さん、すごく真剣《しんけん》だもの。それにおばあちゃんも、大蔵《だいぞう》さんの態度《たいど》にちょっとへそを曲《ま》げてるでしょう？　なかなか素直《すなお》になれないんじゃないかなあ。」

はあ、そういうものですか。どうもあたしは、ホレたハレた系《けい》の話《はなし》が理解《りかい》できず……。

「でも、それにくらべたら、千香子《ちかこ》さんの心《こころ》を伊蔵《いぞう》さんに向《む》けるのは、ずっと楽《らく》よ。」

うん、それぐらいは、あたしにもわかります。だって、伊蔵《いぞう》さんのために、千香子《ちかこ》さんは魔界《まかい》を捨《す》てたんだからね。

「そんな千香子《ちかこ》さんを見《み》たら、大蔵《だいぞう》さん、自分《じぶん》の気持《きも》ちを、ちゃんと峰子《みねこ》さんに向《む》けてくれるかもしれないじゃない？」

「そうか！　ようし、じゃあ、がんばってみるね。」

それから、あたしとおっこちゃんは、さらに声《こえ》をひそめて、作戦《さくせん》を話《はな》しあった。

そのあいだも、大蔵《だいぞう》さんの千香子《ちかこ》さんへの、源蔵《げんぞう》さんの峰子《みねこ》さんへの、アタック合戦《がっせん》はとぎれることはなく……。

「千香子《ちかこ》さん、この村《むら》で生《う》まれ育《そだ》った娘《むすめ》さんでも、こんなにうまくは皮《かわ》をむけないよ。かわいいだけじゃなくってしっかりしてるんだなあ！」

「ま、まあ、大蔵《だいぞう》さんったら！　いいえ、大蔵《だいぞう》さんの竹《たけ》べらが、すばらしいからよ。」

「峰子《みねこ》さん、そんなにがんばらなくていいですよ。日本《にほん》がアメリカに負《ま》けたのは、レディー・ファーストの精神《せいしん》がなかったからじゃないかな。ほら、その芋《いも》はこっちによこしなさい。」

「源蔵《げんぞう》さんって、やさしくて、なんでもよく知《し》ってるのね。源蔵《げんぞう》さんみたいなかたが、新《あたら》しい日本《にほん》を作《つく》るのね！」

ばかばかしいです……。

四人《にん》のやりとりに、すっかりあきれながらも、あたしたちは、作戦会議《さくせんかいぎ》を終《お》わらせた。

そして、もうもうと湯気《ゆげ》をあげるお芋《いも》の山《やま》のほうへ、すうっと、近《ちか》よっていった。

そこにいるのは、おしゃべりひとつせず、一心不乱《いっしんふらん》に皮《かわ》むきをする伊蔵《いぞう》さん……。

「伊蔵《いぞう》さんって、すごいわね！」

「男《おとこ》のなかの男《おとこ》ね！」

あたしとおっこちゃんの大《おお》きな声《こえ》に、伊蔵《いぞう》さん、ぎょっとして顔《かお》を上《あ》げた。

「わわわっ！　びっくりしたぞう！」

まるいお顔《かお》のまん中《なか》で、目《め》も口《くち》もまんまる！

まだまだ、おどろくのは早《はや》いですよ～。

「やっぱり、男《おとこ》の人《ひと》って、もくもくと仕事《しごと》してる人《ひと》が、すてきよね。」

おっこちゃん、手《て》をほっぺに当《あ》てて、うっとりポーズ。あたしも負《ま》けじと、

「そうそう。『男《おとこ》はだまって、サッポロビール』って言《い》うしね。」

「千洋子《ちよこ》ちゃん、その『サッポロビール』って、なんだぞう？」

伊蔵《いぞう》さん、ぽかーん。

あれ、知《し》らないの？『なつかしのテレビコマーシャル』って本《ほん》に、のってたんだけどなぁ。もしかしたら、時代《じだい》がちがったかも。あ、この時代《じだい》はあれかな？

「あたり前田《まえだ》のクラッカー！」

今度《こんど》は、峰子《みねこ》さんたちもふくめて、ぽかーん。

え、これもちがうんだ。いや、時代以前《じだいいぜん》に、意味《いみ》が関係《かんけい》ないか……。

「ええと、つまり、言《い》いたいのは、仕事《しごと》に愛情《あいじょう》を注《そそ》ぐ伊蔵《いぞう》さんこそ、かっこいい男《おとこ》の人《ひと》だってことなわけで……。」

そうしたら、うす暗《ぐら》い作業小屋《さぎょうごや》のなかで、千香子《ちかこ》さんの目《め》が、きらっと輝《かがや》いた。

「でも、たしかにそうね。伊蔵《いぞう》さんの仕事《しごと》ぶり、すてきだわ。」

千香子《ちかこ》さんは、伊蔵《いぞう》さんの横《よこ》に立《た》つと、台《だい》に落《お》ちたお芋《いも》の皮《かわ》をつまみあげた。

「見《み》て。皮《かわ》だけがきれいにむけて、お芋《いも》が少《すこ》しもくっついてない。さすがだわ！　お芋《いも》へ

の愛情《あいじょう》が、本当《ほんとう》に深《ふか》いのね！」

千香子《ちかこ》さんの目《め》が、ハートになってる！

すると、おっこちゃんが、魔《ま》ジタル・フォトフレームをこっちに向《む》けた。うす暗《くら》やみのなかでも、無智《むち》の滝《たき》の記念写真《きねんしゃしん》が、はっきりと見《み》える。

あっ、あたしの姿《すがた》が、濃《こ》くなってる！

やっぱり、おっこちゃんの言《い》うとおりだったんだね。ようし、じゃあ、この調子《ちょうし》で！

そこへ、大蔵《だいぞう》さんが、口《くち》をはさんできた。

「へっ！　芋《いも》に愛情《あいじょう》がいっぱい行《い》きすぎて、好《す》きな女《おんな》には愛情《あいじょう》が足《た》りなくなるんじゃねえの？」

ぽつりと、でも、かなりはっきりとした声《こえ》。

ぬおうっ、よけいなことを！

な、なにか、言《い》わなくちゃ。反論《はんろん》、反論《はんろん》！

ところが、あわてるあたしとおっこちゃんをよそに、今度《こんど》は、源蔵《げんぞう》さんがぽつり。

「アメリカ人《じん》は、仕事《しごと》よりも愛《あい》する女性《じょせい》が優先《ゆうせん》だそうです。これからの日本《にほん》も、仕事《しごと》だけの男《おとこ》では、自分《じぶん》も女性《じょせい》も、不幸《ふこう》にするんじゃないかな。」

あれ〜？　大蔵《だいぞう》さんと源蔵《げんぞう》さん、さっきまで、あてこすり合戦《がっせん》をしてたのに、急《きゅう》に協力《きょうりょく》しあってない？

うーむ、やっぱり、ホレたハレた系《けい》の話《はなし》は、わかりません……。

「たしかに、大蔵《だいぞう》さんや源蔵《げんぞう》さんの言《い》うことにも一理《いちり》あるかもね、千香子《ちかこ》さん。」

「そうね、伊蔵《いぞう》さんには、お芋《いも》が恋人《こいびと》みたいなものだものね。」

いや、お芋《いも》が恋人《こいびと》って、それはないだろ。

「チョコちゃん、大変《たいへん》！　また、姿《すがた》がうすくなったわ！」

魔《ま》ジタル・フォトフレームをのぞきこんだおっこちゃんが、あたしの耳元《みみもと》で、あせったようにささやいてる。

ああ、伊蔵《いぞう》さんに近《ちか》づいた千香子《ちかこ》さんの気持《きも》ちが、大蔵《だいぞう》さんたちの言葉《ことば》で、また遠《とお》ざかったからだね。それにしても、伊蔵《いぞう》さんも、なんとか言《い》ってよ。

大事《だいじ》な孫《まご》がこの世《よ》に生《う》まれることができるかどうかの、せとぎわなんだよ。

少《すこ》しは手伝《てつだ》ってほしい伊蔵《いぞう》！

ところが、伊蔵《いぞう》さん、周《まわ》りでとびかう言葉《ことば》が、まったく耳《みみ》に入《はい》らないのか、あいかわらず、ふかしたてのお芋《いも》をうれしそうに見《み》つめては、だまって皮《かわ》をむいていく。

まあ、そういう人《ひと》だってのは、わかってるけどね。そういうところに、黒魔女《くろまじょ》ティカは、ぐっときちゃったわけで。

って、そうか！　そこを千香子《ちかこ》さんに思《おも》いださせればいいんじゃない！

「でも、伊蔵《いぞう》さんの、お芋《いも》へのやさしさって、ただの仕事《しごと》の鬼《おに》とはちがうのよねぇ。」

あたしは、これみよがしに、声《こえ》をはりあげた。

「だって、大《おお》きなお芋《いも》をとるためには、細《ほそ》くて弱《よわ》い茎《くき》は、切《き》ったり、ぬいたりするものなのに、伊蔵《いぞう》さんは、『どの苗《なえ》にも、のびてもらいたいんだぁ。』って、どれにも生《い》きてもらおうとしたんだから。」

「まあ、そうなの、千洋子《ちよこ》ちゃん！　伊蔵《いぞう》さんって、やさしいのねぇ！」

おっこちゃん、演技《えんぎ》というより、本当《ほんとう》に感心《かんしん》してるみたい。

それもそのはず。だって、これは本当《ほんとう》のこと。

あたし、ギューピッドのところに届《とど》いた、魔女学校《まじょがっこう》の卒業生向《そつぎょうせいむ》けの会報《かいほう》『黒魔女通信《くろまじょつうしん》』で見《み》たんだよ。おばあちゃんが、魔女学校《まじょがっこう》の生徒《せいと》ティカとして、人間《にんげん》に呪《のろ》いをかける実習《じっしゅう》に来《き》たときのことをね。

『黒魔女通信《くろまじょつうしん》』っていうのは、見《み》た目《め》は、ふつうのパンフレットみたいなんだけど、そこは魔界《まかい》のもの。なかの写真《しゃしん》には黒魔法《くろまほう》がかかっていて、それが動画《どうが》になるの。

つまり、あたしは、伊蔵《いぞう》さんを呪《のろ》うはずが、反対《はんたい》に恋《こい》に落《お》ち、ついには魔界《まかい》を捨《す》てるまでの、黒魔女《くろまじょ》ティカの感動《かんどう》ラブストーリーすべてを、映画《えいが》みたいに目撃《もくげき》したってわけ。

だから、おっこちゃんが、ぐっとくるのもあたりまえ。まして、当《とう》の本人《ほんにん》の千香子《ちかこ》さんにとっては、ついこのあいだの実体験《じったいけん》。手《て》に取《と》るように思《おも》いだすはずで……。

「伊蔵《いぞう》さんって、自然《しぜん》をとってもたいせつに思《おも》ってもいるのよね。日照《ひで》りになっても、『おてんとさんが、こんなに元気《げんき》だと、うまい干《ほ》し芋《いも》ができるぞぅ。』って喜《よろこ》んじゃうし、反対《はんたい》に大雨《おおあめ》になっても、『雨《あめ》が降《ふ》ったら、この荒《あ》れ地《ち》もやわらかくなるぞぅ。たがやして畑《はたけ》にできるぞぅ。』って、子《こ》どもみたいにはしゃいじゃうのよ。」

「伊蔵《いぞう》さんって、心《こころ》がきれいな人《ひと》ねぇ。すてき！　千香子《ちかこ》さんも、そう思《おも》うでしょ！」

おっこちゃん、ナイス！　自分《じぶん》も心《こころ》から感動《かんどう》しながら、千香子《ちかこ》さんの気《き》をひいているから、よけいにインパクトがあるよ。

ほら、千香子《ちかこ》さん、目《め》をぱちぱちしながら、あたしのこと、見《み》てるもん。効《き》きめがあるんだね。ようし、もっともっと、『黒魔女通信《くろまじょつうしん》』で見《み》たこと、話《はな》しちゃおう。

「それだけじゃないのよ。サツマイモのお花《はな》が咲《さ》いたときなんか、『かわいいなぁ、サツマイモの花《はな》はぁ。心《こころ》があったかくなるなぁ。』って、顔《かお》をでれでれにしちゃって！」

「ほんとに？　伊蔵《いぞう》さん、美《うつく》しいものに感動《かんどう》するやさしさも、おもちなのねぇ！」

おっこちゃんが、胸《むね》の前《まえ》で、両手《りょうて》を握《にぎ》りしめたその瞬間《しゅんかん》。

千香子《ちかこ》さん、いきなり、あたしに向《む》かって駆《か》けよってきたかと思《おも》うと、ぐいっと顔《かお》を近《ちか》づけてきた。

「千洋子《ちよこ》ちゃん……。どうして、そんなに細《こま》かく知《し》ってるの……。」

え？　そんなに細《こま》かくって……。

「だって、今《いま》のセリフ、あの日《ひ》の伊蔵《いぞう》さんが言《い》ったこと、そのままよ。でも、そのことを知《し》ってるのは……。」

あ、いけない！　たしかに、今日《きょう》ここにあらわれたことになってるあたしが、伊蔵《いぞう》さんのそういう姿《すがた》を知《し》っているなんて、どう考《かんが》えてもおかしいよね。

ああ、調子《ちょうし》にのって、細《こま》かく話《はな》しすぎたよ。

うーん、なにか言《い》わなくちゃ。ええっと……。

「あたし、想像《そうぞう》したんです！」

「想像《そうぞう》？」

「はい。伊蔵《いぞう》さんは、お芋《いも》の皮《かわ》をむくだけでも、こんなに心《こころ》をこめるんですから、栽培《さいばい》するときの愛情《あいじょう》も、とっても深《ふか》いんだろうなぁって。でも、千香子《ちかこ》さんは、もっと、よくごぞんじなんでしょう？　お話《はな》ししてほしいなぁ。」

そうしたらどう？　千香子《ちかこ》さんのほっぺが、みるみる赤《あか》くなっていった。

どうやら、黒魔女《くろまじょ》ティカとして、伊蔵《いぞう》さんに心《こころ》をうばわれたときのことを、ありありと思《おも》いだしたみたいだよ。

やった！　さすが、黒鳥千代子《くろとりちよこ》！　ごまかしの天才《てんさい》ですっ。

「ええ！　伊蔵《いぞう》さんは、本当《ほんとう》にやさしい人《ひと》。お芋《いも》にだけじゃないの。草《くさ》、虫《むし》、鳥《とり》、そして、土《つち》や風《かぜ》にいたるまで、自然《しぜん》のすべてに愛情《あいじょう》をもっている、すばらしい人《ひと》よ。」

千香子《ちかこ》さん、伊蔵《いぞう》さんのことを、うっとりとしたまなざしで、見《み》つめてる。ってことは、これ、うまくいってるってこと？

もっとも、伊蔵《いぞう》さんは、聞《き》こえているのかいないのか、さっきと変《か》わらず、じっとお芋《いも》を見《み》つめながら、せっせと皮《かわ》をむくばかりだけど。

「だいじょうぶ、チョコちゃん。ばっちりよ！」

また、おっこちゃんが、魔《ま》ジタル・フォトフレームを、あたしのほうに、そっと向《む》けた。見《み》ると、あたしの姿《すがた》が、くっきりとうかびあがってる。

「チョコちゃんの体《からだ》、もう透《す》けてないよ。うまくいってるってことよ。」

ほんとだ！

あ、でも、おっこちゃんの姿《すがた》は、あんまり変《か》わってない……。

「だいじょうぶ。さっき話《はな》したとおり、伊蔵《いぞう》さんと千香子《ちかこ》さんがうまくいけば、あたしのおばあちゃんとおじいちゃんも、うまくいくはず。だから、もっとがんばって！」

はいっ、わかりました！

ようしっ。それじゃあ、千香子《ちかこ》さん、伊蔵《いぞう》さんがどんなにすてきか、もっと語《かた》っていただきましょうか！

「ところで、伊蔵《いぞう》、あの話《はなし》はどうなった？」

とつぜん、大蔵《だいぞう》さんが、口《くち》をはさんだ。

「あの話《はなし》って、なんだぞう？」

「お見合《みあ》いだよ。」

おみあい？　なんすか、それ？　あ、お見舞《みま》いのこと？

ところが、千香子《ちかこ》さん、顔《かお》をみるみるこわばらせて、うつむいちゃった。峰子《みねこ》さんも、あわててるけど。いったい、どうしたんだろ？

「伊蔵《いぞう》さんが、お見合《みあ》いって、だれと？」

峰子《みねこ》さん、そう言《い》いながら、千香子《ちかこ》さんを気《き》づかうように、顔《かお》をのぞきこんでる。

「ほら、戦争中《せんそうちゅう》に東京《とうきょう》から疎開《そかい》してきて、そのまま住《す》みついた万田《まんだ》さらさんですよ。」

答《こた》えたのは、源蔵《げんぞう》さん。

「峰子《みねこ》さんにはかなわないが、都会《とかい》っぽい、なかなかの美人《びじん》ですよ。伊蔵《いぞう》には、もったいないくらいで。伊蔵《いぞう》、その縁談《えんだん》、とうぜん受《う》けたんだろ？」

「うーん、まだ、するかしないか、返事《へんじ》はしてないぞう。」

さすがだね、伊蔵《いぞう》さん。困《こま》ったように顔《かお》をしかめながらも、皮《かわ》をむく手《て》は止《と》めないよ。

「ああ、よかった。まだすると決《き》めたわけじゃないのね。」

そう言《い》いながら、峰子《みねこ》さん、またまた、千香子《ちかこ》さんの顔《かお》をのぞきこんでる。ところが、そこへ源蔵《げんぞう》さんが口《くち》をはさんだ。

「おいおい、伊蔵《いぞう》。お見合《みあ》いは明日《あした》だろう？　いまさら『しません。』は無責任《むせきにん》だろう。」

「うーむ、たしかに、それはそうだぞう……。」

「それに、この縁談《えんだん》、おまえの家《いえ》のとなりの三平《さんぺい》さんが、『おまえみたいなイモ男《おとこ》は、ほっといたら永久《えいきゅう》に結婚《けっこん》できないんだから。』って、世話《せわ》をしてくれたんだろう？　断《ことわ》るなんて、失礼《しつれい》すぎるんじゃないか？」

大蔵《だいぞう》さんにまで、けしかけられて、伊蔵《いぞう》さん、またまた、うなってる。

でも、いったいなんの話《はなし》なんだろ。千香子《ちかこ》さん、なんだか、ものすごく暗《くら》い顔《かお》しちゃって、今《いま》にもその場《ば》にくずおれそうな感《かん》じだし。

「それは、あたりまえよ、チヨコちゃん。伊蔵《いぞう》さんに縁談《えんだん》があるってだけでも、気《き》になるのに、伊蔵《いぞう》さんも、お見合《みあ》いをする気《き》になってるわけだもの。」

いや、そこが、わからないのよね。

どうして応援団《おうえんだん》をお見舞《みま》いすると、元気《げんき》がなくなるのか……。

「チヨコちゃん……。」

あれ？　おっこちゃん、なんか、脱力《だつりょく》してません？

「『応援団《おうえんだん》』じゃなくて『縁談《えんだん》』よ。結婚《けっこん》の話《はなし》のこと。それから、『お見舞《みま》い』じゃなくて『お見合《みあ》い』。結婚相手《けっこんあいて》に出会《であ》うために、第三者《だいさんしゃ》の紹介《しょうかい》で、顔合《かおあ》わせをすること。」

ほう、そうですか。それにしても、やけに結婚《けっこん》、結婚《けっこん》って言葉《ことば》が連発《れんぱつ》されたね……。

って、ええっ？　そ、それじゃあ！

「そうよ。伊蔵《いぞう》さんは、おとなりの三平《さんぺい》さんとかいう人《ひと》の紹介《しょうかい》で、結婚《けっこん》するかしないかを前提《ぜんてい》に、美人《びじん》の万田《まんだ》さらさんというかたと会《あ》うって、おっしゃって……。」

「き、決《き》めたぞう！」

とつぜん、伊蔵《いぞう》さんが、顔《かお》を上《あ》げた。

「理由《りゆう》もないのに、三平《さんぺい》さんの顔《かお》にどろをぬるわけには、いかないぞう！　だから、明日《あした》のお見合《みあ》いはするぞう！」

「なんですって！」

おっこちゃん、あたし、峰子《みねこ》さん、そして、千香子《ちかこ》さんの女子《じょし》四人全員《にんぜんいん》が、悲鳴《ひめい》のような声《こえ》をあげた。いちばん悲《かな》しそうな声《こえ》をあげてるのは千香子《ちかこ》さんで、その腕《うで》をあわててかかえてるのが、峰子《みねこ》さん。で、おっこちゃんは、大《おお》あわてで、魔《ま》ジタル・フォトフレームをのぞきこんで……。

「大変《たいへん》よ、チョコちゃん！」

見《み》ると、さっきはあんなにくっきりはっきりしていたあたしの姿《すがた》が、みるみるうすくなっていくところだった。

それがもう、うすいなんてものじゃない。もうクラゲみたいに、半透明《はんとうめい》のぺらぺら！

あたしだけじゃないよ。おっこちゃんも、あたしと同《おな》じくらい、うすくて……。

「ど、どうしよう、おっこちゃん。なにかいい方法《ほうほう》はない？」

ところが、さすがのおっこちゃんも、頭《あたま》をかかえちゃってる。

「うーん、これは困《こま》ったわね。いくら千香子《ちかこ》さんの気持《きも》ちを伊蔵《いぞう》さんに向《む》けても、肝心《かんじん》の伊蔵《いぞう》さんが、お見合《みあ》いを断《ことわ》るつもりがないんじゃ、どうしようもないわ。」

ええっ、どうしようもない？　そ、そんな……。

そうだ！　こうなったら、非常事態《ひじょうじたい》。あの黒魔法《くろまほう》をつかうしかないね！

「あの黒魔法《くろまほう》？」

うん。『赤《あか》い糸魔法《いとまほう》』っていうのがあるの。

恋《こい》をしている人《ひと》に、『ルキウゲ・ルキウゲ・アモミラーレ。』って呪文《じゅもん》をかけると、小指《こゆび》に赤《あか》い糸《いと》があらわれるの。それは、その人《ひと》の結婚相手《けっこんあいて》につながってるってわけ。

「明日《あした》、伊蔵《いぞう》さんがお見合《みあ》いをして、万《まん》が一《いち》、万田《まんだ》さんとかいう人《ひと》を気《き》に入《い》ったら、伊蔵《いぞう》さんの小指《こゆび》に、万田《まんだ》さんとつながった赤《あか》い糸《いと》が、あらわれるはず。そうなったら、その赤《あか》い糸《いと》を、はさみでちょきんと切《き》ってしまう……。」

これって、よく考《かんが》えると、どうかと思《おも》うけれど、でも、だからこそ『黒魔法《くろまほう》』なわけで。

「でも、そうしないと、チョコちゃんとあたしの『存在《そんざい》』そのものに、かかわるわけだもの、しかたがないわ。」

うん、おっこちゃんに、そう言《い》ってもらえると、あたしもほっとします。

「それにしても、今《いま》、赤《あか》い糸《いと》は、どうなっちゃってるのかしら。写真《しゃしん》のなかの、あたしたちの姿《すがた》が、うすれているってことは、千香子《ちかこ》さんと峰子《みねこ》さんの赤《あか》い糸《いと》、そうとうもつれちゃってるのかしらね。」

たぶんね……。そうだ、今《いま》、赤《あか》い糸魔法《いとまほう》をかけて、確《たし》かめてみようか。

それには、まず、ゴスロリに着《き》がえなくちゃ。ええっと、ゴスロリ、ゴスロリ……。

あれ？

「おっこちゃん、あたし、ゴスロリを入《い》れたふろしき、ここに置《お》いたよね。」

あたしが、作業小屋《さぎょうごや》の入《い》り口《ぐち》のすぐわきを指《ゆび》さした。

「むらさき色《いろ》のふろしきのこと？　ええ、たしかにそこに置《お》いてたわよ。」

でも、ないんだよ。もしかして、だれかが、場所《ばしょ》をうつしたのかな？

「あのう、どなたか、ここにあった、むらさき色《いろ》のふろしき、知《し》りませんか。」

ところが、全員《ぜんいん》、号令《ごうれい》をかけたみたいに、ぴったりそろって、首《くび》をふった。

そ、そんな……。じゃあ、あたしのゴスロリは、消《き》えたってこと？

「消《き》えたというか、とられたのかもしれないぞう。」

伊蔵《いぞう》さんが、お芋《いも》を手《て》にしたまま、顔《かお》を上《あ》げた。

とられた？

「そのとびら、さっき、ちょっと開《あ》いたような気《き》がしたんだぞう。皮《かわ》むきに集中《しゅうちゅう》してたし、風《かぜ》で開《あ》いただけかと思《おも》って気《き》にしなかったけど、もしかしたら、あのとき、だれかがとびらを開《あ》けて、すきまから手《て》をのばして、ふろしきを……。」

な、なんですとぉ！　それって、ゴスロリがぬすまれたってことじゃないの！

それはまずい！　めっちゃまずいです！

あれは魔力《まりょく》がたまった特別《とくべつ》なゴスロリで、あれを着《き》てこそ、あたしは、三級黒魔女《きゅうくろまじょ》さんなわけで……。

そんなものを、よりによって、ぬすまれたなんて言《い》ったら、ギュービッドがどんなに怒《いか》りくるうことか。ああ、考《かんが》えるだにおそろしい……。

さがさなくちゃ！　今《いま》すぐ、犯人《はんにん》から、ゴスロリを取《と》りかえさなくちゃ！

あたしは、がばっととびらを開《あ》けると、まだ暗《くら》い外《そと》に飛《と》び出《だ》した。

「チョコちゃん、待《ま》って！」

おっこちゃんの声《こえ》が、追《お》いかけてくる。

ごめん、おっこちゃん。でも、あたし、待《ま》ってるわけにいかないの。どこへ行《い》って、だれを見《み》つければいいのか、そんなこと、わからないけど、考《かんが》えてるひまがあったら、行動《こうどう》しなくちゃいけないの！

ゴスロリは、ぜったいに見《み》つけなくちゃいけないんだよ！

# 6 峰子《みねこ》さんの好《す》きな人《ひと》は?

(チョコちゃん、だいじょうぶかしら……。)

おっこは栗林旅館《りつりんりょかん》の窓《まど》から、空《そら》を見上《みあ》げた。

青空《あおぞら》とはいえ、ぽつんぽつんとあやしい色《いろ》の雲《くも》がところどころに見《み》える。

(雨《あめ》にならなきゃいいけど。)

チョコちゃんは、ゴスロリ服《ふく》をさがしに伊蔵《いぞう》さんの小屋《こや》を飛《と》び出《だ》していったっきり、芋《いも》の皮《かわ》むきが終《お》わっても帰《かえ》ってこなかった。

チョコちゃんをさがしに行《い》こうとしたところ、峰子《みねこ》さんと千香子《ちかこ》さんに止《と》められた。

「このあたりを知《し》らない子《こ》が、人《ひと》さがしなんて無理《むり》よ。乙子《おっこ》ちゃん、迷子《まいご》になるわよ。」

「でも、チョコ……千洋子《ちよこ》ちゃんも迷子《まいご》になってるかも。」

「大蔵《だいぞう》さんや源蔵《げんぞう》さんがきっと見《み》つけてくれるわよ。伊蔵《いぞう》さんだって、干《ほ》し芋《いも》の天日干《てんぴぼ》しが終《お》わったら、いっしょに千洋子《ちよこ》ちゃんをさがしてくれるって言《い》ってたわよ。」

「乙子《おっこ》ちゃんは、いっしょに栗林旅館《りつりんりょかん》に来《こ》ない? 窮美《ぎゅうび》さんには、旅館《りょかん》で働《はたら》けるように、あたしたちでたのんであげるから。」

というわけで、おっこは峰子《みねこ》さんと千香子《ちかこ》さんに連《つ》れられて、栗林旅館《りつりんりょかん》に来《き》たのだった。

すると、窓《まど》の向《む》こう……栗林旅館《りつりんりょかん》の前庭《まえにわ》を、窮美《ぎゅうび》さんと豆頭木《ずずき》さんがなにかさかんにしゃべりながら歩《ある》いているのが見《み》えた。

（わ、いけない！　立《た》ち止《ど》まってるところなんか見《み》られたら大変《たいへん》だわ！）

おっこは、よいしょ！　と、ざぶとんをかかえあげて、ろうかを早足《はやあし》で歩《ある》きだした。

「ざぶとんの追加《ついか》、持《も》ってきました！」

客室《きゃくしつ》のそうじをしていた峰子《みねこ》さんと千香子《ちかこ》さんは、ざぶとんをたくさん重《かさ》ねてかかえているおっこを見《み》ると、

「ま、ずいぶんがんばったわね！」

「助《たす》かるわ。じゃあ、すみのところにつんでおいて。」

と、声《こえ》をかけてくれた。

「はい！」

おっこは、そうじのじゃまにならないように、そしてほこりをたてないように気《き》をつけ

て、ざぶとんをそうっと置《お》いた。

「ほかになにかすることはありませんか？」

「そうねえ。どうしようかしら。」

「じゃ、ぞうきんをかたくしぼってくれる？」

峰子《みねこ》さんは、板《いた》の間《ま》に置《お》いてあるバケツとぞうきんを指《ゆび》さした。

「はい！」

おっこが背《せ》すじをのばして、ぞうきんを縦《たて》にしぼる姿《すがた》を見《み》て、千香子《ちかこ》さんが、まあ、とほほえんだ。

「ずいぶん、かっこうのいい姿勢《しせい》でぞうきんをしぼるのね！」

「かっこうのいい姿勢《しせい》？」

「ええ、峰子《みねこ》さん見《み》てなかった？　乙子《おっこ》ちゃんたら、ぴんと背《せ》すじをのばして、真剣《しんけん》な顔《かお》をして、剣士《けんし》みたいだったわよ。」

「ま、ほんと？　乙子《おっこ》ちゃん、やってみて！」

峰子《みねこ》さんにせかされて、おっこは、やや緊張《きんちょう》してぞうきんをぎゅっと縦《たて》にしぼった。

「本当《ほんとう》だわ！　沖田総司《おきたそうじ》ってとこね。いつもそんなしぼりかたをしてるの？」

峰子《みねこ》さんが感心《かんしん》して、そう言《い》った。

「あの……、ぞうきんをかたくきちんとしぼるには、お侍《さむらい》が剣《けん》を握《にぎ》るかっこうで、わきをしめるようにしたら、あまり手《て》によけいな力《ちから》も入《い》れず、むらなく水《みず》がしぼれるって……。おばあちゃんに教《おし》えてもらって……。」

「まあ、そうなの？　ちょっとやってみるわね。こう縦《たて》に握《にぎ》って、わきをしめるのね？」

「はい。右手《みぎて》を逆手《さかて》にして……。」

「まあ、本当《ほんとう》だわ。剣《けん》を握《にぎ》っている感《かん》じでしぼったら、ずいぶんやりやすいわね。手首《てくび》が楽《らく》だわ。」

千香子《ちかこ》さんが感心《かんしん》したように、お侍《さむらい》のポーズをした。

「へえ？　そうなの？　どれ。」

峰子《みねこ》さんは、千香子《ちかこ》さんのぞうきんを受《う》けとると、縦《たて》に持《も》った。

「これが剣《けん》だと思《おも》えばいいのね？」

そう言《い》うなり、峰子《みねこ》さんは、しゃきんと背《せ》と首《くび》をのばし、ぐいっと形《かたち》のいいまゆを寄《よ》せた。

「やっ！」

勇《いさ》ましく声《こえ》をあげて、ぞうきんの剣《けん》をふり下《お》ろした。

「み、峰子《みねこ》さん。ぞうきんで戦《たたか》うわけじゃないのよ！」

千香子《ちかこ》さんが、必死《ひっし》で笑《わら》うのをこらえて峰子《みねこ》さんの素振《すぶ》りを止《と》めた。

峰子《みねこ》さんは、ぱっと顔《かお》を赤《あか》くして、

「ま、あたしったら！　つい剣豪《けんごう》の気分《きぶん》になっちゃった！　あはは！」

照《て》れくさそうに頭《あたま》をかいた。

おっこも、もうたまらなくなって、笑《わら》いだしてしまった。

「もう。乙子《おっこ》ちゃんまでそんなに笑《わら》うことないじゃないの。」

峰子《みねこ》さんが子《こ》どものように、ぷんとほおをふくらませた。

「ごめんなさい。あの、あたしがまったく同《おな》じことをして、おばあちゃんにおこられたもので……。」

（こ、これを教《おし》えてくれたのはおばあちゃん……峰子《みねこ》さんなんだけどなあ……。このころの峰子《みねこ》さんは、このしぼりかたを知《し》らなかったのね。）

「ま、そうなの？　あはは！　あたしと乙子《おっこ》ちゃんって似《に》てるのね！」

けらけらっと笑《わら》い声《ごえ》をあげた峰子《みねこ》さんは、すぐに言《い》いなおした。

「あ、でも、あたしと乙子《おつこ》ちゃんが似《に》てるなんて言《い》っちゃ、悪《わる》いわね。乙子《おつこ》ちゃんのほうが年下《としした》なのに、よっぽどしっかりしてるもの。」

「え？　あたしが峰子《みねこ》さんよりしっかりしてる？　まさか！」

おっこは、その言葉《ことば》に、心《こころ》からおどろいた。

「なに言《い》うのよ。乙子《おつこ》ちゃんはしっかりしてるわよ。おそうじの仕方《しかた》だってすみずみまできっちりしてるし、よく働《はたら》くし、礼儀正《れいぎただ》しいし。あたしなんか、もう、ここのおかみさんにおこられてばっかり！　ねえ、千香子《ちかこ》さん。」

「……そうねえ。峰子《みねこ》さんより、とまでは言《い》わないけれど、乙子《おつこ》ちゃんの仕事《しごと》ぶりは堂《どう》に入《い》ってて、落《お》ちついているわよ。」

千香子《ちかこ》さんも、それを否定《ひてい》しなかった。

「そうかなあ。おばあちゃんには注意《ちゅうい》されてばかりなんですけど……。」

「乙子《おつこ》ちゃんのおばあさんって、ずいぶんきびしいのね！」

峰子《みねこ》さんが、いかにも気《き》の毒《どく》そうに言《い》うのが、またおかしかったが、おっこは必死《ひっし》でまじめな顔《かお》をしてこたえた。

「はい。じつは旅館《りょかん》のおかみなんです。」

「まあ、そうなの？　旅館《りょかん》の仕事《しごと》ぶりが板《いた》についてると思《おも》ったわ！　お家《うち》でお手伝《てつだ》いをよくしてるからなのね！」

峰子《みねこ》さんが、ぱんと手《て》を打《う》って、謎《なぞ》が解《と》けた！　といった顔《かお》をした。

「そうだったの。それじゃ、あたしたちのほうが、乙子《おつこ》ちゃんに旅館《りょかん》についていろいろ教《おし》えてもらわなくちゃいけないわね。」

「そんな！　あたしはただ、おばあちゃんに言《い》われたことをやってるだけですから。でもどれもちゃんとできてませんから、若《わか》おかみとしては、まだまだです。」

「まあ、乙子《おつこ》ちゃんは若《わか》おかみなの？　じゃあ将来《しょうらい》は、おばあさまのあとをついで温泉旅《おんせんりょ》館《かん》のおかみになるのね？」

「はい。だから、おばあちゃんに不安《ふあん》がられてます。あたしがおかみになったら、うちの旅館《りょかん》がどんなふうになるのか想像《そうぞう》がつかないって。」

「ま、どうして？」

峰子《みねこ》さんが興味深《きょうみぶか》そうに、ぞうきんを握《にぎ》ったまま身《み》をのりだしてきた。

「旅館《りょかん》の雰囲気《ふんいき》はおかみによって決《き》まるんだって、おばあちゃんいつも言《い》ってますから。落《お》ちついてやさしいおかみのいる旅館《りょかん》は、お客《きゃく》さまがおだやかに、のんびりすごせる旅《りょ》館《かん》になる。しっかり者《もの》で陽気《ようき》なおかみがいる旅館《りょかん》は、お客《きゃく》さまがゆかいに楽《たの》しくすごせる旅館《りょかん》になるって。」

「へええ。」

「まあ。」

峰子《みねこ》さんと千香子《ちかこ》さんが顔《かお》を見合《みあ》わせた。

「……千香子《ちかこ》さん……。このままじゃ、あたしだめね。」

急《きゅう》に峰子《みねこ》さんがしおれてしまったので、おっこはおどろいた。

「だって、きのうもどたばたしちゃって、寝《ね》ているお客《きゃく》さまに文句《もんく》を言《い》われるし……。おととい は、気《き》に食《く》わないお客《きゃく》さまとケンカしたもの。あたしがおかみになったら、ろくな旅館《りょかん》にならないわ。きっと落《お》ちつかない、もめごとばかり起《お》こる旅館《りょかん》になっちゃうんだわ……。」

うなだれた峰子《みねこ》さんのかわりに、千香子《ちか こ》さんがおっこに説明《せつめい》してくれた。

「峰子《みねこ》さんはね、将来《しょうらい》、温泉旅館《おんせんりょかん》のおかみさんになるのが夢《ゆめ》なのよ。」

「まあ、そうなんですか！」

おっこは、大《おお》きくうなずいた。

「あの、おばあちゃんはこうも言《い》ってました。大事《だいじ》なのは、どういう旅館《りょかん》になるかじゃないって。そこのおかみが、お客《きゃく》さまが元気《げんき》になってお家《うち》に帰《かえ》っていただける旅館《りょかん》にしようってがんばりつづけることがいちばん大事《だいじ》だって。」

「……乙子《おつこ》さんのおばあさまって、すごいのね。」

峰子《みねこ》さんが、目《め》を閉《と》じたまま何度《なんど》もうなずいた。

「今《いま》の言葉《ことば》、胸《むね》のなかにすとん！　って入《はい》ったわ。そうね。落《お》ちつかなくて少々《しょうしょう》さわがしい旅館《りょかん》でも、お客《きゃく》さまが元気《げんき》になっていただける……、そういう旅館《りょかん》を目指《めざ》して努力《どりょく》をおこたらなければ、いいのね。」

「そうよ、峰子《みねこ》さん。あなただったらきっと、とてもすてきな温泉旅館《おんせんりょかん》のおかみさんになれるわよ。」

千香子《ちかこ》さんが峰子《みねこ》さんの手《て》を取《と》ってはげました。

「だからあきらめないで、大事《だいじ》な夢《ゆめ》を。好《す》きな人《ひと》といっしょに温泉旅館《おんせんりょかん》を作《つく》りたいんでしょ？」

「ええ！」

（す、好《す》きな人《ひと》といっしょに！　っておばあちゃん、好《す》きな人《ひと》がいるんだわ！　そしてそのことを千香子《ちかこ》さんに話《はな》してるんだ！）

おっこはいきなり飛《と》び出《だ》した、重要《じゅうよう》な言葉《ことば》にとびあがりそうになった。

「す、好《す》きな人《ひと》って、ええと、あのう……。」

おっこが言《い》いかけたとき。

「千香子《ちかこ》さあーん！　調理場《ちょうりば》のほうに来《き》てもらえますかって！　食材《しょくざい》を運《はこ》ぶのに手《て》が足《た》りないみたいよ。」

年配《ねんぱい》の仲居《なかい》さんが、客室《きゃくしつ》の開《あ》けたままの入《い》り口《ぐち》から顔《かお》を出《だ》して言《い》った。

「あ、はあい。今《いま》行《い》きます。じゃあ、またあとでね。」

千香子《ちかこ》さんは部屋《へや》から出《で》ていってしまった。

「さて、ぞうきんもしぼれたことだし、ふきそうじしましょうか。」

峰子《みねこ》さんが言《い》った。

「はい。」

二人《ふたり》で板《いた》の間《ま》や窓《まど》などを手分《てわ》けしてふきはじめた。

（さっきの話《はなし》のつづき……峰子《みねこ》さんの好《す》きな人《ひと》のこと……ききたいけど……どうしよう……。）

千香子《ちかこ》さんがいなくなり、空気《くうき》がしんとなってしまって、そういう話題《わだい》を出《だ》すのがむずかしい感《かん》じになってしまった。

もくもくと柱《はしら》をふいていたら、ふいに峰子《みねこ》さんが言《い》った。

「……ねえ、乙子《おつこ》ちゃんのお家《うち》の旅館《りょかん》って、どんな旅館《りょかん》？」

「うちの旅館《りょかん》ですか？　この栗林旅館《りつりんりょかん》よりはかなり小《ちい》さくて、こぢんまりしてますね。お庭《にわ》は、いっしょうけんめいみんなで手入《てい》れしています。」

「へえ、そう！　ね、露天風呂《ろてんぶろ》はある？」

「ありますよ。お庭《にわ》や月《つき》をお湯《ゆ》のなかでゆっくり見《み》ていただけるように、露天風呂《ろてんぶろ》のお客《きゃく》さまにお飲《の》み物《もの》をサービスしたりしてます。」

「それはステキね！　いいなあ、そんな温泉旅館《おんせんりょかん》のおかみさんになるのがあこがれよ。」

峰子《みねこ》さんが、ぞうきんを胸《むね》の前《まえ》でぎゅっと握《にぎ》りこんで、天《てん》を仰《あお》いでそう言《い》った。

「あのう、峰子《みねこ》さん。好《す》きな人《ひと》といっしょに温泉旅館《おんせんりょかん》を作《つく》りたいって、さっき千香子《ちかこ》さんが言《い》ってたのは……、だれか今《いま》、好《す》きな人《ひと》がいるんですか？」

思《おも》いきって、おっこはたずねた。

すると、峰子《みねこ》さんは、うん、とうなずいた。

「いるわ。だけど、ぜんぜんあたしの気持《きも》ちに気《き》がついてくれないの。」

「そ、そうなんですか!?」

「むこうはあたしのこと、どう思《おも》ってるかもわからない。っていうか、きっとただの友《とも》だちだと思《おも》ってるわね……。」

言《い》いながら、峰子《みねこ》さんはどんどんうなだれて、落《お》ちこんだ様子《ようす》になった。

「そ、そんなの、確《たし》かめてみなければわからないじゃないですか。」

「ううん、きっとそうよ。あたし、千香子《ちかこ》さんみたいに、かわいくも女《おんな》らしくもないから、憎《にく》まれ口《ぐち》ばかり言《い》ってしまうし、話《はなし》がもりあがると、ついふざけすぎちゃうのよね。」

「峰子《みねこ》さん……。そんな……。」

おっこは、峰子《みねこ》さんの本気《ほんき》の落《お》ちこみように、言葉《ことば》を失《うしな》った。

(おばあちゃんったら、娘時代《むすめじだい》から美人《びじん》でモテモテだったって言《い》ってたのに、こんなことを悩《なや》んでいたんだわ。)

おっこは、目《め》の前《まえ》にいる人《ひと》が、もう、おばあちゃんとは思《おも》えなかった。

おっこと似《に》たようなことで悩《なや》んでいる、年《とし》の近《ちか》い友《とも》だちのように見《み》えてきた。

「峰子《みねこ》さんもかわいいですよ。それに女《おんな》らしいと思《おも》います。千香子《ちかこ》さんとはちがった感《かん》じの、かわいさや女《おんな》らしさだと思《おも》うけど。」

「ほんとに？」

「ええ。みんなもそう思《おも》ってるんじゃないかしら。」

「そうかしらねえ？　源蔵《げんぞう》さんはよくあたしのことをほめてくれるけど、女《おんな》の人《ひと》みんなにやさしいことを言《い》う人《ひと》だから、そんなに真実味《しんじつみ》がないし、大蔵《だいぞう》さんにはからかわれてばっかりだし。伊蔵《いぞう》さんはやさしいけれど、まったくそういうことは言《い》わないし……。」

男性陣《だんせいじん》の名前《なまえ》が三人《にん》とも出《で》たけれど、峰子《みねこ》さんの言《い》いかたでは、どの人《ひと》が好《す》きなのか、わからない。

（このままでは、ぜんぜん話《はなし》が前《まえ》に進《すす》まないわ。もう、思《おも》いきってたずねてみよう！）

おっこは、深呼吸《しんこきゅう》して、胸《むね》を押《お》さえた。

どきどきする。

もし、ここで、おじいちゃん以外《いがい》の人《ひと》の名前《なまえ》が出《で》てきたら、どうしよう？

（あの写真《しゃしん》みたいに、あたしもチョコちゃんも、霧《きり》みたいにうすくなって消《き》えちゃうかも……。）

そんなことを思《おも》うと、足《あし》がふるえそうにこわいが、しかし……。

「峰子《みねこ》さんの好《す》きな人《ひと》ってだれなんですか？」

ついに、そうきいた。

「知《し》りたい？」

「はい。」

「それはね……。」

峰子《みねこ》さんが手招《てまね》きした。

おっこが顔《かお》を寄《よ》せると、耳元《みみもと》でささやいた。

「……蔵《ぞう》さんよ。」

「え？」

小声《こごえ》すぎて聞《き》こえない。

すると、峰子《みねこ》さんが笑《わら》って、もう一度《いちど》相手《あいて》の名前《なまえ》を言《い》った。

そのとき、ガシャーン！　と、ものすごい騒音《そうおん》がひびいてきた。

「ぎゃあっ！　痛《いた》いーー！」

つづいて、ねこをふみつけたような悲鳴《ひめい》があがった。

「なにごとですか？」

峰子《みねこ》さんと乙子《おつこ》がろうかに出《で》てみると、大量《たいりょう》のおぜんをろうかでたおして、ひっくり返《かえ》っている豆頭木《ずずき》さんがいた。

「まあ、豆頭木《ずずき》さん、なにをしてるんですか。」

「なにって、このとおり、おぜんを運《はこ》ぶのに失敗《しっぱい》しただけですよ。いてて。」

「おぜん運《はこ》びは仲居《なかい》にまかせておいてくださいよ。」

「やってみたかったんですよ！　何段重《なんだんかさ》ねられるか。」

「慣《な》れてない人《ひと》が急《きゅう》に、そんなことしないでくださいって！　乙子《おつこ》ちゃん、おぜんを集《あつ》めるの手伝《てつだ》ってくれる？」

「は、はい。」

おっこは、豆頭木《ずずき》さんのちらかしたおぜんをかたづけながら、がっかりしてしまった。

（……せっかくのチャンスだったのに。峰子《みねこ》さんの好《す》きな相手《あいて》がだれなのかわからない……。やっぱりチョコちゃんの『赤《あか》い糸魔法《いとまほう》』に頼《たよ》るしかないのかしら。）

おっこは、まだもどってこないチョコちゃんのことを思《おも》いうかべた。

（ごすろり服《ふく》は見《み》つかったのかしら？　ああ、チョコちゃん、がんばって！）

# 7　ご先祖《せんぞ》さまがいっぱい？

ああ、もう、いったいどこにあるんだろ、あたしのゴスロリ。

ぜったい見《み》つけるっとか言《い》って、飛《と》び出《だ》してきたのはいいけど、どこをどうさがしたらいいのか、ぜんぜんわからず……。

このあたりは、おばあちゃん、つまり千《ち》香《か》子《こ》さんと伊《い》蔵《ぞう》さんのお家《うち》のそばのはず。だから、今《いま》まで、何回《なんかい》か来《き》たことはあるんだよ。でも、知《し》ってるのは、その周《まわ》りだけだし、なんてったって、ここは六十年《ねん》まえの世界《せかい》。右《みぎ》も左《ひだり》もわかりませぬ……。

周《まわ》りはといえば、ところどころ農家《のうか》＋《プラス》雑木林《ぞうきばやし》みたいのがあるほかは、畑《はたけ》、畑《はたけ》、畑《はたけ》。たぶん、お芋《いも》の畑《はたけ》なんだろうけど、冬《ふゆ》まっただなかの今《いま》、緑《みどり》はゼロ。かわいた土《つち》がはてしなく広《ひろ》がっていて、それがまた北風《きたかぜ》で舞《ま》いあがって、空《そら》までなんとなくもやってる。

でもって、人影《ひとかげ》もなし。西《にし》のほうに、建物《たてもの》が集《あつ》まっているところがあって、そのなかには栗林旅館《りつりんりょかん》も見《み》える。あそこで、いろんな人《ひと》に質問《しつもん》すれば、情報《じょうほう》も集《あつ》まるんだろうけどね。

だけど、それは無理《むり》。なにしろ、今《いま》のあたしは、村《むら》の人《ひと》たちには、人気歌手《にんきかしゅ》『越冬《えっとう》からす』になりすました『性悪女《しょうわるおんな》』なわけで。そのうえ、仲居頭《なかいがしら》の窮美《ぎゅうび》さんと、番頭《ばんとう》の豆頭木《ずずき》さんとかいういじわるコンビもいるわけでしょ。とても、近《ちか》づく気《き》になりません。

とはいえ、どうにかしなくちゃいけないよ。ゴスロリをなくしたなんて、ギュービッドにばれたら、ただじゃすまないもの。っていうか、あたしも困《こま》る……。

「うおー、いいぞい、いいぞい！」

ん？　どこかから、しわがれた声《こえ》がするよ。おじいさんだね、あれは。でも、周《まわ》りにはだれもいないよ。あ、向《む》こうのこんもりとした丘《おか》の上《うえ》の林《はやし》からみたい……。

「こいつぁ、おなごの着物《きもの》にいいぞい！」

え？　今《いま》、『おなご』って言《い》った？

『おなご』って、むかしの言葉《ことば》で『女子《じょし》』のことだよね。ってことは、『おなごの着物《きもの》にいいぞい。』って、女《おんな》の子《こ》のお洋服《ようふく》のことで、よろこんでるってこと？

でも、なんで、おじいさんが？　しかも、林《はやし》のなかで？

ううむ。あやしい……。よ、ようし、ちょっと確《たし》かめてこよう！

あたしは、かわいた土《つち》を、さくさくふみしめながら、なだらかな丘《おか》のふもとに近《ちか》づいていった。丘《おか》には、大《おお》きな木《き》がずらりと立《た》ちならんで、冬《ふゆ》だというのに、大《おお》きな葉《は》っぱを青々《あおあお》としげらせてる。これ、雑木林《ぞうきばやし》じゃないね、だって、どの葉《は》っぱも、同《おな》じ形《かたち》してるもん……。

なんて、そんなことより、声《こえ》の主《ぬし》はいったいどこ？

あ、あそこにだれかいる。茶色《ちゃいろ》い作業着《さぎょうぎ》に、黒《くろ》い長《なが》ぐつはいて、耳《みみ》の周《まわ》り以外《いがい》はつるんとはげてて。あれはおじいさんだね。

でも、なにしてるんだろ。なんか、ふりまわしてるけど。特大《とくだい》のテニスラケットみたいな形《かたち》をしたものだよ。それを両手《りょうて》で握《にぎ》って、体全体《からだぜんたい》をつかってあおいでるんだけど、そのたびに、周《まわ》りにちらばった木《き》の皮《かわ》みたいなものが、ぱあっと舞《ま》いあがってる。

「いいぞい、いいぞい！　この巨大《きょだい》うちわの風《かぜ》は、強力《きょうりょく》だぞい！」

あ、うちわか。しかし、真冬《まふゆ》の林《はやし》で、なんでまた巨大《きょだい》うちわなんか、あおいでるの？

「この風《かぜ》なら、帯《おび》をきっちりしめた、おなごの着物《きもの》だって、すそから、ぷわあっと舞《ま》いあがるぞい。まして、財閥《ざいばつ》の娘《むすめ》のスカートなんぞ、いちころじゃい！」

はあ？　着物《きもの》のすそが舞《ま》いあがる？　スカートがいちころ？

うちわにスカートとくれば、エロエースだけど。

エロエースは、本名《ほんみょう》を小島直樹《こじまなおき》っていう、五年《ねん》一組《くみ》の男子《だんし》なんだけど、これが最強《さいきょう》にお下品《げひん》でエロいんだよ。かわいい女子《じょし》がミニスカートをはいていると、かならず、うちわで、スカートをあおいで、まくりあげようとするの。

ここは六十年《ねん》まえの世界《せかい》だから、エロエースがいるわけもないけどね。でも、体《からだ》をくねらせながら、ぶわんぶわんと、お化《ば》けうちわをあおいでるおじいさんの周《まわ》りには、そこはかとなくエロい空気《くうき》がただよってるわけで……。

「舞《ま》いあがる～、舞《ま》いあがる～、めぐのスカート、舞《ま》いあがる～。」

ぬおう！　なにがなんだかわからないけど、このエロさ、許《ゆる》せませんっ。

「ちょっと、なにやってるんですかっ。」

あとさき考《かんが》えず、林《はやし》のなかへ突進《とっしん》しちゃった。ところが、あたしの声《こえ》にふりかえったおじいさんの顔《かお》を見《み》て、あたしは凍《こお》りついちゃった。

だって、そのギョロ目《め》、そして、みごとな出《で》っ歯《ぱ》はまぎれもなく……。

「エ、エロエース？」

そうしたら、エロエース顔《がお》のおじいさん、ギョロ目《め》をぐりん。

「なんじゃやと？」

「あ、いや、その、小島直樹《こじまなおき》さんかなって……。」

「直樹《なおき》じゃと？　わしは、直蔵じゃ。小島《こじま》直蔵！」

小島直蔵《こじまなおぞう》……。直樹《なおき》と、一字《じ》ちがい……。しかも、うりふたつのお顔《かお》……。

ま、まさか、この人《ひと》、エロエースのおじいちゃん？　いや、あたしのおばあちゃんも、まだ若《わか》い娘《むすめ》さんなんだから、おじいさんってことはないか。ってことは、エロエースのひいおじいちゃん？　それとも、ひいひいおじいちゃん？

「なにを、ひいひい、わめいとるんじゃ！　あやしい娘《むすめ》っこめ！」

いや、わめいているんじゃなくて、エロエースのひいひいおじいちゃんかなって……。

「エロエース？　わしが英語《えいご》がわからんと思《おも》って、ごまかそうと思《おも》ったって、そうはいかんぞ、あやしい娘《むすめ》っこめ！」

むかむかむかっ。あやしい、あやしいって、なによ。あやしいのは、おじいちゃんのほうじゃない。なんなの、その巨大《きょだい》なうちわ？

そうしたら、『たぶんエロエースのひいおじいちゃんか、ひいひいおじいちゃん』は、ぎょっとした顔《かお》つきになった。

「それ、なににつかうんですか？　どうせ、エロいことにつかおうとしてるんでしょっ。」

あたし、相手《あいて》がおじいさんなのもかまわず、どなっちゃった。

でも、いいのよ。たとえ目上《めうえ》の人《ひと》だって、女の子《おんなのこ》の敵《てき》はやっつけなくちゃ。なにしろ、この時代《じだい》には、飛《と》びげりで、エロい男子《だんし》をやっつけてくれる、マリア・サンクチュアリちゃんはいないんだから。黒鳥千代子《くろとりちよこ》が、女子《じょし》の味方《みかた》になりますっ。

「な、なんじゃとぉ？　こ、これはな、こうやってつかうんじゃい！」

大声《おおごえ》をはりあげると、エロエースおじいちゃんは、体《からだ》が折《お》れるんじゃないかっていうぐらい、背中《せなか》をぐいっとそらして、巨大《きょだい》うちわをあおぎはじめた。そのとたん、すさまじい風《かぜ》が巻《ま》きおこって、地面《じめん》から、土《つち》ぼこりだの、落《お》ち葉《ば》だのが、ぼわんと舞《ま》いあがった。

「見《み》ろ、この大風《おおかぜ》！　このうちわはな、ひとあおぎで、一間四方《いっけんしほう》の栗《くり》の木《き》から、実《み》をぜーんぶふきとばし、一気《いっき》に収穫《しゅうかく》できる、小島家《こじまけ》秘伝《ひでん》の『栗《くり》うちわ』じゃい！」

栗《くり》うちわぁ？　なんて、おバカないいわけなの。あたし、ほんとに頭《あたま》にきましたっ。

「子《こ》どもだからって、バカにしないでくださいっ。今《いま》は一月《がつ》ですよ。冬《ふゆ》に、栗《くり》の実《み》がなるわけないじゃないですかっ。」

栗《くり》の収穫《しゅうかく》は、九月《がつ》から十月《がつ》。そして、栗《くり》の木《き》は、冬《ふゆ》には葉《は》っぱを落《お》とすんだから。

「それに、あたし、ちゃーんと聞《き》いたんですよ。『この風《かぜ》なら、帯《おび》をきっちりしめた、お

なごの着物《きもの》だって、すそから、ぷわあっと舞《ま》いあがるぞい。』って。」

「ぐっ……。」

「それに、こうも言《い》ってましたね。『舞《ま》いあがる～、舞《ま》いあがる～、めぐのスカート、舞《ま》いあがる～。』って。めぐって、紫苑財閥《しおんざいばつ》の娘《むすめ》の、紫苑《しおん》めぐみさんのことでしょ。めぐさんは、今《いま》、この村《むら》に来《き》ていて、ハデハデのドレスを着《き》てる。だから、そのスカートを、その巨大《きょだい》うちわで、ぱあっとめくろうって、そういう魂胆《こんたん》なんですよねっ。」

図星《ずぼし》だったみたい。エロエースおじいちゃん、しわしわのお顔《かお》を、くしゃっとさせちゃったもの。

ったく、エロエースのエロさは、先祖代々《せんぞだいだい》伝《つた》わってきたんだね。

いや、ちょっと待《ま》て……。スカートといえば、ゴスロリじゃない？　だって、あたしのゴスロリのパニエ、めぐみお嬢《じょう》さまのドレスなんかより、ずうっと短《みじか》いんだよ。

さ、さては……。

「ちょっと、あたしのゴスロリをぬすんだのも、おじいさんなんじゃ？」

「な、なんじゃと？」

エロエースおじいちゃん、ギョロ目《め》を白黒《しろくろ》、出《で》っ歯《ぱ》をぱふぱふさせてる。

「だって、おじいちゃん、栗林旅館《りつりんりょかん》で、めぐみお嬢《じょう》さまを見《み》かけたんでしょう？　それなら、あたしも見《み》たはずですよね。薄幸《はっこう》の美少女歌手《びしょうじょかしゅ》『越冬《えっとう》からす』にまちがえられた、ゴスロリ姿《すがた》のあたしをね。で、ひらひらミニスカート姿《すがた》に、くらくらっと……。」

「お、おまえ、勝手《かって》にわしの栗林《くりばやし》に忍《しの》びこんでおいて、なにを言《い》いだすんじゃ……。」

「いいから、返《かえ》してください！　あたしのゴスロリを返《かえ》してください！」

そのとき、後《うし》ろのほうで、かさっと、落《お》ち葉《ば》をふみならす音《おと》がした。

「ノンノン。マドモワゼルの推理《すいり》は、まちがっていますぞ。」

わわわっ。またへんなおじさんがあらわれた！

だって、ほんとにへん。頭《あたま》はおむすびみたいにまるくて、半分《はんぶん》はげあがってる。鼻《はな》の下《した》には、左右《さゆう》にぴんとのびたひげ。ぽっこりとつき出《で》たおなかを、グレーのスーツにつつんでる。さらには、白《しろ》いシャツにグレーの蝶《ちょう》ネクタイをしめ、手《て》にはステッキを持《も》って。

なんだか、むかしの外国映画《がいこくえいが》から飛《と》び出《だ》した、お金持《かねも》ちのおじさんみたい。

「ボンジュール、マドモワゼル。」

はあ？　ポンジュース？

「ノンノン、ボンジュールですよ。フランス語《ご》で、こんにちはという意味《いみ》です。」

あ、フランス語《ご》のごあいさつなのか。でも、顔《かお》はどう見《み》ても、日本人《にほんじん》だけど、あなたはいったい何者《なにもの》……。

「栗栖貞二《くりすていじ》です。私立探偵《しりつたんてい》でして。」

くりすていじ？　私立探偵《しりつたんてい》？　探偵《たんてい》さんが、どうして、こんな田舎《いなか》に？

「東京《とうきょう》から疎開《そかい》したまま、住《す》みついたんじゃよ。」

エロエースおじいちゃんが、苦々《にがにが》しそうにつぶやいた。

「まったく、わけのわからん言葉《ことば》ばかりしゃべって、かなわんぞい。」

「ノンノン、ムッシュー。これはフランス語《ご》です。」

「うるさい！　わしは、『ご』がつく言葉《ことば》で好《す》きなのは、『おなご』だけなんじゃ！」

エロエースおじいちゃん、ダジャレにも、エロさがただよってます……。

「だけど、栗栖《くりす》さん、あたしの推理《すいり》のどこがまちがってるというんですか？」

すると、栗栖《くりす》さん、口《くち》ひげをぴくんと動《うご》かして、ほほえんだ。

「ボン、それではお話《はな》ししましょう。まず、栗《くり》のことです。マドモワゼルは、栗《くり》は秋《あき》になるものだと、おっしゃいましたな。けれど、ごらんなさい。」

栗栖《くりす》さんが、手《て》にしたステッキを、ふりあげた。その先《さき》を目《め》で追《お》うと……。

「う、うそ……。」

なんと、葉《は》っぱのあいだに、緑色《みどりいろ》のいがいがが、いっぱいついてる。これは、まぎれもなく、栗《くり》のいが……。

「おどろかれるのも、あたりまえです。たしかに、栗《くり》は秋《あき》になるもの、そして、栗《くり》の木《き》は、冬《ふゆ》には葉《は》を落《お》とすもの。ところが、これはちがうのです。『馬上栗《ばじょうぐり》』といって、一年《いちねん》中《じゅう》、実《み》をつける、それはそれは、不思議《ふしぎ》な栗《くり》なんです。」

え？　馬上栗《ばじょうぐり》？　そ、それって……。

「味《あじ》も絶品《ぜっぴん》ですよ。この栗《くり》で作《つく》ったマロン・グラッセなど、フランスはパリの名店《めいてん》『ア・ラ・メール・ド・ファミーユ』をしのぎます。」

「まぁた、わけのわからんことを言《い》いだしおって、おフランスかぶれが！　馬上栗《ばじょうぐり》がうまいのは、栗《くり》だけで作《つく》った特製《とくせい》おしるこに決《き》まっとるんじゃ！」

「ボン。それも、すばらしいですな。ともかく、栗《くり》についてのマドモワゼルのお考《かんが》えは、まとはずれということになります。次《つぎ》に……。」

馬上栗《ばじょうぐり》のことで、考《かんが》えこむあたしをよそに、栗栖《くりす》さん、一人《ひとり》で語《かた》りつづけてる。

「マドモワゼルのお召《め》しもののことですが、これも、直蔵《なおぞう》さんは犯人《はんにん》ではありません。」

やけにきっぱりとした言《い》いかたに、あたしは、はっと、われにかえった。

「なぜなら、直蔵《なおぞう》さんは、今日《きょう》は朝《あさ》からずっと、ここにいたからです。」

「どうして、栗栖《くりす》さんに、そんなことが言《い》えるの?」

「この大《おお》きなうちわを作《つく》るには、一時間《じかん》やそこらでは無理《むり》です。ごらんなさい、この竹《たけ》のくず。こんなにたくさんの竹《たけ》を切《き》り、細《ほそ》く裂《さ》き、うちわの形《かたち》に作《つく》り上《あ》げるのは、いかに直《なお》蔵《ぞう》さんが、うちわ作《づく》りの名人《めいじん》でも、なかなかできることではありません。」

それを聞《き》いて、エロエースおじいさん、出《で》っ歯《ぱ》をむきだして、笑《わら》いだした。

「そうじゃい、そうじゃい。これでわかったか、あやしい娘《むすめ》っこ!」

は、はあ。疑《うたが》ったりしてすいませんでした……。

「でも、あたし、お洋服《ようふく》をどうしても見《み》つけないといけないんです……。」

あたしがつぶやいたら、今度《こんど》は栗栖《くりす》さんがにんまり。

「ビエンシュール《もちろん》! でも、ご安心《あんしん》を。この栗栖貞二《くりすていじ》の灰色《はいいろ》の脳細胞《のうさいぼう》が、マドモワゼルのお召《め》しもののありかを、調《しら》べてさしあげますから。」

灰色《はいいろ》の脳細胞《のうさいぼう》? なんか、フランス語《ご》まじりのばかていねいなしゃべりかたといい、聞《き》きおぼえのある言葉《ことば》ばかりがとびかってる……。

「で、マドモワゼル。そのお召《め》しものを最後《さいご》に見《み》たのは、どこでしょうか？」

「黒鳥伊蔵《くろとりいぞう》さんの、干《ほ》し芋作《いもづく》りの作業所《さぎょうしょ》です。」

あたしが、林《はやし》の向《む》こうを指《ゆび》さすと、栗栖《くりす》さんも、いっしょになって、ステッキで、作業《さぎょう》所《しょ》のほうをさした。それから、ステッキを上《あ》げたまま、その先《さき》をずうっと右《みぎ》のほうへまわしていく。そして、またまた「ボン。」とつぶやくと、ほほえんだ。

「わかりました、マドモワゼル。」

ええ？　もう？

「東京《とうきょう》で、数々《かずかず》の難事件《なんじけん》を解決《かいけつ》した栗栖貞二《くりすていじ》です。灰色《はいいろ》の脳細胞《のうさいぼう》を働《はたら》かせれば、こんな田舎《いなか》の盗難事件《とうなんじけん》など、ものの数《かず》ではありません。」

はあ……。でも、ほんとかなぁ。

うちの小学校《しょうがっこう》にも、似《に》たようなことをすぐに口《くち》にするけど、一度《いちど》として、事件《じけん》を解決《かいけつ》したことがない、要《かなめ》くんっていう男《おとこ》の子《こ》がいるんですけど……。

でも、栗栖《くりす》さんは、自信《じしん》たっぷりに、口《くち》ひげをぴくんと動《うご》かした。

「マドモワゼル、栗林旅館《りつりんりょかん》へお行《ゆ》きなさい。お召《め》しものは、そこにあります。」

「ははは、要《かなめ》さん、それは見当《けんとう》ちがいだと思《おも》いますよ。」

後《うし》ろから、りんとして、さわやかな声《こえ》がした。

ぎょっとしてふりかえると、そこに若《わか》い男《おとこ》の人《ひと》が二人《ふたり》立《た》っていた。それが、二人《ふたり》とも、へんなかっこうしてて。

一人《ひとり》は、黒《くろ》い着物《きもの》。それも、そでがやたらに大《おお》きいし、だぼっとしたズボンみたいなものは、足首《あしくび》のところでむすんである。頭《あたま》にかぶった黒《くろ》い帽子《ぼうし》には、長《なが》いしっぽがついているし、手《て》には木《き》のおしゃもじみたいの持《も》ってて……。

こういうの、青《あお》い鳥文庫《とりぶんこ》の『あさきゆめみし』っていう本《ほん》のさし絵《え》で見《み》たことあるよ。千年《ねん》ぐらいまえの、平安時代《へいあんじだい》の貴族《きぞく》が、こんなかっこうしてたもの。

顔立《かおだ》ちも上品《じょうひん》で貴族《きぞく》っぽいし。色《いろ》が白《しろ》くて目元《めもと》が涼《すず》しげ……。

で、もう一人《ひとり》はというと、こちらも、着物《きもの》。でも、真《ま》っ白《しろ》で、ところどころ土《つち》でよごれてる。で、そのお顔《かお》はというと……。

「と、東海寺《とうかいじ》くん？」

いや、たしかに、第一小《だいいちしょう》五年《ねん》一組《くみ》の東海寺阿修羅《とうかいじあしゅら》くんよりは、ずっとお兄《にい》さんだよ。たぶん二十歳《はたち》ははるかにこえてると思《おも》う。

でも、くりんとした大《おお》きな目《め》といい、エネルギーをみなぎらせた元気《げんき》いっぱいな表情《ひょうじょう》といい、ぬけるような白《しろ》い肌《はだ》といい、もうなにもかも、東海寺《とうかいじ》くんに生《い》き写《うつ》しなんだもの。それに、白《しろ》い着物《きもの》も、東海寺《とうかいじ》くんが、修行《しゅぎょう》のときに着《き》る、白装束《しろしょうぞく》とおんなじだし……。

でも、あたしの言《い》ったこと、聞《き》こえなかったみたい。なにしろ、栗栖《くりす》さんが、さっきまでの『よゆうのよっちゃん』顔《がお》をしかめて、もうぜんと言《い》いかえしていたから。

「鳥居《とりい》くんっ、わたしの本名《ほんみょう》は、言《い》わない約束《やくそく》ですぞ。探偵《たんてい》をしているときのわたしは、栗栖貞二《くりすていじ》です！」

ええ？　栗栖《くりす》さんって、本名《ほんみょう》じゃないの？

すると、鳥居《とりい》さんとかいう、『あさきゆめみし』風《ふう》のお兄《にい》さんがうなずいた。

「そうですよ。栗栖貞二《くりすていじ》というのは、イギリスの作家《さっか》で、ミステリーの女王《じょおう》と言《い》われる『アガサ・クリスティ』にあやかってつけた、芸名《げいめい》のようなもの。本名《ほんみょう》は、要海《かなめうみ》さんと、おっしゃるんです。」

要海《かなめうみ》！　じゃあ、この人《ひと》、五年《ねん》一組《くみ》の要陸《かなめりく》くんのおじいさん？

ってことは、こっちのお兄《にい》さんも、東海寺阿修羅《とうかいじあしゅら》くんのおじいさんかも……。

「あ、あのう、あなたがたは……。」

「これは失礼《しつれい》しました。ぼくは澄川哲志朗《すみかわてつしろう》と言《い》います。『鳥居《とりい》』というのは、親《おや》の代《だい》からのあだ名《な》なんですよ。そして、彼《かれ》は東海寺迦楼羅《とうかいじかるら》くんです。」

阿修羅《あしゅら》に迦楼羅《かるら》！　まちがいないよ、やっぱり、東海寺《とうかいじ》くんのおじいちゃんなんだ！

ああ、もう、いったいどうなってるの、ここ！

あたしやおっこちゃんのおじいちゃん、おばあちゃんだけじゃなくて、メグのおばあちゃんに、麻倉《あさくら》くんのおじいちゃん、さらには、要《かなめ》くんや東海寺《とうかいじ》くん、エロエースのおじいちゃんまで。あ、直蔵《なおぞう》おじいちゃんは、エロエースのひいおじいちゃんか。

もしかしたら、この鳥居《とりい》さんって人《ひと》も、だれかのおじいちゃんかもしれないし。

こ、これ、なにか黒魔法《くろまほう》でもかかってない？　なにかに呪《のろ》われているとしか思《おも》えん……。

「きみ、霊感《れいかん》があるのかい？」

そうつぶやいたのは、東海寺《とうかいじ》くんのおじいちゃんになるはずの、迦楼羅《かるら》さん。もともと大《おお》きな目《め》を、さらに大《おお》きく見開《みひら》いて、穴《あな》があくほど、あたしを見《み》つめてる。

「え？　な、なんで、そんなことを言《い》うんですか？」

「だって、今《いま》、黒魔法《くろまほう》とか、呪《のろ》われてるとか、言《い》ってたじゃないか。」

あ。

「いや、べつにあたしは……。」

「はずかしがることはないよ。ぼくも、強《つよ》い霊感《れいかん》の持《も》ち主《ぬし》なんだ。」

はい、知《し》ってます。そのおかげで、あたし、学校《がっこう》でいつもめいわくを……。

「ひとめ見《み》て、ぼくにはわかったんだ。きみからは、黒《くろ》い霊力《れいりょく》がほとばしっている！」

そういうセリフも、あなたのお孫《まご》さんに、さんざん言《い》われています……。

「ぼくといっしょに修行《しゅぎょう》しないか？　ぼくの白《しろ》い霊力《れいりょく》と、きみの黒《くろ》い霊力《れいりょく》が、いっしょになれば、日本一《にほんいち》の霊能者夫婦《れいのうしゃふうふ》になれるよっ。」

ちょ、ちょっと！　いいお兄《にい》さんが、小学生相手《しょうがくせいあいて》になにを言《い》いだすんですかっ。まったく、孫《まご》が孫《まご》なら、おじいちゃんもおじいちゃんだよっ。

「東海寺《とうかいじ》くん、女性《じょせい》にいきなりそんなことを言《い》うのは失礼《しつれい》だよ。」

鳥居《とりい》さん、ありがとう、助《たす》け船《ぶね》をだしてくれて。

「あなたのお名前《なまえ》はなんとおっしゃるんですか？」

「あたしは、黒鳥千洋子《くろとりちよこ》っていいます。」

そうしたら、エロエースおじいちゃん、巨大《きょだい》うちわをなでていた手《て》を止《と》めた。

「黒鳥《くろとり》じゃと？　じゃあ、おまえは、ぼんくら伊蔵《いぞう》の親類《しんるい》か？」

むかむかむかっ。伊蔵《いぞう》さんは、仮《かり》にもあたしのおじいちゃんになる人《ひと》だよっ。ぼんくら呼《よ》ばわりするなぁ！

「伊蔵《いぞう》がおじいちゃんになる？　な、なにを言《い》っとるんじゃ？」

あ、いけない！　へんなこと言《い》っちゃった。

「い、いいえ、伊蔵《いぞう》さんがおじいちゃんになったら、あたしみたいに、かわいい人《ひと》になるんじゃないかなぁって。」

われながら、苦《くる》しいいいわけ。ごまかしの天才《てんさい》のあたしも、知《し》り合《あ》いのおじいちゃんたちにかこまれるという、スーパーオカルトな状況《じょうきょう》に、いつもの調子《ちょうし》が出《で》ません……。

ところが、そんなあたしを見《み》て、東海寺《とうかいじ》迦楼羅《かるら》さんが、また目《め》を輝《かがや》かせちゃって。

「伊蔵《いぞう》さんの将来《しょうらい》が見《み》えるのか！　黒鳥《くろとり》さん、やっぱりきみは黒《くろ》い霊力《れいりょく》の持《も》ち主《ぬし》だ！」

ああ、このしゃべりかたも、迦楼羅《かるら》さんから阿修羅《あしゅら》くんへの遺伝《いでん》だったのね……。

「東海寺《とうかいじ》くん、いいかげんにしたまえ。きみはどうも、せっかちでいけない。いきなり霊《れい》力《りょく》なんて言《い》ったら、びっくりさせるだけだよ。」

そうだ、そうだ〜。鳥居《とりい》さんの言《い》うとおりだ〜。できれば、迦楼羅《かるら》さんの孫《まご》にもそう言《い》ってやってください〜。

「黒鳥《くろとり》さん、気《き》にしないでください。ぼくたちは、今《いま》、霊感《れいかん》を磨《みが》きあげる修行《しゅぎょう》をしているんです。それで、つい……。」

「え？　ぼくたちって、じゃあ、鳥居《とりい》さんも霊能者《れいのうしゃ》……。」

「まあ、そういうことになりますね。この装束《しょうぞく》を見《み》てお気《き》づきかもしれませんが、ぼくは神主《かんぬし》なんです。正確《せいかく》にいうと、花《はな》の湯温泉《ゆおんせん》という町《まち》にある、梅《うめ》の香神社《かじんじゃ》の神主《かんぬし》の息子《むすこ》なんですよ。今《いま》は、すぐそこにある繰委茂神社《くりいもじんじゃ》で修行中《しゅぎょうちゅう》です。」

あ、それ、神主《かんぬし》さんのお洋服《ようふく》なんだ。平安貴族《へいあんきぞく》のコスプレマニアかと思《おも》いました。って、この時代《じだい》に、コスプレなんて、ないか。それに花《はな》の湯温泉《ゆおんせん》って！　やっぱりおっこちゃんに親《した》しい人《ひと》のご先祖《せんぞ》なんだ！

「東海寺《とうかいじ》くんも、東京《とうきょう》に自分《じぶん》のお寺《てら》をもっているんですが……。」

知《し》ってます、うちの近《ちか》くです。って、お口《くち》にチャック、だね。よけいなことを言《い》うと、また霊力《れいりょく》が～とか、言《い》われちゃうもん。

「……彼《かれ》も全国《ぜんこく》を歩《ある》いて修行中《しゅぎょうちゅう》なんですよ。この村《むら》に来《き》たのはもう一か月《げつ》もまえになるんですが、年《とし》が近《ちか》いこともあって、妙《みょう》に気《き》が合《あ》ったんですね。それで、しばらくいっしょに修行《しゅぎょう》をしようということになったんですよ。おどろかせてごめんね。」

鳥居《とりい》さん、紳士《しんし》です。東海寺《とうかいじ》くんのおじいちゃんの強引《ごういん》さとは、大《おお》ちがいだよ。

「東海寺《とうかいじ》くん、黒鳥《くろとり》さんと霊力《れいりょく》の話《はなし》をしたいのなら、まず、きみのほうから霊能力《れいのうりょく》を見《み》せて、納得《なっとく》してもらわなくちゃいけないよ。」

スーパーまともな意見《いけん》に、さすがの東海寺《とうかいじ》くんのおじいちゃんも、大《おお》きくうなずいた。

「そ、それもそうだな。よし、それじゃあ、失《う》せものさがしの術《じゅつ》を見《み》せてあげよう。」

失《う》せものさがし？

「黒鳥《くろとり》さんは、服《ふく》をさがしているんだろ？　そのありかを、ぴたりと当《あ》ててみせるよ。」

ほうっ！　それは期待《きたい》できますっ。

だって、あたし、冬休《ふゆやす》みの宿題《しゅくだい》で、むかし、東海寺《とうかいじ》くんのおじいちゃんとお友《とも》だちだったって人《ひと》に聞《き》いたんだよ。東海寺《とうかいじ》くんのおじいちゃんの霊力《れいりょく》はすごくて、たくさんの人《ひと》がお寺《てら》を訪《おとず》れたって。

「ノンノン、ムッシュー。わたしの灰色《はいいろ》の脳細胞《のうさいぼう》には、どんな霊能力《れいのうりょく》もかないませんよ。」

あ、要《かなめ》くんのおじいちゃん、まだいたんですね。

「さあ、それはどうでしょうか。まずは、東海寺《とうかいじ》くんの術《じゅつ》を確《たし》かめてみましょうよ。」

紳士《しんし》の鳥居《とりい》さん、自称《じしょう》『栗栖貞二《くりすていじ》』さんをなだめるように言《い》った。

そのあいだにも、迦楼羅《かるら》さんは、目《め》をつぶり、両手《りょうて》をへんなふうに結《むす》んでる。そして、北風《きたかぜ》に舞《ま》いあがる土《つち》ぼこりのなかで、背《せ》すじをぴんとのばすと、静《しず》かに口《くち》を開《ひら》いた。

「ドウマンドノガナワヲハリ、セイメイドノガシロガネグワヲサゲッサセ……。」

おおっ、呪文《じゅもん》も阿修羅《あしゅら》くんと同《おな》じだよ！

でも、迫力《はくりょく》がぜんぜんちがう。しかも、呪文《じゅもん》が進《すす》むにつれて、迦楼羅《かるら》さんを中心《ちゅうしん》に、風《かぜ》がうずを巻《ま》きだしてる。

これはほんものですっ。

「エイッ、エイッ、エイッ！」

迦楼羅《かるら》さんは、大《おお》きな声《こえ》をあげながら、二本《ほん》の指《ゆび》をつき出《だ》して、宙《ちゅう》を切《き》りさくようなまねをしてる。そして、かっと両目《りょうめ》を見開《みひら》いた。

「見《み》えた！　見《み》えた！　黒鳥千洋子《くろとりちよこ》の服《ふく》が見《み》えたぞ！」

ほ、ほんとに？

「黒《くろ》に赤《あか》のふちどりの着物《きもの》、白《しろ》い袴《はかま》に、赤《あか》の足袋《たび》、そして黒《くろ》いわらじが見《み》えたぞ！」

おおっ、それです、それです！

着物《きもの》はブラウス、袴《はかま》はパニエ、足袋《たび》はニーハイソックスで、わらじはクロスリボン

シューズですけど、このさい、そんなことはどうでもいいですっ。

「で、それは今《いま》どこに？」

東海寺迦楼羅《とうかいじかるら》さん、林《はやし》の向《む》こうを走《はし》る、一本道《いっぽんみち》を、びしっと指《ゆび》さした。

「あの道《みち》を、左《ひだり》へ行《ゆ》け。五分歩《ふんある》くと、勝軍地蔵《しょうぐんじぞう》の辻《つじ》がある。服《ふく》は地蔵《じぞう》の後《うし》ろにある！」

すると要《かなめ》くんのおじいちゃんが、ステッキをぐりぐりふりまわした。

「ノンノンノン！　それでは正反対《せいはんたい》ですっ。マドモワゼル、右《みぎ》にお行《ゆ》きなさい。マドモワゼルのお召《め》しものは、まちがいなく栗林旅館《りつりんりょかん》にありますっ。」

「いいや、勝軍地蔵《しょうぐんじぞう》の辻《つじ》だっ。」

東海寺迦楼羅《とうかいじかるら》さんと、名探偵《めいたんてい》・栗栖貞二《くりすていじ》さん、にらみあってる。

「どうしますか、黒鳥《くろとり》さん？　どちらを信《しん》じるかは、黒鳥《くろとり》さんしだいですよ。」

紳士《しんし》の鳥居《とりい》さん、にこにこしてるよ。

どちらを信《しん》じるかですって？　決《き》まってるよ。

「失礼《しつれい》します！」

あたしは、道《みち》に飛《と》び出《だ》すと、左《ひだり》に向《む》かった。

急《いそ》ぐのよ、あたしっ。早《はや》くゴスロリを取《と》りもどして、赤《あか》い糸魔法《いとまほう》をかけられるようにしなくちゃいけないんだから。

と、気持《きも》ちだけは急《いそ》いでいるんだけど、体《からだ》がついていかず。

なにしろ、五十メートル十二秒《びょう》八の鈍足《どんそく》です。っていうか、それはずいぶんまえのタイムで、あたしの場合《ばあい》、成長《せいちょう》に合《あ》わせて、よりおそくなっているような気《き》が。なんでだろ？ って、そんなことどうでもいいんだよっ。とにかく、急《いそ》がなくちゃ。

北風《きたかぜ》のふきすさぶ畑《はたけ》のなかを、あたしは必死《ひっし》になって走《はし》った。いったいどのくらい時間《じかん》がたったんだろうと思《おも》ったとき、ようやく十字路《じゅうじろ》が見《み》えてきた。

その一角《いっかく》に、灰色《はいいろ》の石《いし》でできたお地蔵《じぞう》さんがある。あれが勝軍地蔵《しょうぐんじぞう》とかいうやつ？ なんだか、ふつうのお地蔵《じぞう》さんとちがうね。目《め》はつりあがり、口《くち》をかっと開《ひら》いて、こわい顔《かお》しているし、なんか刀《かたな》みたいなものを肩《かた》からさげてるし。

ん？ 向《む》こうに黒塗《くろぬ》りの、りっぱな車《くるま》がとまってるよ。とはいっても、あたりに人影《ひとかげ》はぜんぜんないけど……。

「お願《ねが》いします。どうか、それを……。」

「やだったら、やだ！」

あれ？　お地蔵《じぞう》さんの向《む》こうから、声《こえ》が聞《き》こえてきたよ。男《おとこ》の人《ひと》と女《おんな》の人《ひと》の声《こえ》。それに、どことなく聞《き》きおぼえのあるような……。

「姐《あね》さん、どうか、それをこっちにお渡《わた》しください。」

「やあだぁ！」

こ、これは、まぎれもなく、紫苑財閥《しおんざいばつ》のめぐみお嬢《じょう》さまと、大日本雄弁組《だいにっぽんゆうべんぐみ》の若頭《わかがしら》の麻倉《あさくら》さんの声《こえ》。でも、なんか、もめてるみたいだけど、いったいどうしたんだろ。

「これはあたしが、持《も》ってくのぉ。」

「そうはいきません。あっしは姐《あね》さんのボディガード。なにがあっても、身代《みが》わりになると、覚悟《かくご》してきたんです。悪者《わるもの》には、あっしがなります。」

「あたしぃ、悪者《わるもの》になってもいいもん～。だから、あたしが持《も》ってくのぉ。」

「お願《ねが》いしやす！　姐《あね》さんが盗《ぬす》っ人呼《とよ》ばわりされたりしたら、あっしは紫苑《しおん》さまに面目《めんぼく》が立《た》たない。」

「おまえの面目《めんぼく》なんて、どうだっていいのぉ。あたしが、持《も》っていきたいのぉ！」

悪者《わるもの》に、盗《ぬす》っ人《と》……。

そうか！　やっぱり、東海寺迦楼羅《とうかいじかるら》さんの術《じゅつ》は正《ただ》しかったんだね。

どういうことか、ちゃんと説明《せつめい》すると、むだに長《なが》くなるので、まとめると……。

―紫苑《しおん》めぐみさんは、どうしてもあたしのゴスロリがほしかった。

―そこで、あたしのあとをつけ、伊蔵《いぞう》さんの干《ほ》し芋小屋《いもごや》から、ゴスロリをぬすんだ。

―それを知《し》った若頭《わかがしら》の麻倉《あさくら》さんは、このままでは、めぐみさんがどろぼうになると思《おも》った。

―そこで、麻倉《あさくら》さんは、ゴスロリを持《も》ち逃《に》げする役《やく》をかってでた。

でも、ゴスロリに目《め》がくらんだ、めぐみさんは、一秒《いちびょう》だって手放《てばな》したくないもんだから、自分《じぶん》が持《も》って帰《かえ》ると言《い》いはってるのよ。

冗談《じょうだん》じゃありませんっ。大切《たいせつ》なゴスロリを持《も》ち逃《に》げされて、たまるもんですかっ。

ぜったい、取《と》りかえしてやるぅ！

とはいうものの、ちょっとこわい。だって、相手《あいて》は、なんでも思《おも》いどおりにできる力《ちから》とお金《かね》を握《にぎ》った最強《さいきょう》の自己《じこ》チュー娘《むすめ》のめぐみさん、そして、やくざの若頭《わかがしら》の麻倉《あさくら》さんだもの。

開《ひら》き直《なお》られたり、すごまれたりしたら、どうしよう……。

ただでさえ、むこうは二人《ふたり》で、こっちは一人《ひとり》の、ダサイにブス。あ、ちがった。ダサイにクサイ。……うーん、やっぱりちがうな。ええっと……。

「それを言《い》うなら、『多勢《たぜい》に無勢《ぶぜい》』じゃなぁい?」

あ。めぐみさん……。

どうしよう、おバカなことでボケボケしてたら、見《み》つかっちゃったよ……。

でも、お地蔵《じぞう》さんをはさんで向《む》こうに立《た》つ二人《ふたり》、なんか様子《ようす》がへん。うつむいた麻倉《あさくら》さんは、なんだかおどおどしている一方《いっぽう》で、めぐみさん、なんだか晴《は》れやかな顔《かお》してるけど。

「からすちゃん、わざわざ来《き》てもらっちゃって、ありがとう。」

ほへ? ありがとう? ど、どういうことっすか……。

「だって、本当《ほんとう》はあたしのほうから、あなたのところへ行《い》くべきなのに。」

はへ? ますます、わかりません。

そうしたら、めぐみさん、あたしに向《む》かって、手《て》をさしだした。その手《て》にのっているのは、まぎれもなく、あたしのゴスロリ&《アンド》クロスリボンシューズ。

「ごめんなさい。返《かえ》します。これ、あたしがぬすんだの。」

めぐみさんが明《あか》るい声《こえ》でそう言《い》ったとたん、麻倉《あさくら》さんが、角刈《かくが》りの頭《あたま》をがばっと上《あ》げた。

「いいや、それはちがうんで。ぬすんだのは、このあっしで……。」

「麻倉《あさくら》！　おまえはだまってなさい！」

おわっ、めぐみさん、こわい……。

でも、あたしを見《み》つめるときには、また、やさしいお顔《かお》にもどってる。

「どろぼうは、このあたし。紫苑《しおん》めぐみよ。ほんとにごめんなさい。心《こころ》からあやまります。あたし、どうかしてたの。どうしてもこのお洋服《ようふく》を調《しら》べたいって、そればっかり考《かんが》えちゃって。それで、つい……。」

「あ、あのう、今《いま》『調《しら》べたい』って、おっしゃいました？」

だって、おかしいでしょ。ぬすむってことは、自分《じぶん》のものにしたいってことなわけで。

「見《み》るからに貧乏《びんぼう》そうで幸《さち》のうすいからすちゃんが、いくらお金《かね》をあげるって言《い》っても、ぜったいにゆずってくれないんだから、このお洋服《ようふく》には、なにか特別《とくべつ》な思《おも》いがあるんだなって、それはわかったの。だから、うばっちゃいけないって、それはわかったのよ。」

このゴスロリが特別《とくべつ》だっていうのは、まったく正《ただ》しいです。でも、『見《み》るからに貧乏《びんぼう》そうで幸《さち》のうすい』っていうのは、いかがなものでしょうか……。

「でもね、あたし、こんなすごいデザインのお洋服《ようふく》、見《み》たことがなかったの。フランスにもアメリカにも、世界《せかい》じゅう、どこにもないはずよ。だから、せめて、どういう素材《そざい》で、どういう作《つく》りになっているのか、研究《けんきゅう》したいと思《おも》って……。」

ほう。ってことは、研究《けんきゅう》が終《お》わったら、返《かえ》すつもりだったんですね。

「ええ。でも、それはいいわけよね、やっぱり。どんな理由《りゆう》でも、だまって持《も》っていけば、それは『どろぼう』だもの。それに、これを手《て》にして、つくづく思《おも》い知《し》らされたのよ。」

思《おも》い知《し》らされた？

「このデザインはすごすぎる。いくら研究《けんきゅう》しても、いくらあたしがかわいくても、着《き》こなせないって。ファッションにはね、お金《かね》やかわいさでは解決《かいけつ》できないものがあるの。」

めぐみさん、さりげなくアピってるように聞《き》こえるのは、あたしだけでしょうか。

「たいせつなのは、その人《ひと》の心《こころ》の奥底《おくそこ》からわきだすものよ。それと、お洋服《ようふく》がマッチして、初《はじ》めて着《き》こなせるの。」

めぐみさん、すごい熱弁《ねっべん》。でも、あたしの心《こころ》の奥底《おくそこ》からなにがわきだしているのか、自《じ》分《ぶん》では、ちっともわからず……。

「このゴスロリを着《き》こなすには、貧乏《びんぼう》で不幸《ふこう》な生《お》い立《た》ち、あまりお勉強《べんきょう》に向《む》いていない頭《あたま》、へちゃむくれのお顔《かお》、そして、それをはねかえそうとするガッツが必要《ひつよう》なのよ。あなたにはそれがある。でも、あたしにはない。だからね、返《かえ》します。」

これって、ほめられているのでしょうか……。

それでも、返《かえ》してくれるのは、とってもうれしいことだよ。

「ありがとう、めぐみさん！　めぐみさんって、ほんとはいい人《ひと》なんですね。」

そう言《い》うと、めぐみさんもにっこり。

「だけどね、からすちゃん、どろぼうをしておいてなんだけど、一つお願《ねが》いがあるの。」

なんでしょうか。

「その『もんぺ』とかいうお洋服《ようふく》、あたしにくれない？」

え？　これ？　どうぞ、どうぞ！　あたし、ちょっと事情《じじょう》があって、今《いま》すぐゴスロリに着《き》がえなくちゃいけないんで、もんぺにはもう用《よう》はありませんから。

「でも、どうしてですか？」

「そのみすぼらしい『もんぺ』を着《き》たら、あたしも貧乏《びんぼう》で薄幸《はっこう》な少女《しょうじょ》になれるでしょ？

そうしたら、それをはねかえすガッツが身《み》につくもの。まあ、このかわいさだけはどうにもならないけど、そのゴスロリっていうのを着《き》こなせるぐらいにはなるかもしれないしぃ。」

はいはい、そういうことにしておきましょう。

とにかく、いまは一刻《いっこく》も早《はや》く、ゴスロリを着《き》て、おっこちゃんのところにもどらなくちゃ。ええっと、でも、麻倉《あさくら》さんの前《まえ》で着《き》がえるのは、さすがに気《き》がひける……。

「麻倉《あさくら》！　ハウスっ！」

ハ、ハウス？

ところが、めぐみさんのひと声《こえ》に、麻倉《あさくら》さん、ぴゅっと駆《か》けだしたかと思《おも》うと、向《む》こうの黒塗《くろぬ》りの車《くるま》にとびこんじゃった。すごいね、めぐみさん。犬《いぬ》なみに、しつけてるよ。って、あたしも麻倉《あさくら》くんを、そんなふうにしつけちゃおうかな……。

「からすちゃん、早《はや》くぅ！　あたし、そのもんぺ、着《き》たい～。」

はいはい、ただいま。

というわけで、あたしとめぐみさん、あっという間《ま》に、お着《き》がえ。ところが、ブラウスのさいごのボタンをとめかけたとき、すそのあたりから、ばさっとなにかが地面《じめん》に落《お》ちた。

　ん？　これ、はさみ？

「それは、サジューっていう、フランスのお裁縫用品《さいほうようひん》の老舗《しにせ》のものでぇ、はさみだけでも、一万円《まんえん》以上《いじょう》はするけどぉ、あたしぐらいかわいくてお金持《かねも》ちのお嬢《じょう》さまだとぉ、それぐらいがちょうどいいのよねぇ。」

　いや、そんなことより、なんでゴスロリのブラウスの下《した》から、はさみが？

「だって言《い》ったじゃなぁい。そのお洋服《ようふく》のデザインを研究《けんきゅう》しようと思《おも》って、はさみでちょきちょきしようかなぁって、思《おも》ったから。」

　ちょきちょきって！　ああ、あぶなかった……。魔力《まりょく》がたまった大切《たいせつ》なゴスロリが、もう少《すこ》しで、ちょきちょき……。

　ん？　ちょきちょき？

「あのう、めぐみさん、申《もう》しわけないんだけど、このはさみ、ちょっと貸《か》してもらってもいいでしょうか？」

「あげるわよ。一万円《まんえん》以上《いじょう》はするフランスの老舗《しにせ》のものだけどぉ、あたしぐらいかわいくて、お金持《かねも》ちだとぉ、そんなものはいくらでも……。」

メグ、じゃなかった、メグのおばあちゃんの自慢《じまん》を最後《さいご》まで聞《き》かずに、あたしは走《はし》った。

おっこちゃん、待《ま》ってて！　いますぐもどるからね。

## 8　赤《あか》い糸魔法《いとまほう》の効《き》きめは？

というわけで、三級黒魔女《きゅうくろまじょ》さんになれたあたしは、干《ほ》し芋《いも》の作業小屋《さぎょうごや》へダッシュ！

といっても、それはあたしがそう思《おも》ってるだけで、外《そと》から見《み》れば、お散歩《さんぽ》レベルのスピードだから、ついたときには、すっかり日《ひ》が落《お》ちてて。しかも、作業小屋《さぎょうごや》のなかには、だあれもいません……。

考《かんが》えてみたら、干《ほ》し芋作《いもづく》りは、明《あ》け方《がた》の三時《じ》からお昼過《ひるす》ぎまでだからね。夕暮《ゆうぐ》れどきにはもう、みんなそれぞれの場所《ばしょ》にもどってるはずだよ。

でも、どこへ行《い》っちゃったんだろう……。

とはいえ、さがすといっても、あたしが知《し》ってるのは、栗林旅館《りつりんりょかん》しかなく。あそこに行《い》けば、きっと峰子《みねこ》さんや千香子《ちかこ》さんもいるだろうし。

しかたなく、あたしは、お散歩《さんぽ》スピードのダッシュで栗林旅館《りつりんりょかん》へ。

しかし、われながら、まぬけな姿《すがた》です。

だって、今《いま》のあたしは黒魔女《くろまじょ》さん。世《よ》の中《なか》の魔女《まじょ》イメージからいったら、ほうきにまたがった黒《くろ》いシルエットが、あかね色《いろ》の空《そら》を横切《よこぎ》っていくという、ファンタジぃ〜な感《かん》じになるべきじゃない？　それが、畑《はたけ》のどまん中《なか》を、汗《あせ》はだらだら、息《いき》はぜいぜい、足《あし》どりはよたよた、だもん。

魔女《まじょ》にロマンチックなイメージをいだいているみなさん、夢《ゆめ》をこわしちゃってごめんなさい。でも、本物《ほんもの》の魔女《まじょ》は、こんなふうにどろくさーいものなんですよ〜。

と、意味不明《いみふめい》のいいわけをしているうちに、鈍足黒魔女《どんそくくろまじょ》さんは、ようやく栗林旅館《りつりんりょかん》に到着《とうちゃく》しました。

で、あたしは、うすやみにまぎれて、裏口《うらぐち》へ。いじわる仲居《なかい》の窮美《ぎゅうび》さんやら、調子《ちょうし》ばっかりいい番頭《ばんとう》の豆頭木《ずずき》さんに見《み》つかりたくないからね。

「峰子《みねこ》さん、千香子《ちかこ》さん、いますか？　聞《き》こえたら、出《で》てきてほしいんですけど。」

そうささやいたら、ガラッと小《ちい》さな木戸《きど》が、開《ひら》いた。

「チョコちゃん！」

おっこちゃん！　ど、どうして、ここに？

「峰子《みねこ》さんたちが、窮美《ぎゅうび》さんに話《はなし》をしてくれて、またここで働《はたら》かせてもらうことに……。って、そんなことより、よかったわ。いつまでたってももどってこないから、本当《ほんとう》に心配《しんぱい》したのよ。」

あたしも！　おっこちゃんの顔《かお》を見《み》ると、ものすごーく安心《あんしん》します！

「ごすろりも、見《み》つかったのね！　どこにあったの？　どろぼうさんを見《み》つけたの？」

それなんだけどね……。

あたし、めぐみさんのことをどろぼう呼《よ》ばわりはしたくない。でも、そのあたりの事情《じじょう》を話《はな》すと長《なが》くなってしまうわけで。

「お地蔵《じぞう》さんのかげに落《お》ちてたの。だれかが、おもしろ半分《はんぶん》にかくしたのかな。」

まあ、このあたりが、いちばん話《はなし》が短《みじか》くて、だれも傷《きず》つけなくてすむかな。

「ま、そうだったの。でも、見《み》つかってよかったわね！」

ああ、おっこちゃんって、いい人《ひと》だ〜。ギュービッドだったら、こうはいかないよ。なにがどうしたんだって、根掘《ねほ》り葉掘《はほ》りきいて、あげくのはてに『ばっかもーん！』ってどなるはずだもん。

「さあ、なかに入《はい》って、夕《ゆう》ごはんを食《た》べて。疲《つか》れたでしょ。」

「え？　でも、窮美《ぎゅうび》さんと豆頭木《ずずき》さんに見《み》つかったら……。」

「だいじょうぶ。今《いま》、二人《ふたり》とも、お客《きゃく》さまのお部屋《へや》へおふとんをしくのに大《おお》いそがしだから。こっちへどうぞ！」

おっこちゃんたら、あたしの先《さき》に立《た》って、進《すす》んでく。暗《くら》いお庭《にわ》を通《とお》って、小《ちい》さな戸口《とぐち》をくぐり、はだか電球《でんきゅう》がぼんやりとついたろうかを通《とお》って、連《つ》れていかれたのが、窓《まど》もない、せまいお部屋《へや》。

「ここが、あたしにあてがわれたお部屋《へや》なの。見《み》てのとおり、ふとん部屋《べや》だけど、窮美《ぎゅうび》さんも豆頭木《ずずき》さんもここまではのぞかないから、安心《あんしん》して休《やす》めるわ。」

そう言《い》って、おっこちゃんは、あたしを残《のこ》して、どこかへ消《き》えちゃった。でも、すぐに小《ちい》さなおぜんをかかえて、もどってきた。

「これ、ごはん。ほんとは、もっともらってきたかったんだけど、窮美《ぎゅうび》さんに気《き》づかれたら、『ろくに働《はたら》きもしにゃあで、飯《めし》だけは、牛《うし》みたいに食《く》うずらかぁ！』とか、言《い》われて大変《たいへん》でしょ。だからちょっとなんだけど……。」

おっこちゃんは、あたしのとなりに座《すわ》ると、おはしを渡《わた》してくれた。

「さ、早《はや》く食《た》べて。ごすろりさがしで走《はし》りまわって、おなか、すいてるでしょ。」

おっこちゃん……。なんてやさしいんだろ。

ちっぽけなふとん部屋《べや》だから、腕《うで》と腕《うで》が、ぴったりくっついてる。そのぬくもりに、なんだか、すごく安心《あんしん》するよ……。

目《め》の前《まえ》には、ふちが欠《か》けたおわんによそった茶色《ちゃいろ》っぽいごはんと、うすいお味噌汁《みそしる》。それに、やせたお魚《さかな》を焼《や》いたのと、ちょっぴりのおつけもの。そして、小《ちい》さなお肉《にく》のかたまり。

けしておなかいっぱいになる量《りょう》じゃないけど、でも、あたしは、もう胸《むね》がいっぱいで……。

でも、感激《かんげき》してるあたしに気《き》づかないのか、おっこちゃん、お皿《さら》にのった小《ちい》さなお肉《にく》のかたまりを指《ゆび》さした。

「これね、千香子《ちかこ》さんが、すごいすごいって、大興奮《だいこうふん》してたのよ。」

「え？　これ、缶入《かんい》りのソーセージみたいなやつじゃない？」

あたし、ママのおつかいで、スーパーマーケットに行《い》ったとき、見《み》たことある。『SPAM《スパム》』って書《か》いてあって、おもしろそうだから勝手《かって》に買《か》ったんだよ。そしたら、ママが『そんなにおいしいものじゃないのよ。』って笑《わら》いながら出《だ》してくれたんだけど、ほんとにただのソーセージだった……。

「今《いま》は六十年《ねん》まえの世界《せかい》だから、すごい貴重品《きちょうひん》みたいよ。でもね、千香子《ちかこ》さんが大《おお》よろこびしたのには、ほかのわけがあるの。」

おっこちゃんは、これは、あたしをさがしに出《で》かけた伊蔵《いぞう》さんが、ぐうぜん出会《であ》ったアメリカ軍《ぐん》の兵隊《へいたい》さんにもらったらしい、と話《はな》してくれた。

「アメリカ軍《ぐん》には、いろいろな食糧《しょくりょう》があるんで、よくわけてもらうんだって。でね、伊蔵《いぞう》さんが、できたての干《ほ》し芋《いも》をあげたら、ものすごくよろこんでくれて、これをたくさんくれたそうよ。で、伊蔵《いぞう》さんは、それをまっすぐ、千香子《ちかこ》さんに届《とど》けにきたの。」

伊蔵《いぞう》さんが、まっすぐに千香子《ちかこ》さんに？

「そうなの。千香子《ちかこ》さん、すごくよろこんでたわ。で、これは、窮美《ぎゅうび》さんたちに見《み》つからないように、あたしたちだけで食《た》べましょうってわけてくれたのよ。」

ほう！　じゃあ、やっぱり伊蔵《いぞう》さんと千香子《ちかこ》さんは、いい関係《かんけい》ってやつなんだねぇ。

「うーん、だったらいいんだけど、どうかなぁ……。」

おっこちゃんは、そう言《い》って、あたしを見《み》つめてきた。

「だってね、チヨコちゃんが、ごすろりさがしに出《で》かけたあと、みんな、すごくおかしな空気《くうき》になっちゃったのよ。」

おっこちゃんの話《はなし》だと、源蔵《げんぞう》さんも大蔵《だいぞう》さんも、お見合《みあ》い相手《あいて》の万田《まんだ》さらさんがどんなに美人《びじん》か、競《きそ》うように言《い》いたてたそうで。

「伊蔵《いぞう》さんは、あいかわらず、知《し》らん顔《かお》で干《ほ》し芋作《いもづく》りにせいを出《だ》してたけど、千香子《ちかこ》さんは、すっかりしょげちゃって。」

まったく、だから男子《だんし》はだめなんだよ！

相手《あいて》の気持《きも》ちを考《かんが》えないっていうか、そもそも気《き》づかないんだからね。

「だからね、このお肉《にく》のことぐらいで油断《ゆだん》しちゃいけないと思《おも》うの。明日《あした》の伊蔵《いぞう》さんとさらさんのお見合《みあ》いが、うまくいっちゃ困《こま》るわ。なんとか失敗《しっぱい》させなくちゃ。」

もちろんっ。伊蔵《いぞう》さんと千香子《ちかこ》さんだけじゃないよ。大蔵《だいぞう》さんと峰子《みねこ》さんのことも、ちゃんとしなくちゃ。そうしないと、あたしもおっこちゃんも、この世《よ》に生《う》まれずに終《お》わってしまうもの。

「まかせて、おっこちゃん。ゴスロリがあれば、赤《あか》い糸魔法《いとまほう》がかけられるから！」

「そうそう、その調子《ちょうし》！　さ、あたしはまた行《い》かなくちゃ。」

あれ、おっこちゃん、どこか行《い》くの？

「峰子《みねこ》さんたちのお手伝《てつだ》いしてくるね。団体《だんたい》さんのお食事《しょくじ》で大《おお》いそがしのはずだから。チョコちゃん、ごはん、ぜんぶ食《た》べてもいいからね。あたしのぶんはまたなんとかするから。」

おっこちゃんは、ふとん部屋《べや》を飛《と》び出《だ》していっちゃった。

なんて働《はたら》き者《もの》なんだろ。それにくらべて、あたし、なんにもしてない……。それなのに、おなかだけは、しっかりすいちゃって……。

ごはんもおかずも、みんな食《た》べてしまい……。そのうえ、食《た》べおわったら、もうれつな眠気《ねむけ》におそわれ……。気《き》がついたら、あたしの目《め》の前《まえ》には、すすけた天井《てんじょう》が……。

ああ、おっこちゃんは、働《はたら》いているっていうのに、あたしは自分《じぶん》でもわからないうちに、横《よこ》になってるなんて、なさけない……。

だいじょうぶかなぁ、明日《あした》。こんなあたしでも、うまくできるのかなぁ。

失敗《しっぱい》したら、おっこちゃんも、あたしも、この世《よ》から消《き》えちゃうんだよ。

なんか、急《きゅう》に心配《しんぱい》になってきました……。ふあ〜。

☆

目《め》を覚《さ》ますと、朝《あさ》でした。枕元《まくらもと》の時計《とけい》を見《み》ると、午前《ごぜん》七時《じ》。黒魔女修行《くろまじょしゅぎょう》で毎日《まいにち》五時《じ》起《お》きのあたしからすると、かなーり、ゆっくり寝《ね》られた感《かん》じ。

でも、外《そと》は、きのうにもまして、北風《きたかぜ》ピープーふいてるよ。

寒《さむ》いっ、めっちゃ寒《さむ》いです～。

「チョコちゃん、寒《さむ》いのにそんなに足出《あしだ》してだいじょうぶ？　下《した》に長《なが》ズボンとかはいたほうがいいんじゃないの？」

長《なが》ズボンっておっこちゃん……。それじゃまったくゴスロリじゃなくなるし、せめてレギンスとか……。でも気《き》づかってくれてありがとう。ギュービッドの百倍《ばい》、いえ、百万倍《まんばい》もやさしいです。

「それにしても、伊蔵《いぞう》さんって、本当《ほんとう》にお仕事熱心《しごとねっしん》だけど変《か》わってるわねえ。お見合《みあ》いを、こんな朝早《あさはや》く、干《ほ》し芋作《いもづく》りの作業小屋《さぎょうごや》でするなんて。」

そうなんだよ。あたしたちが今向《いまむ》かっているのは、伊蔵《いぞう》さんのお家《うち》のとなりにある、干《ほ》し芋作《いもづく》りの小屋《こや》。お見合《みあ》いだろうがなんだろうが、干《ほ》し芋作《いもづく》りをお休《やす》みするわけにはいかないって、そう言《い》いはったんだって。

で、万田《まんだ》さらさんとのお見合《みあ》いも、作業《さぎょう》が一段落《いちだんらく》ついた午前《ごぜん》八時《じ》からなんだそうで。

「でも、おっこちゃん。そこまで働《はたら》きづめの伊蔵《いぞう》さんの姿《すがた》を見《み》たら、さらさんも、どん引《び》きしてくれるんじゃない？」

なにしろ、干《ほ》し芋作《いもづく》りは午前《ごぜん》三時《じ》から。お手伝《てつだ》いの源蔵《げんぞう》さんや大蔵《だいぞう》さん、峰子《みねこ》さんと千《ち》香子《かこ》さんも、ゆうべは栗林旅館《りつりんりょかん》でお仕事《しごと》をしていても、ようしゃなしだもの。

「東京《とうきょう》から来《き》たさらさん、『こんなの無理《むり》。』って言《い》うんじゃない？」

「でも、なんて丈夫《じょうぶ》でよく働《はたら》く人《ひと》！　って、かえって伊蔵《いぞう》さんを気《き》に入《い》っちゃったりするかも……。」

「そ、そうか。その可能性《かのうせい》もあるね。」

「それにね。」

あたしをふりかえったおっこちゃん、にこってほほえんだ。

「みんなが働《はたら》いていると、意外《いがい》にがんばれるのよ。春《はる》の屋《や》でも、みんな、朝《あさ》からくるくる働《はたら》いてるでしょ。それを見《み》てると、あたしも自然《しぜん》と体《からだ》が動《うご》いてくるの。同《おな》じ仕事《しごと》を、もしあたし一人《ひとり》だけがやらされるんだったら、きっと、やだなぁって思《おも》っちゃうんだろうけど。ほんと、不思議《ふしぎ》だわ。」

な、なるほどぉ。たった一歳《さい》ちがいなのに、おっこちゃんの言《い》うこと、いちいち勉強《べんきょう》になります。

っていうか、あたし、やっぱり、あまえてる。ほんというと、心《こころ》のどこかで、赤《あか》い糸魔《いとま》法《ほう》をかけずに、うまくおさまればいいなって、思《おも》ってたわけで……。

ようし、あたしもがんばるぞぉ。

かきーんと冬晴《ふゆば》れの青空《あおぞら》の下《した》、ふきっさらしの畑《はたけ》のなかを進《すす》んでいくと、伊蔵《いぞう》さんのお家《うち》が見《み》えてきた。

小《ちい》さなお家《うち》の横《よこ》の、ふるぼけた小屋《こや》から、白《しろ》い湯気《ゆげ》がもうもうと上《あ》がってる。あれは、大量《たいりょう》のお芋《いも》をふかしている証拠《しょうこ》だね。

「チョコちゃん、急《いそ》ごう！　小屋《こや》のなかは、暑《あっ》いくらいにぽかぽかのはずよ。」

「うんっ。」

駆《か》けだそうとしたあたしの肩《かた》を、おっこちゃんがつかんだ。

「待《ま》って、チョコちゃん。あそこにだれかいる……。」

え？

おっこちゃんの指《ゆび》の先《さき》をたどってみると、伊蔵《いぞう》さんのお家《うち》のお庭《にわ》にはえた、大《おお》きな木《き》のかげに、女《おんな》の人《ひと》が一人立《ひとりた》っていた。両手《りょうて》を木《き》の幹《みき》に当《あ》てて、心配《しんぱい》そうな目《め》で、作業小屋《さぎょうごや》のほうをのぞいている。その姿《すがた》はまるで……。

「明子《あきこ》さん……。」

「え？　チョコちゃん、知《し》ってるかたなの？」

い、いいえ、そうではなくて。

『なつかしのTV《テレビ》アニメ』っていうあたしの愛読書《あいどくしょ》に、『巨人《きょじん》の星《ほし》』っていうのがあってね。主人公《しゅじんこう》の星飛雄馬《ほしひゅうま》って男《おとこ》の子《こ》が、スパルタ父《とう》さんに、今《いま》だったら児童虐待《じどうぎゃくたい》で訴《うった》えられかねない特訓《とっくん》をさせられるんだよ。で、それを、おねえさんの明子《あきこ》さんが心配《しんぱい》そうにのぞくのが、定番《ていばん》のシーンなんだけど、それにそっくりなもので。

なんて、そんなこと言《い》ってもわかんないよね。すいません……。

ところが、おっこちゃん、あたしの脱線《だっせん》をまるで気《き》にしないで。

「明子《あきこ》さんじゃないんだったら、さらさんかも……。」

え？　さらさんって、伊蔵《いぞう》さんのお見合《みあ》い相手《あいて》の、万田《まんだ》さらさん？

「ありえるわ。伊蔵《いぞう》さんがどんな人《ひと》か、お見合《みあ》いのまえに確《たし》かめようと、あそこから様子《ようす》をうかがっているんじゃないかしら。」

だとしたら、めっちゃまずいです。

だって、その人《ひと》、スーパー美人《びじん》だもの！

ぴっと背《せ》すじののびた立《た》ち姿《すがた》は、まるでヤナギの木《き》みたいに細《ほそ》く、つやつやした黒髪《くろかみ》

を、ひとすじのほつれもなく、上品《じょうひん》そうにまとめてる。そして、その下《した》の、お顔《かお》の小《ちい》さいこと&《アンド》白《しろ》いこと！　いや、白《しろ》いなんてもんじゃないよ。まるで透《す》きとおるようだよ。

しかも、切《き》れ長《なが》の目《め》も、小《ちい》さな口《くち》も、筆《ふで》で描《か》いたみたいで。

まるで、日本人形《にほんにんぎょう》ですっ。

「あたしも、あんなにきれいな人《ひと》、見《み》たことないわ……。」

おっこちゃんも、あっけにとられてます。

「もんぺだし、そんなにおしゃれしていないのに……。それがかえって美人《びじん》なのをはっきりさせちゃうっていうか。ステキに見《み》えると思《おも》わない？」

ほんと。メグみたいに、ハデハデお洋服《ようふく》や超《ちょう》ミニスカートで、無理無理《むりむり》アピってるのとは大《おお》ちがい。まさに、心《こころ》の奥底《おくそこ》からわきだす魅力《みりょく》です。

これはもう、あの人《ひと》が、万田《まんだ》さらさんでないことを、天《てん》の神《かみ》さまに、いえ、あたしは黒《くろ》魔女《まじょ》さんなんだから、サタンとベルゼブルにいのるのみ……。

「おおい～。」

ん？　向《む》こうから、男《おとこ》の人《ひと》が来《き》たよ。

豆頭木《ずずき》さんをふたまわりぐらい大《おお》きくしたような、ころころしたおじさん。口《くち》の周《まわ》りが、ぐるっと黒《くろ》いひげでおおわれていて、坊主刈《ぼうずが》りの頭《あたま》には、ねじりはちまき。これで、ざるを持《も》ったら、どじょうすくいでもはじめそうな感《かん》じだけど、だれ？

「あ、三平《さんぺい》さん……。」

生《い》きた日本人形《にほんにんぎょう》さん、両手《りょうて》をそろえて、ていねいに頭《あたま》を下《さ》げてる。

三平《さんぺい》さん？　それって、たしか、伊蔵《いぞう》さんにお見合《みあ》いをすすめた人《ひと》。ってことは……。

「さらさん、もう来《き》てたんかい？」

ああ、やっぱり。はあ〜。

あたしとおっこちゃん、そろってため息《いき》……。

「は、はい。おくれたら、失礼《しつれい》になると思《おも》いまして。」

万田《まんだ》さらさん、姿《すがた》だけでなく、声《こえ》まで、鈴《すず》がなるような美《うつく》しさです……。

「すまんね、さらさん。朝早《あさはや》いうえに、こんなところに呼《よ》びだしちゃって。いやね、せっかくの見合《みあ》いなんだし、栗林旅館《りつりんりょかん》の座敷《ざしき》でも借《か》りてやるぞって言《い》ったんだが、伊蔵《いぞう》のやつ、『いいや、干《ほ》し芋作《いもづく》りは休《やす》めな伊蔵《いぞう》〜。』なんて、だじゃれを言《い》いやがって。」

「い、いいえ、そんなめっそうもない……。」

「でもな、伊蔵《いぞう》は、バカがつくくらいの働《はたら》き者《もの》だ。かけごとはやらなきゃ、酒《さけ》も飲《の》まない。まして、あっちの女《おんな》にふらふら～なんてことは、まちがってもないから。それはこの三平《さんぺい》が保証《ほしょう》する。結婚相手《けっこんあいて》には、そういう男《おとこ》のほうがいいんだよ。さ、行《い》こ行《い》こ。」

一人《ひとり》でまくしたてながら、作業小屋《さぎょうごや》に向《む》かう三平《さんぺい》さんのあとを、さらさん、うつむきかげんについていく。

ああ、困《こま》ったなぁ。

三平《さんぺい》さんの言《い》うとおり、伊蔵《いぞう》さんはまじめだもの。そのうえ、とってもやさしい。さらさんが、それに気《き》がついたら、そのまま、くらくら～なんてことになりかねない……。

「伊蔵《いぞう》！　さらさん、おいでになったぞ！　ああ、おまえたちは、外《そと》に出《で》た、出《で》た！」

作業小屋《さぎょうごや》から、三平《さんぺい》さんの声《こえ》が聞《き》こえたと思《おも》ったら、入《い》れちがいに、小屋《こや》から、源蔵《げんぞう》さんと大蔵《だいぞう》さんが出《で》てきた。その後《うし》ろからは、峰子《みねこ》さんと千香子《ちかこ》さんも。

千香子《ちかこ》さん、すでによろよろしてます……。

無理《むり》もないよ。お見合《みあ》いってだけでも、心《こころ》おだやかじゃないのに、さらさんのあまりの美人《びじん》ぶりに、ショックを受《う》けてるみたい。かわいそう……。

「伊蔵《いぞう》、しっかりな。」

「さらさん、伊蔵《いぞう》は、顔《かお》はともかく、心《こころ》はきれいな男《おとこ》ですよ。」

大蔵《だいぞう》さんと源蔵《げんぞう》さん、にやにやしながら、小屋《こや》のなかに向《む》かって、声《こえ》をかけてる。

こ、こらあ！　よけいなこと、言《い》うんじゃなぁーい！

「チョコちゃん、こっちに行《い》こ。」

おっこちゃんが、あたしの手《て》を取《と》って、小屋《こや》のうらがわに連《つ》れていった。

「みんながいる前《まえ》じゃ、黒魔法《くろまほう》、かけられないでしょ。それに、このすきまから、小屋《こや》のなかの様子《ようす》ものぞけるし。」

さ、さすがです、おっこちゃん。一人《ひとり》で興奮《こうふん》してるだけのあたしとは大《おお》ちがい……。

で、なかの様子《ようす》は……。

「伊蔵《いぞう》、こちらが、万田《まんだ》さらさんだ。どうだ、美人《びじん》だろ？」

ねじりはちまきをいじりながら、三平《さんぺい》さん、にたにたしてます。

「万田《まんだ》さらと申《もう》します。初《はじ》めて、お目《め》にかかります。」

うわっ、さらさん、おしとやか……。

「く、黒鳥伊蔵《くろとりいぞう》だぞう、じゃない、伊蔵《いぞう》です……。」

あちゃあ、伊蔵《いぞう》さんも、真《ま》っ赤《か》になってるよ。こらあ、美人《びじん》に弱《よわ》すぎるぞ〜。

「さて、それじゃあ、あとは、二人《ふたり》でいろいろ話《はな》すがいいよ。」

「お、おい、三平《さんぺい》さん。もう帰《かえ》っちゃうの？　二人《ふたり》きりはよくないよ！

「お見合《みあ》いってそういうものなのよ。おたがいの紹介《しょうかい》が終《お》わったら、すっと席《せき》を立《た》って、二人《ふたり》で話《はなし》をさせて、相性《あいしょう》がいいかどうか、二人《ふたり》に見極《みきわ》めさせるのよ。」

はあ。おっこちゃん、いろんなこと知《し》ってますね。

「春《はる》の屋《や》でも、たまにお見合《みあ》いの席《せき》をご用意《ようい》することがあるから。それより、勝負《しょうぶ》はここからよ。あの二人《ふたり》が、いい感《かん》じになりそうになったら、すかさずじゃましなくちゃ。」

はいっ。

とはいうものの、二人《ふたり》とも、なにも言《い》わないね。おたがい、もじもじして、小屋《こや》のなかに、あちこち目《め》をやるばかり。あのう、伊蔵《いぞう》さん、こういうときは、女子《じょし》を気《き》づかって、男子《だんし》のほうが、なにか言《い》うべきなんじゃないでしょうか。

「あのう……。」

あちゃあ、最初《さいしょ》に口《くち》を開《ひら》いたのは、さらさんのほうか……。

「伊蔵《いぞう》さんは、干《ほ》し芋作《いもづく》りの名人《めいじん》だって、うかがいましたが……。」

干《ほ》し芋《いも》という言葉《ことば》に、伊蔵《いぞう》さん、ぴくんとまゆげを動《うご》かした。

「名人《めいじん》なんて、とんでもないぞう。おれの干《ほ》し芋《いも》はうまいけど、それは芋《いも》ががんばってくれてるからだぞう。」

そうしたら、さっきまでかたい表情《ひょうじょう》だったさらさんが、くすっと笑《わら》った。

「な、なんだぞう？　なにかおかしいぞう？」

「だって、お芋《いも》ががんばるだなんて。けんそんのしかたが、おもしろいです。」

「けんそんじゃないぞう。ほんとだぞう。ほれ、ちょっと見《み》てみるぞう。」

伊蔵《いぞう》さん、そう言《い》うと、小屋《こや》の奥《おく》へ、さらさんを連《つ》れていった。

ちょっと、伊蔵《いぞう》さん、なに、さらさんの手《て》を引《ひ》っぱってるのよ！

「チョコちゃん、静《しず》かにして。声《こえ》が聞《き》こえちゃうよ。」

「だ、だって、どさくさにまぎれて、手《て》を握《にぎ》るなんて、伊蔵《いぞう》さん、最低《さいてい》じゃない？」

ところが、さらさん、いやがるでもなく、手《て》を引《ひ》かれるままになってる。

「チョコちゃん、伊蔵《いぞう》さんには、そんな下心《したごころ》なんてないのよ。ただ、なにかを見《み》せたい一《いっ》心《しん》だから、さらさんもいやじゃないんだわ。」

そうか。そういえば、奥《おく》に行《い》った伊蔵《いぞう》さんは、すぐに手《て》を放《はな》してる。

そこには、台所《だいどころ》の流《なが》しの巨大《きょだい》バージョンみたいのがあって、手前《てまえ》の台《だい》の上《うえ》には、ごろんとした大《おお》きなお芋《いも》が、いくつかのっていた。ふかしたばかりみたいで、まだもうもうと湯《ゆ》気《げ》が立《た》ってる。

「まあ、これがサツマイモ？　でも、ぜんぜん赤《あか》くないんですね。」

「これは干《ほ》し芋専用《いもせんよう》のサツマイモだぞう。赤《あか》いサツマイモとちがって、このまま食《た》べても、水《みず》っぽくてうまくないいんだぞう。だけど、こうして。」

伊蔵《いぞう》さんは、ほかほかのお芋《いも》を、いきなり素手《すで》でつかんだ。それを見《み》たさらさん、かわいいお口《くち》をあんぐり。

でも、そんなことにも目《め》もくれず、伊蔵《いぞう》さんは、竹《たけ》のへらを拾《ひろ》いあげると、目《め》にもとまらぬ速《はや》さで、お芋《いも》の皮《かわ》をむきはじめた。

「すごい！　うすい皮《かわ》だけがきれいにむけて、お芋《いも》は少《すこ》しもけずれてませんね。」

「いっしょうけんめいに育《そだ》ってくれた芋《いも》だぞう。少《すこ》しでもむだにしたら、がんばってくれた芋《いも》に申《もう》しわけないぞう。」

「あのう、伊蔵《いぞう》さん。わたしもやってみても、いいですか？」

「もちろんだぞう！　さあ、これで、こうして……。」

おいおいおいおいっ！

なあに、二人《ふたり》、仲良《なかよ》くお芋《いも》の皮《かわ》むきなんかしてるのよ。

あせりまくるあたしとおっこちゃんをよそに、二人《ふたり》は、肩《かた》を並《なら》べて、せっせとお芋《いも》の皮《かわ》むきをつづけてる。やがて、伊蔵《いぞう》さんが、そのお芋《いも》を、流《なが》しのなかの水《みず》にさっとくぐらせると、こっちにもどってきた。

そこには、おかしな道具《どうぐ》が置《お》いてあった。木《き》でできてるんだけど、お風呂《ふろ》のいすをひっくり返《かえ》したみたいな形《かたち》をしてる。で、いすの脚《あし》にあたる二つの木《き》の間《あいだ》に、ギターみたいに、何本《なんぼん》もの細《ほそ》い針金《はりがね》が渡《わた》してある。

「こうするんだぞう。」

そう言《い》いながら、伊蔵《いぞう》さん、針金《はりがね》の上《うえ》から、お芋《いも》を押《お》しつけた。

スパッ！

おおっ。あっという間《ま》に、お芋《いも》が、何枚《なんまい》ものスライスになっちゃったよ。

こ、これは便利《べんり》です。テレビショッピングに出《だ》したら、ヒット商品《しょうひん》になるかも〜。

「チョコちゃん、へんなことに感心《かんしん》してないで、さらさんの様子《ようす》を見《み》て。」

さらさん？　伊蔵《いぞう》さんの手元《てもと》をじいっと見《み》つめてるよね。

あ、なんか、目《め》がうっとりしてない？

「やっぱり、チョコちゃんもそう思《おも》う？　無理《むり》もないわ。あたしだって、干《ほ》し芋作《いもづく》りに情《じょう》熱《ねっ》いっぱいの伊蔵《いぞう》さん、輝《かがや》いて見《み》えるもの。」

そ、そうなの？　あたしには、ただのイモ兄《にい》ちゃんにしか見《み》えませんが。って、あたしのおじいちゃんになる人《ひと》に、そんなこと言《い》っちゃいけないか。

「そうよ、伊蔵《いぞう》さん、すてきよ。男《おとこ》の人《ひと》でも女《おんな》の人《ひと》でも、自分《じぶん》のお仕事《しごと》にいっしょうけんめいになってる人《ひと》には、心《こころ》を動《うご》かされるものよ。」

たしかに、それはわかります。でも……。

「それじゃあ、さらさんは、伊蔵《いぞう》さんのことが好《す》きになりかけてるってこと？」

「うーん、そこは確《たし》かめたほうがいいかも。だから……。」

あたしをふりかえったおっこちゃん、真剣《しんけん》な顔《かお》でうなずいた。

そ、そうか！　いよいよ、赤《あか》い糸魔法《いとまほう》をかけるときなんだね。ようし、だったら、あらかじめ、これも出《だ》しておかないと。

「チョコちゃん、なんなの、そのはさみ？」

よくぞきいてくださいました！

「もし、伊蔵《いぞう》さんとさらさんの間《あいだ》に、赤《あか》い糸《いと》があらわれたら、これで、ちょっきんって、切《き》っちゃうの。」

人《ひと》の気持《きも》ちを勝手《かって》に断《た》ち切《き》るなんて、気《き》が進《すす》まないんだけどね。でも、伊蔵《いぞう》さんと千香《ちか》子《こ》さんが結婚《けっこん》できなければ、あたしはこの世《よ》から消《き》えちゃうわけで。ひどいと思《おも》いつつも、やらないわけにはいかないんだよ。

「だったら、それはあたしがやるわ。」

そうしたら、おっこちゃんが、あたしの手《て》からはさみをとりあげた。

「チョコちゃんだけに、いやな役《やく》ばかりさせられないもの。あたしたち、がんばるときは、いつだっていっしょよ。」

おっこちゃん……。いい人《ひと》だ。本当《ほんとう》にいい人《ひと》だ〜。

「さあ、チョコちゃん、黒魔法《くろまほう》、かけて！」

はいっ。

あたしは、胸《むね》の前《まえ》で両手《りょうて》を組《く》むと、がしっと目《め》をつぶった。

「ルキウゲ・ルキウゲ・アモミラーレ！」

ど、どう？

「た、大変《たいへん》！　やっぱり、赤《あか》い糸《いと》が！」

なんですとぉ！

あわてて、板《いた》のすきまに顔《かお》をくっつけると……。

たしかに、赤《あか》い糸《いと》が見《み》える。極細《ごくぼそ》の毛糸《けいと》みたいなものが、伊蔵《いぞう》さんの小指《こゆび》からも、そして、さらさんの小指《こゆび》からものびてる。

まずいですっ。これは、最高《さいこう》にまずいですっ。

「でも、チョコちゃん、あの赤《あか》い糸《いと》、本当《ほんとう》に二人《ふたり》を結《むす》んでる？　暗《くら》くてあたしには、よくわからないけど。」

そう言《い》われてみれば、そうだね。赤《あか》い糸《いと》は、はっきりと見《み》えるけど、ものすごく長《なが》くて、だらりとたれさがってる。そして、その先《さき》は、暗《くら》やみのなかに消《き》えちゃってるよ。

「おっこちゃん、なかに入《はい》って確《たし》かめよう。」

「そうね。それで、本当《ほんとう》に二人《ふたり》が結《むす》ばれていたら、これで、ちょきんっとやるからねっ。」

おっこちゃんは、ザリガニみたいに、はさみをふり上《あ》げると、いきなり走《はし》りだした。すかさず、あたしもそのあとにつづく。

で、小屋《こや》の戸口《とぐち》にまわってみたら、源蔵《げんぞう》さんたちが、へばりついてた。きっと、お見合《みあ》いが気《き》になって、のぞいてたんだね。源蔵《げんぞう》さんと大蔵《だいぞう》さんは、あいかわらず、にやにや。峰子《みねこ》さんは、腰《こし》がぬけたようになった千香子《ちかこ》さんを、かかえてて……。

む？　むむむ？

「どうしたの、チョコちゃん？」

「おっこちゃん、赤《あか》い糸魔法《いとまほう》、源蔵《げんぞう》さんたちにもかかっちゃったみたい。」

みんなの小指《こゆび》にも、極細毛糸《ごくぼそけいと》のような赤《あか》い糸《いと》がついてる。しかも、伊蔵《いぞう》さんたちとちがって、明《あか》るい外《そと》にいるから、くっきりはっきり！

「峰子《みねこ》さんの赤《あか》い糸《いと》は、だれとつながってるの……。」

おっこちゃんは、さっそく、峰子《みねこ》さんの赤《あか》い糸《いと》の先《さき》をたどってる。ところが、こちらも赤《あか》い糸《いと》がものすごく長《なが》いんだよ。そのうえ四人《にん》もいる分《ぶん》、あっちこっちに、だらりとのびて、どこへどうつながっているのか、まったくわからず……。

「おっこちゃん、峰子《みねこ》さんの糸《いと》をたぐりよせてみて。あたしは、小屋《こや》のなかの二人《ふたり》の糸《いと》を見《み》てくる！」

そうさけぶと、返事《へんじ》も聞《き》かず、さらには、とつぜんあらわれたあたしに、ぼうぜんとしている源蔵《げんぞう》さんと大蔵《だいぞう》さんを押《お》しのけて、小屋《こや》のなかにふみこんだ。

「な、なんだぞう、千洋子《ちよこ》ちゃん……。」

伊蔵《いぞう》さん、びっくり。さらさん、ぽかん。

「えへっ。ちょっと、調《しら》べさせていただきたいことがありまして！」

作《つく》り笑《わら》いをうかべながら、あたしは、足元《あしもと》にたれさがっていた赤《あか》い糸《いと》を拾《ひろ》いあげた。見《み》ると、その先《さき》は、さらさんの小指《こゆび》に結《むす》びついてる。

ようし、引《ひ》っぱるよ。もし、伊蔵《いぞう》さんにたどりついたら、おっこちゃんに来《き》てもらって、はさみでちょっきんしてやる～。

せえのっ。ぐいっ。

「ノー！　ノー！」

は？　なんか、おかしな声《こえ》が、外《そと》からするよ。で、伊蔵《いぞう》さんは、目《め》をぱちくりしてるけど、異常《いじょう》なし。これじゃあ、わからないじゃないの。ようし、もう一回《かい》。

せえのっ。ぐいっ。

「ノー、ノー、ノー！　か、からだが、引《ひ》っぱられます～。」

男《おとこ》の人《ひと》のさけび声《ごえ》が、どんどん近《ちか》づいてくる。それも、たどたどしい日本語《にほんご》。

いったい、なんなのよ、これ？

と思《おも》った瞬間《しゅんかん》、どーんと大《おお》きな音《おと》をたてて、男《おとこ》の人《ひと》が小屋《こや》のなかに転《ころ》がりこんできた。

それが、金髪《きんぱつ》&色白《いろじろ》で。しかも、クリーム色《いろ》の軍服《ぐんぷく》につつまれた体《からだ》は、ものすごく背《せ》が高《たか》

いうえに、がっちりとしてて。

そんな人《ひと》が、せまい小屋《こや》のなかでひっくり返《かえ》ったもんだから、戸口《とぐち》のそばにつみあげてあった、たくさんの箱《はこ》が、音《おと》をたててくずれちゃった。

で、なかから、スライスした大量《たいりょう》のお芋《いも》が、ばらばらっと、こぼれだしちゃって。

大変《たいへん》っ。これ、これから外《そと》で干《ほ》すお芋《いも》だよ。

あたしが、あぜんとしていると、伊蔵《いぞう》さんが駆《か》けよってきた。

「ありゃあ、マックイーン少尉《しょうい》だぞう？」

伊蔵《いぞう》さん、知《し》り合《あ》い？

「ああ、きのう、干《ほ》し芋《いも》と、肉《にく》の缶詰《かんづめ》を交換《こうかん》してもらったんだぞう。それにしても、いったいどうしたんだぞう？」

マックイーン少尉《しょうい》さんとかいう人《ひと》、目《め》をぱちぱち。

「じぶんでも、よくわかりませ〜ん。あるいていたら、きゅうに、からだが引《ひ》っぱられ、ここへ、ひきずりこまれました。オカルトで〜す！　あくまのしわざで〜す！」

オカルト？　悪魔《あくま》のしわざ？　いや、たしかにあたし、黒魔法《くろまほう》かけましたけど、それはマックイーンさんには、まったく関係《かんけい》のないお話《はなし》で……。

と、そのとき。

「ス、スティーブ！」

伊蔵《いぞう》さんの後《うし》ろから、さらさんが、飛《と》び出《だ》してきた。

スティーブ？　スティーブ・マックイーン？

ううむ、どこかで聞《き》いたことがあるような、ないような……。

「さら！　さらこそ、いったいどうして、ここに？　というか、いぞうもさらも、ふたりとも、スイート・ポテイトォを、にぎっているけれど、それは……。」

ありゃ、ほんと。伊蔵《いぞう》さんとさらさん、二人《ふたり》で、干《ほ》し芋《いも》のスライスを仲良《なかよ》くやってたみたい。うーん、やっぱり、二人《ふたり》の気持《きも》ちは……。

「さら。やっぱり、きみは、『おみあいデート』をしたんだね。それはやめてくれと、あんなにたのんだのに……。」

「ち、ちがうの、スティーブ！　それは誤解《ごかい》よ。」

さらさん、すごいあわててる。おしとやかな、日本人形《にほんにんぎょう》みたいなお顔《かお》も、くしゃくしゃになっちゃって。

「たしかに、あたしは、お見合《みあ》いをしにきたの。でも、それは、お世話《せわ》になった三平《さんぺい》さんの顔《かお》をつぶしちゃいけないと思《おも》ったからよ。」

「でも、きみは、スイート・ポティトォを、なかよく、つくっている……。」

「そうじゃないの、スティーブ。これはあなたのため。干《ほ》し芋《いも》をあなたに食《た》べさせてあげたくて、それで、名人《めいじん》の伊蔵《いぞう》さんに教《おし》えてもらおうと思《おも》って……。」

は？　干《ほ》し芋《いも》を食《た》べさせてあげたい？　ばりばりのアメリカ人《じん》のスティーブ・マックイーンさんに、ばりばりのジャパニーズ干《ほ》し芋《いも》を？

「スティーブ、干《ほ》し芋《いも》が大好《だいす》きだって言《い》ってたでしょ？　こんなにおいしいデザートは、アメリカのどこにもないって。だから、あたし、自分《じぶん》の手《て》でつくってあげたくて。」

さらさん、さめざめと泣《な》いてます。それを見《み》た、スティーブ・マックイーン少尉《しょうい》、ゆっくりと立《た》ち上《あ》がると、さらさんの肩《かた》をがしっと抱《だ》いちゃった。

「オウッ、アイム・ソーリー！　ベリー・ソーリー。もう泣《な》かないで、マイ・スイート・ポティトォ、じゃなかった、スイートハート！」

ありゃりゃ〜。畑《はたけ》のまん中《なか》の干《ほ》し芋《いも》小屋《ごや》で、まるでハリウッド映画《えいが》のラブシーンのようなものが……。なんか、見《み》てるこっちがはずかしくなります……。

ん？　ちょっと待《ま》って。この二人《ふたり》、こんなにもラブラブってことは……。

「ああっ！」

「ど、どうしたぞう！」

「どうかしましたか、ブラックウィッチ・ガール？」

みんな、ぎょっとしたようにあたしを見《み》つめてる。でも、いちいちこたえてる場合《ばあい》じゃありません。た、確《たし》かめなくちゃ。

あたしは、さらさんの小指《こゆび》からのびた、赤《あか》い糸《いと》をたどっていった。それが、ものすごく長《なが》くて、たぐってもたぐっても、その先《さき》に行《い》きつかず……。

が、やがて、マックイーン少尉《しょうい》さん、左手《ひだりて》の小指《こゆび》を押《お》さえて、とびあがった。

「アウチッ！　いたたた！」

やっぱり！

さらさんの赤《あか》い糸《いと》は、マックイーン少尉《しょうい》とつながっていたんだよ。それは、遠《とお》くはなれていても、けして切《き》れず、そして、けしてからまることもなく。だから、さっきあたしが思《おも》いっきり引《ひ》っぱったとき、マックイーン少尉《しょうい》さん、ここへひきずりこまれちゃったのよ。

ああ、なんて深《ふか》い結《むす》びつきなのっ。恋《こい》バナオンチのあたしでも、感動《かんどう》ですっ。

っていうか、はさみで、ちょっきんしなくて、よかったぁ。

「千洋子《ちよこ》ちゃん、いったい、なにを言《い》ってるんだぞう。」

伊蔵《いぞう》さん、ぽかんとして、あたしを見《み》つめてる。

「え、ええとですね、これは、話《はな》すと、ほんとにむだに長《なが》くなりそうで……。」

えへへっと、ごまかし笑《わら》いをうかべたとき。

「チョコちゃん！」

外《そと》で、おっこちゃんの声《こえ》がした……。

# 9　もつれあう赤《あか》い糸《いと》

チョコちゃんの『赤《あか》い糸魔法《いとまほう》』はすごかった。

チョコちゃんが呪文《じゅもん》を唱《とな》えたとたん、小屋《こや》のなかや周《まわ》りにいる大人《おとな》たちの手《て》からのびている赤《あか》い糸《いと》がはっきり見《み》えたのだ！

それはキラキラと、まるでそこだけ朝日《あさひ》を浴《あ》びたように金色《きんいろ》に輝《かがや》いて見《み》えた。

「わあ……きれい。」

おっこは思《おも》わず見《み》とれてしまった。

だが、チョコちゃんが万田《まんだ》さらさんの赤《あか》い糸《いと》を必死《ひっし》でたぐりよせているのを見《み》て、あわてて、峰子《みねこ》さんの小指《こゆび》から出《で》ている糸《いと》をつかんで、手首《てくび》にぐるっと二重《じゅう》に巻《ま》きつけた。

（ようし！　これで引《ひ》っぱれば、峰子《みねこ》さんの赤《あか》い糸《いと》の相手《あいて》がだれかわかるわ！）

でも大蔵《だいぞう》さん、伊蔵《いぞう》さん、源蔵《げんぞう》さん、そして千香子《ちかこ》さんの間《あいだ》にある、かた焼《や》きそばみたいにもつれあった赤《あか》い糸《いと》は、まったく動《うご》かなかった。

（これじゃ、だれがだれと結《むす》ばれているんだかわからないわ！　もっと思《おも》いきり引《ひ》っぱらないとだめかしら？）
するのと、おかしなものが目《め》についた。

ほかの人《ひと》たちはみんな、小指《こゆび》から出《で》る一本《ぽん》の赤《あか》い糸《いと》で結《むす》ばれているのだが、源蔵《げんぞう》さんだけ、小指《こゆび》から何本《なんぼん》も赤《あか》い糸《いと》が出《で》ているのだ。

（あ、あれえ？　源蔵《げんぞう》さん、二本《ほん》……ちがう！　三本結《ぼんむす》ばれてるけど！　それ、どういうこと!?）

おっこが目《め》をこすっていると、どん！　とおっこを押《お》しのけるようにして、背《せ》の高《たか》い金髪《きんぱつ》の男《おとこ》の人《ひと》が小屋《こや》に小走《こばし》りで入《はい》っていった。

「なんだ、あのアメリカ人《じん》は？」

「あれは……マックイーン少尉《しょうい》だ。なんだ？　さらさんと知《し》り合《あ》いだったのか？」

大蔵《だいぞう》さんと源蔵《げんぞう》さんが、首《くび》をかしげていると、いきなりさらさんとマックイーン少尉《しょうい》が、たがいに愛《あい》の告白《こくはく》をはじめたのだ！

（まあ！　さらさんと結《むす》ばれていた相手《あいて》はあの人《ひと》だったのね！）

おっこはおどろいてしまったが、でも、さらさんが伊蔵《いぞう》さんと結《むす》ばれていなかったことに、ほっと胸《むね》をなでおろした。

「うっわー！　なんだなんだ。人前《ひとまえ》で肩《かた》なんか抱《だ》いてるぞ！　アメリカ人《じん》はすげえな！」

大蔵《だいぞう》さんが、顔《かお》を真《ま》っ赤《か》にしてさけんだ。

「あいつ、干《ほ》し芋《いも》がうまいやら、日本《にほん》の景色《けしき》は美《うつく》しいやら、やけに日本《にほん》びいきのアメリカ人《じん》だなと思《おも》っていたが……じつはさらさんとつきあってたのか！　なるほどな。マックイーン少尉《しょうい》はなかなか趣味《しゅみ》がいいじゃないか。」

源蔵《げんぞう》さんが、感心《かんしん》したようにつぶやいた。

「さらさんとマックイーン少尉《しょうい》って美男美女《びなんびじょ》でお似合《にあ》いね！　映画《えいが》のようだわ！」

峰子《みねこ》さんが、はしゃいで手《て》を打《う》った。

すると源蔵《げんぞう》さんが、峰子《みねこ》さんだけに聞《き》こえるような小声《こごえ》でつぶやいた。

「……ぼくらもけっこうお似合《にあ》いだと思《おも》うけどね。外国《がいこく》の映画《えいが》とまではいかなくても、日本映画《にほんえいが》ぐらいには見《み》えるんじゃないか。」

そのきざなセリフにおっこは、あやうく、さけびそうになった。

(若《わか》いときの源蔵《げんぞう》さんって、村《むら》じゅうの女《おんな》の子《こ》にモテたって聞《き》いてたけど、こ、こんなあまーいこと言《い》うんだわ！　峰子《みねこ》さん、その言葉《ことば》を聞《き》いちゃだめ！　源蔵《げんぞう》さんは、赤《あか》い糸《いと》が三本《ぼん》もあるようなモテすぎ男《おとこ》よ！)

すると峰子《みねこ》さんは、ちらっと源蔵《げんぞう》さんを見上《みあ》げて、小声《こごえ》でこたえた。

「……映画《えいが》なんて、よしてよ。」

心《こころ》なしか、峰子《みねこ》さんの表情《ひょうじょう》が、ちょっとうれしそうに見《み》える。

(も、もうだめだわ。これ以上《いじょう》、二人《ふたり》の会話《かいわ》を聞《き》いていたら心臓《しんぞう》がおかしくなりそう。よーし！　今《いま》すぐこの糸《いと》をたぐって、もしも源蔵《げんぞう》さんからの一本《ぽん》が峰子《みねこ》さんにつながっていたら、即切《そくき》る！)

おっこは決心《けっしん》してぐるぐるぐる！　っと、峰子《みねこ》さんの赤《あか》い糸《いと》をどんどんたぐりよせていった。

おっこの手首《てくび》に赤《あか》い糸《いと》がどんどん巻《ま》かれてリボンのように太《ふと》くなったとき、ぐっと手《て》ごたえがあった。

(来《き》たわっ！　どうか相手《あいて》がおじいちゃん……大蔵《だいぞう》さんでありますように！)

おっこが、いよいよ糸《いと》を強《つよ》く引《ひ》いたとき。

小屋《こや》のなかで、さらさんとマックイーン少尉《しょうい》の会話《かいわ》をぽかーんと聞《き》いてつっ立《た》っていた伊蔵《いぞう》さんが、急《きゅう》にきりっとまなじりを上《あ》げて、こちらに向《む》かって歩《ある》いてきた。

「え！　伊蔵《いぞう》さん!?」

おっこは、おどろいてかたまってしまった。

(まさか、伊蔵《いぞう》さんが峰子《みねこ》さんと結《むす》ばれてるとか!?)

伊蔵《いぞう》さんは、ものすごくきびしい顔《かお》で、開《あ》けっぱなしになった小屋《こや》のとびらの前《まえ》に立《た》った。

「チョコちゃん！」

おっこは思《おも》わずさけんだ。

チョコちゃんは、おっこのほうに目《め》をやって、ああっと声《こえ》をあげた。

伊蔵《いぞう》さんが、小屋《こや》のすぐ外《そと》に立《た》っている峰子《みねこ》さんの前《まえ》に立《た》ちはだかったからだ。

峰子《みねこ》さんのすぐ横《よこ》には、大蔵《だいぞう》さんと源蔵《げんぞう》さんが並《なら》んでいるが、伊蔵《いぞう》さんの見《み》たこともないような真剣《しんけん》な表情《ひょうじょう》に押《お》されて、身《み》をすくめている。

「……おれは。」

伊蔵《いぞう》さんが声《こえ》を出《だ》した！

「……が好《す》きだぞう。」

みんなが、息《いき》をのんで伊蔵《いぞう》さんの言葉《ことば》に耳《みみ》をかたむけた。

「……が大好《だいす》きなのに、こんな……ぞう。」

伊蔵《いぞう》さんが悲《かな》しそうにうつむいた。

今度《こんど》はみんな、「?」と体《からだ》をかたむけた。

どうしてもかんじんな、「……」のところが聞《き》き取《と》れなかったのだ。

(い、伊蔵《いぞう》さんが悲《かな》しそうだってことは。さらさんのことが好《す》きになってたってこと?)

おっこもみんなも混乱《こんらん》しそうになったそのとき。

「なんですって?」

峰子《みねこ》さんがきいた。

「ごめんなさい。聞《き》き取《と》れなかったわ。伊蔵《いぞう》さんは、だれが好《す》きなんですって?」

(さ、さすが若《わか》いころのおばあちゃんだわ! みんなが、えんりょしてきけないようなことをここまではっきりときくなんて!)

おっこは、どうか、「千香子《ちかこ》さんが好《す》きだ。」と伊蔵《いぞう》さんが言《い》ってくれるようにと心《こころ》のなかで祈《いの》った。

チョコちゃんもきっと同《おな》じ気持《きも》ちだろう。じーっと伊蔵《いぞう》さんの背中《せなか》を見《み》つめながら目《め》を大《おお》きく見開《みひら》いて、かたまっている。

すると、峰子《みねこ》さんの後《うし》ろから、やさしい声《こえ》が聞《き》こえた。

「おれは芋《いも》が好《す》きだぞう。おれは芋《いも》が大好《だいす》きなのに、こんなことになって悲《かな》しいぞう。」

みんな、おどろいてその声《こえ》の主《ぬし》を見《み》た。

すいっと小柄《こがら》な千香子《ちかこ》さんが、峰子《みねこ》さんの前《まえ》に出《で》て伊蔵《いぞう》さんの前《まえ》に立《た》った。

「そうでしょ？　伊蔵《いぞう》さん。」

すると伊蔵《いぞう》さんは、だまってうなずいた。

「早《はや》く拾《ひろ》わないと……。せっかくのお芋《いも》がみんな落《お》ちちゃって。」

千香子《ちかこ》さんは小屋《こや》に入《はい》ると、しゃがんで、ばらばらと床《ゆか》に散《ち》らばっている芋《いも》を拾《ひろ》いはじめた。

「お芋《いも》……。お芋《いも》のことだったの。」

おっこは、ふわーっと大《おお》きく息《いき》をついて、すっかり力《ちから》が入《はい》ってしまっていた肩《かた》をおろした。

(そうだったわ。マックイーン少尉《しょうい》が小屋《こや》に飛《と》びこんだとき、スライスしたお芋《いも》を並《なら》べてある箱《はこ》にぶつかったんだわ！　それで、せっかくのお芋《いも》が落《お》ちちゃったんだ。伊蔵《いぞう》さんはそれを気《き》にしてたんだわ。)

「さ、伊蔵《いぞう》さんも。ほら、だいじょうぶ！　ちゃんと洗《あら》ったらきれいになるわよ。」

千香子《ちかこ》さんは、お芋《いも》を一枚一枚《いちまいいちまい》ていねいに拾《ひろ》いあげて、それはやさしくほほえんだ。

「……そうするぞう。」

子《こ》どものようにこくんとうなずいて伊蔵《いぞう》さんは、千香子《ちかこ》さんといっしょにかがんで、芋《いも》を拾《ひろ》いはじめた。

「ああ、びっくりした。さらさんとマックイーン少尉《しょうい》に刺激《しげき》されて、伊蔵《いぞう》さんまで、告白《こくはく》するのかと思《おも》ったわ。」

目《め》をまるくしてそう言《い》った峰子《みねこ》さんに、大蔵《だいぞう》さんがゆかいそうに笑《わら》った。

「本当《ほんとう》だな。芋《いも》が大好《だいす》きとは、伊蔵《いぞう》らしいや！　あはは！」

すると源蔵《げんぞう》さんが、笑《わら》い合《あ》う二人《ふたり》にゆっくりと首《くび》を左右《さゆう》にふって言《い》った。

「どうもそれだけじゃなさそうだぞ。」

「それだけじゃないって？」

峰子《みねこ》さんがたずねた。

「伊蔵《いぞう》の様子《ようす》がおかしい。まあ、見《み》てみろ。」

みんなが二人《ふたり》に注目《ちゅうもく》したときだった。

伊蔵《いぞう》さんが、お芋《いも》を拾《ひろ》いながら、ごくふつうに言《い》った。

「千香子《ちかこ》さん、おれの芋《いも》ねえちゃんになってくれないか、だぞう？」

千香子《ちかこ》さんの手《て》がぴたっと止《と》まった。

おっこは、その意味《いみ》がわからなくて、ええ？　とき返《かえ》したくなった。

チョコちゃんを見《み》ると、やはりけげんな顔《かお》のまま、かたまっている。

笑《わら》い合《あ》っていた峰子《みねこ》さんや大蔵《だいぞう》さん、源蔵《げんぞう》さん、さっきからずっとおたがいの目《め》を見《み》つめあいながら、ラブラブな言葉《ことば》をかわしていたさらさんとマックイーン少尉《しょうい》も、話《はな》すのをやめて、伊蔵《いぞう》さんと千香子《ちかこ》さんを見比《みくら》べた。

千香子《ちかこ》さんは、お芋《いも》をその白《しろ》い手《て》にのせたまま、伊蔵《いぞう》さんをじっと見《み》つめた。

「でも、あたし、もう芋《いも》ねえちゃんよ……。」

すると、伊蔵《いぞう》さんは、うつむいてお芋《いも》を拾《ひろ》いつづけながら、こうつづけた。

「そ、そうじゃないぞう。おれは芋《いも》が大好《だいす》きだぞう。その芋《いも》を大事《だいじ》にしてくれる人《ひと》は、もっと大好《だいす》きだぞう。だから……。おれの嫁《よめ》さんになってほしいんだぞう！」

「伊蔵《いぞう》さん……。」

千香子《ちかこ》さんが、顔《かお》を桜色《さくらいろ》に染《そ》めて、伊蔵《いぞう》さんを見《み》た。

おっこはチョコちゃんと顔《かお》を見合《みあ》わせた。二人《ふたり》とも、やった！　とさけびそうになるのを必死《ひっし》でこらえていた。ほかのみんなも目《め》を見《み》はり、息《いき》をつめ、千香子《ちかこ》さんのつづきの言《こと》葉《ば》を待《ま》った。

「……本気《ほんき》なの？」

「本気《ほんき》に決《き》まってるぞう。でも、千香子《ちかこ》さんがいやだったらあきらめるぞう。」

伊蔵《いぞう》さんは、そう言《い》いながら、世《よ》にも悲《かな》しそうな顔《かお》をした。

（い、伊蔵《いぞう》さん、がんばれ！）

おっこは、心《こころ》のなかでさけんだ。

（もうひと押《お》しよ！　千香子《ちかこ》さんは伊蔵《いぞう》さんのこと好《す》きなはずなんだから！）

「いやだなんて。そんなこと……。」

千香子《ちかこ》さんが自分《じぶん》のほおに両手《りょうて》を当《あ》てた。

「そんなことありません。」

「じゃあ、芋《いも》ねえちゃん、いや、嫁《よめ》さんになってくれるんだぞう！」

「……ええ、いいわ。」

「それはうれしいんだぞう！」

おどりあがった伊蔵《いぞう》さんの手《て》が宙《ちゅう》を舞《ま》ったとき、おっこは「あっ。」と声《こえ》をあげた。

伊蔵《いぞう》さんの小指《こゆび》からのびた糸《いと》が、蒸《む》したてのお芋《いも》のように、つやつやと輝《かがや》いて、千香子《ちかこ》さんの小指《こゆび》につながっているのがはっきりと見《み》えたのだ。

「うん？」

伊蔵《いぞう》さんが妙《みょう》な顔《かお》をした。

「なんだか、手《て》が引《ひ》っぱられる感《かん》じだぞう。」

すると、千香子《ちかこ》さんが、くすっと笑《わら》った。

「あら、伊蔵《いぞう》さんも？　わたしも今《いま》なぜか、小指《こゆび》のあたりがきゅってしめつけられたわ。なんだかなつかしい感《かん》じで。」

「なつかしい？　千香子《ちかこ》さん、働《はたら》きすぎで手《て》をいためたんじゃないのか？　心配《しんぱい》だぞう。」

「ううん、わたし、伊蔵《いぞう》さんに初《はじ》めて会《あ》ったときにも、こんな感《かん》じがしたのよ。つながってる感《かん》じが。」

千香子《ちかこ》さんは、ほおを赤《あか》らめて、伊蔵《いぞう》さんの手《て》を握《にぎ》った。すると、伊蔵《いぞう》さんもみるみる真《ま》っ赤《か》になって、うつむいた。

「お、おれも、そんな感《かん》じがしてたぞう！」

伊蔵《いぞう》さんは、そう言《い》って手《て》を放《はな》すと、三倍速《ばいそく》で芋《いも》を拾《ひろ》いだした。

（まちがいないわ。伊蔵《いぞう》さんと千香子《ちかこ》さんは、ちゃんと赤《あか》い糸《いと》で結《むす》ばれている！）

「伊蔵《いぞう》、よかったな！」

「千香子《ちかこ》さん、まあ、おめでとう！」

大蔵《だいぞう》さんと峰子《みねこ》さんが小屋《こや》に飛《と》びこんできた。

「おめでとうだなんて……。」

はにかむ千香子《ちかこ》さんの腕《うで》を、峰子《みねこ》さんがぱちんとたたいた。

「これがおめでとうじゃなければなあに？　だーい好《す》きな人《ひと》に結婚《けっこん》を申《もう》しこまれたっていうのに！」

「いやあ、めでたいめでたい！」

はしゃぐ二人《ふたり》の後《うし》ろで源蔵《げんぞう》さんも、しきりにうなずいていた。

「コングラチュレーション！　イモぞうさん、イモねえちゃん！」

とつぜん、せまい小屋《こや》のなかに、マックイーン少尉《しょうい》の大《おお》きな声《こえ》がひびきわたった。白《しろ》い顔《かお》をピンク色《いろ》に染《そ》めて、にこにこしている。そして、同《おな》じように、ほおを染《そ》めたさらさんと、手《て》をつないでいた。

「キャン・ユー・セレブレイト？」

マックイーン少尉《しょうい》は、大蔵《だいぞう》さんたちを見《み》まわしている。

「おいおい、なにを言《い》ってるんだい、マックイーン少尉《しょうい》は？」

大蔵《だいぞう》さんにたずねられた源蔵《げんぞう》さんは、困《こま》ったように首《くび》をふった。

「いや、あまりに早口《はやくち》で、よくわからなかった……。」

すると、チョコちゃんが、おずおずと口《くち》を開《ひら》いた。

「安室奈美恵《あむろなみえ》？」

「え？　千洋子《ちよこ》ちゃん、英語《えいご》がわかるの？」

峰子《みねこ》さんが目《め》をまるくすると、チョコちゃんは、自信《じしん》なさそうに首《くび》をかしげた。

「いや、よくわからないんですけれど、もしかしたら、マックイーン少尉《しょうい》は、安室奈美恵《あむろなみえ》の『キャン・ユー・セレブレイト？』を歌《うた》いたいのかなぁって。」

「ちょっと、チョコちゃん。この時代《じだい》に、その歌《うた》はまだないわよ。」

おっこはあわてて、チョコちゃんにささやいた。

「そ、そっか……。」

すると、さらさんが満面《まんめん》の笑《え》みで、進《すす》み出《で》た。

「スティーブは、こう言《い》ってるんです。『みなさん、わたしたちの結婚《けっこん》を、祝《いわ》ってくれますか？』って。」

今度《こんど》は、千香子《ちかこ》さんが目《め》をまるくした。

「あの、『わたしたち』って、じゃあ、さらさんとマックイーン少尉《しょうい》も、ご結婚《けっこん》を？」

さらさんは、今度《こんど》は、リンゴみたいに真《ま》っ赤《か》になって、うなずいた。

「わたしたち、まえからおつきあいをしていたんです。でも、スティーブは、アメリカ人《じん》に似合《にあ》わず、とってもはずかしがりやで、なかなか心《こころ》を打《う》ち明《あ》けてくれなくて。でも、今《いま》、結婚《けっこん》の申《もう》しこみをしてくださったんです！」

そう言《い》うと、マックイーン少尉《しょうい》の顔《かお》も、負《ま》けずに赤《あか》くなった。

「イモぞうさんの、おかげデース。イモぞうさんの勇気《ゆうき》に、ワタシも、これではいけなーいと、思《おも》いました。サンキュー・ヴェリ・マッチ！　グッジョーブ、イモぞう！」

「いや、おれは、イモぞうじゃなくて、伊蔵《いぞう》だぞう……。」

ぼそりとつぶやく伊蔵《いぞう》さんの肩《かた》を、大蔵《だいぞう》さんが、ぽんぽんとたたいた。

「まあ、いいじゃないか。しかし、干《ほ》し芋《いも》の小屋《こや》で、あっという間《ま》に、二組《ふたくみ》も結婚《けっこん》が決《き》まるなんて、おどろいたな！」

「ほんと！　おめでとう！」

峰子《みねこ》さんが、ぱちぱちと手《て》をたたいた。

おっこも手《て》をたたきながら、チョコちゃんに駆《か》けよった。

「チョコちゃん、本当《ほんとう》によかったわね！」

「ほっとしたよー。」

チョコちゃんは、うなずいて言《い》った。

「今度《こんど》はおっこちゃんの番《ばん》よ！　早《はや》く峰子《みねこ》さんの糸《いと》を引《ひ》っぱらないと！」

「あ、そうだったわ！」

おっこがあわてて、右《みぎ》の手首《てくび》に巻《ま》いた峰子《みねこ》さんの赤《あか》い糸《いと》を、もう一度《いちど》引《ひ》っぱろうとしたそのとき。

おっこの右手《みぎて》がぐぐっと引《ひ》っぱられた。

「あ、あれ？」

おっこがよたよたっと引《ひ》かれたほうに歩《ある》いていくと、峰子《みねこ》さんの腕《うで》にどんとつき当《あ》たった。

「おっと。」

峰子《みねこ》さんが、おっこの体《からだ》を受《う》け止《と》めた。

「乙子《おつこ》ちゃん、だいじょうぶ？」

「え、ええ。その……なんだか、その熱《あつ》いプロポーズを連続《れんぞく》で見《み》ちゃったから、くらくらっとしちゃって。あはは！」

おっこは頭《あたま》をかいて、笑《わら》ってごまかした。

「本当《ほんとう》ね！　マックイーン少尉《しょうい》とさらさん、伊蔵《いぞう》さんと千香子《ちかこ》さん、二組《ふたくみ》とも熱《あつ》かったものねえ！　あたしもあてられちゃったわ！」

峰子《みねこ》さんも笑《わら》った。

「ねえ、あの……。」

おっこは峰子《みねこ》さんに小声《こごえ》でたずねた。

「峰子《みねこ》さんはだれが好《す》き……なの？」

すると峰子《みねこ》さんは、おどろいた顔《かお》でおっこを見《み》た。

「まあ、乙子《おつこ》ちゃんにはまえに教《おし》えたでしょ？」

「あのとき物音《ものおと》がして、教《おし》えてもらった名前《なまえ》が聞《き》こえなかったんです。……蔵《ぞう》さんとしか。」

「ま、そうだったの！」

「あれからずっと気《き》になっちゃって……。」

「ふふふ。そんなに聞《き》きたい？」

「はい。」

「じゃあ、こっちに来《き》て。」

峰子《みねこ》さんはおっこの手《て》を引《ひ》いて、小屋《こや》の裏《うら》にまわった。

「乙子《おっこ》ちゃんは、○蔵《なにぞう》さんだと思《おも》う？」

いたずらっ子《こ》のように、うれしそうに峰子《みねこ》さんがたずねた。

「ええと！」

もちろん大蔵《だいぞう》さん！　と言《い》いかけて、おっこは、はっと声《こえ》が止《と》まった。

（もしも峰子《みねこ》さんが源蔵《げんぞう》さんのことを好《す》きになっていたら、どうしよう！）

伊蔵《いぞう》さんと千香子《ちかこ》さんは、おっこたちがなにか細工《さいく》をしなくても、おたがいのことを自《し》然《ぜん》に好《す》きになった。だからきっと、赤《あか》い糸《いと》で結《むす》ばれたのだ。

ということは、もし、峰子《みねこ》さんと大蔵《だいぞう》さんがおたがいのことを好《す》きでなくなったら、そ

れぞれの赤《あか》い糸《いと》がほかの人《ひと》と結《むす》ばれてしまうかもしれない。

峰子《みねこ》さんが源蔵《げんぞう》さんのことを好《す》きになってしまっていたら、もうすでに源蔵《げんぞう》さんのあの三本《ぼん》の赤《あか》い糸《いと》のうちの一本《ぽん》は、峰子《みねこ》さんのものかもしれないのだ。

チョコちゃんには、自分《じぶん》たちがこの世《よ》に生《う》まれるかどうかがかかっているのだから、そんな『ありえない組《く》み合《あ》わせ』はちょきん！　とはさみで切《き》っちゃう！　と言《い》いきったけれど……。

（もしも、今《いま》、峰子《みねこ》さんが源蔵《げんぞう》さんのことを好《す》きだとして、そして源蔵《げんぞう》さんが三本《ぼん》も赤《あか》い糸《いと》でだれかと結《むす》ばれているモテすぎ男《おとこ》だとしても……。赤《あか》い糸《いと》を切《き》っちゃったら、源蔵《げんぞう》さんのことを想《おも》うその気持《きも》ちは、すっかりなくなるのかしら？　赤《あか》い糸《いと》を切《き》ると結《むす》ばれることはなくなるらしいけれど、でもそうなったら、峰子《みねこ》さんが源蔵《げんぞう》さんをいくら好《す》きでもいっしょになれない運命《うんめい》になって、ただ悲《かな》しい思《おも》いをするだけになっちゃったら……。）

そんなことを考《かんが》えると、峰子《みねこ》さんの気持《きも》ちを確《たし》かめるのが、どんどんこわくなってきた。

「あのう、どうしても○蔵《なにぞう》さんかわからないから、ヒントをもらえませんか？」

おっこは、そんなことを言《い》いだしてしまった。

「ヒント？」

峰子《みねこ》さんが、きょとんと首《くび》をかたむけた。

「ええ。」

「ヒントって、どんな？」

「そ、そうですね。あのう、峰子《みねこ》さんはその○蔵《なにぞう》さんのどんなところが好《す》きなのかな、とか！」

「そんなことがききたいの？　乙子《おつこ》ちゃんもききたがりねえ。ええと。」

峰子《みねこ》さんは空《そら》に目《め》をやると、流《なが》れる雲《くも》をながめながら、こう言《い》った。

「すごくまじめで、いっしょうけんめい働《はたら》くところ。それから、なにかに迷《まよ》ったら、いろんなことをいっしょに考《かんが》えて、教《おし》えてくれるところ……。」

（ふうん……。それって、大蔵《だいぞう》さんも源蔵《げんぞう》さんも、そんな感《かん》じかな。いや、でも、源蔵《げんぞう》さんのほうが、たくさんいろんなことを知《し》っていて、教《おし》えてくれそうだから、源蔵《げんぞう》さんっぽい？）

これだけでは、どちらかわからない。

「それから？」

「それから。すごく努力家《どりょくか》でがんばりやさんなの。意志《いし》が強《つよ》くて、こうと決《き》めたらそれをやりぬくところ！」

それを聞《き》いて、おっこはまたわからなくなってしまった。

おじいちゃんは、すごく働《はたら》き者《もの》でがんばりやだが、がんこで、決《き》めたことは曲《ま》げなかったとおばあちゃんに聞《き》いたことがある。それを思《おも》いだすと、峰子《みねこ》さんの言《い》う相手《あいて》は大蔵《だいぞう》さんかとも思《おも》うのだが、源蔵《げんぞう》さんが秋好旅館《しゅうこうりょかん》を大《おお》きく発展《はってん》させたその手腕《しゅわん》や決断力《けつだんりょく》、意志《いし》の固《かた》さ、大変《たいへん》な努力家《どりょくか》なのは花《はな》の湯温泉《ゆおんせん》の人《ひと》はみんな知《し》っている。

(これでも、わからないわ。大蔵《だいぞう》さんか源蔵《げんぞう》さんか、わからない。)

「それからね、……あたしのことをすごく気《き》にかけてくれて、いつも心配《しんぱい》してくれてるところ。照《て》れ屋《や》だから、みんなの前《まえ》ではそんなそぶりは見《み》せないんだけどね！」

うれしそうに、笑《わら》いながら峰子《みねこ》さんがそう言《い》った。

(みんなの前《まえ》では、そんなそぶりを見《み》せないんなら、あたしにはもっとわからないわ。……うーん。)

おっこは考《かんが》えながら、なんだか、妙《みょう》な気持《きも》ちになってきた。

さっきから聞《き》いている、峰子《みねこ》さんが○蔵《なにぞう》さんを好《す》きなところ……というのが、なんだか聞《き》いたことがあるような気《き》がするのだ。

（なんだったかしら？　どうして、このことを知《し》ってるような気《き》がするのかしら？　おばあちゃんに聞《き》いたことがあるとか？　いや……ちがうなあ。）

「それからもうひとつ。その人《ひと》はね、あたしに……。」

「……あたしにやさしいところ？」

おっこが先《さき》にこたえたので、峰子《みねこ》さんはびっくりして、おっこの顔《かお》を見《み》た。

「当《あ》たり！　まあ、どうしてわかったの？」

「どうしてかしら？　なんとなくそんな感《かん》じがして……。」

それは、とても不思議《ふしぎ》な感覚《かんかく》だった。

峰子《みねこ》さんの言葉《ことば》なのだけれど、まるでおっこ自身《じしん》の気持《きも》ちのようにぴったりと重《かさ》なり、
そしておっこは、はっと気《き》がついた。

（そうだ！　やっぱりそうだったんだわ！）

「まあ、そうなの！　へえ。乙子《おつこ》ちゃんとあたしって似《に》てるのかしら？」

「そうかもしれません。」

「あたしの好《す》きな〇蔵《なにぞう》さんは、みんなの前《まえ》ではちがうんだけど、じつはとってもやさしい

の。あたしにとって大事《だいじ》なことはちゃんと覚《おぼ》えててくれるし、本当《ほんとう》に困《こま》っていたら必《かなら》ず手《て》をさしのべてくれる。これがじつはいちばん好《す》きなところかも！」

峰子《みねこ》さんが、ころころっと鈴《すず》が転《ころ》がるように明《あか》るく笑《わら》い声《ごえ》をあげた。

「ね、〇蔵《なにぞう》さんがだれだかわかった？」

「それは……。」

おっこがこたえようとしたときだった。

「その答《こた》えを、ぼくも聞《き》かせてもらっていいかな？」

声《こえ》がして、小屋《こや》の向《む》こうから、背《せ》の高《たか》い男《おとこ》の人《ひと》があらわれた。

「源蔵《げんぞう》さん！」

峰子《みねこ》さんが、真《ま》っ赤《か》になって、口元《くちもと》を手《て》でおおった。

「今《いま》の、みんな聞《き》いてたの？　いやだわ！　こっそり人《ひと》の話《はなし》を聞《き》くなんて！」

「ごめん。でも、きみがあんまり乙子《おっこ》ちゃんと楽《たの》しそうに話《はな》しているから、割《わ》りこむことがなかなかできなくてね。」

源蔵《げんぞう》さんが、ちょっと笑《わら》った。

「しかし、どうしても、今《いま》の話《はなし》を聞《き》かないでいることはできなかった。乙子《おっこ》ちゃんも峰子《みねこ》さんの答《こた》えが気《き》になると言《い》っていたが、ぼくだっておおいに気《き》になるね。ぜひ、聞《き》かせてほしいんだ。」

源蔵《げんぞう》さんが、ずいっと歩《ほ》を進《すす》めて、峰子《みねこ》さんの前《まえ》に立《た》った。

「そ、それはどうして？」

「きみが好《す》きだからだ。」

源蔵《げんぞう》さんが、まるでボールでもほうるみたいに、ひょいっとそう投《な》げかけてきた。

峰子《みねこ》さんとおっこは、同時《どうじ》に、「うっ。」とうめいて、自分《じぶん》の口《くち》に手《て》を当《あ》てた。

「だから、きみの気持《きも》ちを聞《き》かせてくれ。きみの好《す》きな、きみにだれよりもやさしい◯《なに》蔵《ぞう》っていうのは、だれのことだ？」

答《こた》えをせまる源蔵《げんぞう》さんに、おっこと峰子《みねこ》さんは顔《かお》を見合《みあ》わせた。

## 10　すべてがわかったとき

「そ、それは……。」

峰子《みねこ》さんが困《こま》った顔《かお》をした。

「……い、いきなりそんなこと言《い》われても……。びっくりしちゃうわ。」

「それはすまなかったね。きみをほかのだれかに取《と》られたくなくて、つい、先走《さきばし》ったことを。でも、それぐらい本気《ほんき》なんだ。どうか、ぼくの気持《きも》ちを受《う》け止《と》めてくれないだろうか？」

「……そ、それはそのう、源蔵《げんぞう》さんみたいなすてきなかたに、そう言《い》われたら、あの、うれしいけれど……。」

「そうかい！　うれしいと思《おも》ってくれるんだね！」

「いえ、あの、うれしくないわけじゃないんですけど。」

おっこは、はらはらしながら、峰子《みねこ》さんと源蔵《げんぞう》さんの会話《かいわ》を聞《き》いていた。

（峰子《みねこ》さんたら、ふだんは気《き》が強《つよ》くてはっきりものを言《い》うのに、だいじょうぶかな。）

峰子《みねこ》さんの言《い》った、好《す》きな人《ひと》の好《す》きなところを聞《き》いているうちに、だんだんそれがかつて聞《き》いたことのあるような、半分自分《はんぶんじぶん》の気持《きも》ちが混《ま》じりあっているような、不思議《ふしぎ》な気持《きも》ちになったのだが、それもそのはずだった。

「まじめに働《はたら》く」「いつもいっしょうけんめい」「いろんなことを考《かんが》えてくれる」「がんばるところ」「こうと決《き》めたらやりとおすところ」「心配《しんぱい》してくれるところ」「照《て》れ屋《や》なところ」「あたしにやさしいところ」……。

それはまえに、鳥居《とりい》くんの叔父《おじ》さんの桜丘宗次《さくらおかそうじ》さんが、おっこに「好《す》きな人《ひと》がわかるテスト」をしてくれたときに、おっこがウリケンの好《す》きなところとしてあげたことと、まったく同《おな》じだったのだ!

(と、いうことは、あたしと峰子《みねこ》さんは、男《おとこ》の子《こ》を好《す》きになるポイントがまったく同《おな》じってことね!)

「峰子《みねこ》さんは、案外照《あんがいて》れ屋《や》なんだね。意外《いがい》だったな。」

源蔵《げんぞう》さんは、なかなか返事《へんじ》をしない峰子《みねこ》さんに、ふーっと息《いき》をついてそう言《い》った。

「え、ええと。」

おっこは、とうとうがまんできなくなって口《くち》をはさんだ。

「峰子《みねこ》さん、さっきの質問《しつもん》にこたえます！」

「さっきの質問《しつもん》って？」

「峰子《みねこ》さんの好《す》きな◯蔵《なにぞう》さんはだれだと思《おも》う？　っていう質問《しつもん》です。」

「それはぼくも聞《き》きたいな。峰子《みねこ》さんがなかなかこたえてくれないから、乙子《おつこ》ちゃんの答《こた》えを先《さき》に聞《き》かせてもらおう。」

「はい。それは、大蔵《だいぞう》さんです！」

おっこは、きっぱりとこたえた。

「どうしてそう思《おも》うの？」

峰子《みねこ》さんがきいてきた。

「はい、あたしと峰子《みねこ》さんはよく似《に》てます。とくに男《おとこ》の子《こ》のどういうところを好《す》きになるかってところが……。あたしが峰子《みねこ》さんだったら、大蔵《だいぞう》さんを好《す》きになると思《おも》います。」

「まあ。」

峰子《みねこ》さんが、ほほえんだ。

「乙子《おつこ》ちゃん、そう思《おも》うの。じゃあ、やっぱり、あたしと乙子《おつこ》ちゃんはよく似《に》てるのね。」

「やっぱりってことは峰子《みねこ》さん。峰子《みねこ》さんの好《す》きな人《ひと》って……。」

「乙子《おつこ》ちゃんの言《い》うとおりよ。」

峰子《みねこ》さんがそう言《い》ってうなずいた。

「ええ!?　本当《ほんとう》にそうなの？　わあ！」

おっこはとびあがって喜《よろこ》びたかったが、源蔵《げんぞう》さんのほうを見《み》たら、まったく表情《ひょうじょう》を変《か》えずにかたまっていた。

(源蔵《げんぞう》さん、ショックよね！　あんまりはしゃいじゃいけないわ！)

「……源蔵《げんぞう》さん……ごめんなさい。」

峰子《みねこ》さんが深々《ふかぶか》と頭《あたま》を下《さ》げた。

「源蔵《げんぞう》さんを断《ことわ》るなんて女《おんな》の子《こ》、あんまりいないでしょうね。でも、その……どうしても、あたし……。」

「いや、あやまることなんかじゃないよ。峰子《みねこ》さん。いや、そりゃ少々《しょうしょう》おどろいたけど、でも、うん、そうだな。大蔵《だいぞう》は誠実《せいじつ》で人《ひと》の気持《きも》ちを大事《だいじ》にする、とてもいいやつだ。でも、大蔵《だいぞう》はあんまり女《おんな》にモテるほうじゃない。あいつのよさをわかるなんて、さすが峰子《みねこ》さんだよ。しかし、大蔵《だいぞう》はきみの気持《きも》ちをわかってるのか？」

「いいえ。ぜんぜん気《き》がついてないと思《おも》います。」

「あいつは朴念仁《ぼくねんじん》だからな。このままだと、なかなか気《き》がつかないぞ。」

「そうですね……、それに、大蔵《だいぞう》さんは千香子《ちかこ》さんのことが好《す》きなのかも……なんて思《おも》ったりして。」

「……ううん。そいつはどうも、わからないな……。」

源蔵《げんぞう》さんが首《くび》をかしげたので、おっこは、また、どきん！　とした。

（そうだったわ！　峰子《みねこ》さんは大蔵《だいぞう》さんのことを好《す》きでも、大蔵《だいぞう》さんがどうなのか確《たし》かめなくっちゃ！）

「ぼくが大蔵《だいぞう》の気持《きも》ちを確《たし》かめてみようか？」

「いいえ！　それはいいんです。あたしのことをいつか好《す》きになってくれる日《ひ》が来《く》るように、がんばって、大蔵《だいぞう》さんにいいとこ見《み》せますから！」

峰子《みねこ》さんが、晴《は》れ晴《ば》れした笑顔《えがお》でそう言《い》ったので、源蔵《げんぞう》さんはものすごくしょっぱい梅《うめ》干《ぼ》しをかんだような、なんとも苦《にが》く切《せつ》ない顔《かお》になった。

「そうか……。きみらしいな。」

源蔵《げんぞう》さんは、いったん息《いき》をついたが、さっと顔《かお》を上《あ》げ、姿勢《しせい》を正《ただ》してこう言《い》った。

「では峰子《みねこ》さん。きみの気持《きも》ちがわかった以上《いじょう》、きみにぼくの気持《きも》ちを受《う》け入《い》れてくれとはもう言わない。だけど、ぼくはきみのことがこの先も好きだから、そのことは心に留めておいてくれ。そして、なにか、きみの心が変わるようなことがあれば……それから、ぼくにできることがあれば、いつでも言《い》ってきてくれ。いいね。」

「……はい。」

峰子《みねこ》さんがうなずいた。

「よかったよ。今《いま》のも断《ことわ》られたらどうしようかと思《おも》った。」

源蔵《げんぞう》さんがそう言《い》ったときだった。

「おーい！　源蔵《げんぞう》、峰子《みねこ》ちゃんもここにいたのか。伊蔵《いぞう》と千香子《ちかこ》さんの結婚式《けっこんしき》を早《はや》くしちまえって言《い》ってるんだ。さらさんとマックイーン少尉《しょうい》も、さっそく今後《こんご》のことを決《き》めるって、行《い》っちまったよ。いや、いっぺんに二組《ふたくみ》も結婚《けっこん》がまとまるなんてめでたいな！」

にこにことまぶしいような笑顔《えがお》で大蔵《だいぞう》さんが小屋《こや》の裏《うら》にまわってきた。

(大蔵《だいぞう》さん！)

そのとき、おっこのすぐ横《よこ》から、コンコンと小《ちい》さな音《おと》がした。

「チョコちゃん！」

見《み》ると、おっこの立《た》っているすぐ横《よこ》には窓《まど》があった。

その窓《まど》からチョコちゃんが顔《かお》をのぞかせ、ガラスをたたいていたのだ。

チョコちゃんは、峰子《みねこ》さんと大蔵《だいぞう》さんを、交互《こうご》に指《ゆび》さした。

(チョコちゃんも、さっきから心配《しんぱい》して見《み》ててくれていたのね!)

「わかったわ! すぐに調《しら》べる!」

おっこはチョコちゃんにそう言《い》うと、峰子《みねこ》さんの赤《あか》い糸《いと》を、いよいよ本気《ほんき》でぐいっ!と、魚釣《さかなつ》りのように思《おも》いきり引《ひ》っぱった。

「うあっ! なんだ!」

大蔵《だいぞう》さんが、とととっと前《まえ》のめりにおっこの前《まえ》にやってくると、どたん! とたおれた。

「いって!」

「まあ! どうしちゃったの!?」

峰子《みねこ》さんが、駆《か》けよって大蔵《だいぞう》さんを助《たす》け起《お》こした。

「なんだかわかんないんだけど、急《きゅう》に綱《つな》で引《ひ》っぱられた犬《いぬ》みたいに、ぐいぐい引《ひ》っぱられちまってな。どうしたんだろ。」

「ええ? 大蔵《だいぞう》さんが犬《いぬ》ですって? あっははは!」

峰子《みねこ》さんが大笑《おおわら》いした。

「こんな言《い》うことをきかない、やんちゃな犬《いぬ》を飼《か》う人《ひと》がいるかしらね？」

「ひでえなあ！　転《ころ》んでひざを打《う》ってるっていうのに。う。いて。」

「だから一番《ばん》に駆《か》けよって、こうして、起《お》こしてあげてるじゃないの！」

「うるせえ！　耳元《みみもと》でどなるなよ。」

「まあ、なによ！　もう！　あちこち土《つち》だらけよ！　飼《か》い犬《いぬ》じゃなくって、完全《かんぜん》に野良犬《のらいぬ》ね！」

ぱんぱん！　と、おこったように峰子《みねこ》さんが手《て》ぬぐいで、勢《いきお》いよく大蔵《だいぞう》さんの体《からだ》についた土《つち》をはたいて落《お》とした。

「いってえ！　もっとやさしくできないのかよ。」

「野良犬《のらいぬ》さんには、これでじゅうぶんよ！」

わあわあ言《い》いあう二人《ふたり》の姿《すがた》を見《み》ながら、おっこはじいーんと感動《かんどう》していた。

(よかった！　峰子《みねこ》さんと大蔵《だいぞう》さんは、ちゃんと結《むす》ばれていたんだわ。)

おっこは手首《てくび》にぐるぐる巻《ま》きつけていた糸《いと》をほどいた。おっこの足元《あしもと》に、ほどいた糸《いと》がいったんこんもりともりあがったかと思《おも》うと、それがすいっと短《みじか》くなり、峰子《みねこ》さんと大蔵《だいぞう》さんの指《ゆび》と指《ゆび》をまっすぐにつないだ。

その赤《あか》い糸《いと》はロープのように堂々《どうどう》と、太《ふと》く見《み》えた。

窓《まど》のほうをふりかえると、チョコちゃんもそれを見《み》ながら何度《なんど》もうなずいていた。

（よかった。峰子《みねこ》さん、心配《しんぱい》しなくてもだいじょうぶ。大蔵《だいぞう》さんも、峰子《みねこ》さんのこと大好《だいす》きだからね！）

「大蔵《だいぞう》。おまえ、峰子《みねこ》さんに飼《か》ってもらえ。でないといつまでも、野良犬《のらいぬ》のままだぞ。」

源蔵《げんぞう》さんがぼそっと、おこったような声《こえ》で言《い》った。

「源蔵《げんぞう》まで、おれを犬《いぬ》みたいに！」

「犬《いぬ》でいいんだよ。まあ、ぼくなんかは、飼《か》い主《ぬし》になりたいって希望者《きぼうしゃ》がたくさんいて、選《えら》べないからしかたなく野良犬的《のらいぬてき》な生活《せいかつ》になってるんだけどね。」

源蔵《げんぞう》さんがそう言《い》って、気《き》どって髪《かみ》を後《うし》ろになでつけたその手《て》を見《み》ると……。

（ああっ！　源蔵《げんぞう》さんの小指《こゆび》の赤《あか》い糸《いと》がめっちゃふえてる！）

おっこは、まるでこれから港《みなと》を出《で》る船《ふね》の、紙《かみ》テープでいっぱいの旅人《たびびと》の手《て》のように、たくさんの糸《いと》がのびている源蔵《げんぞう》さんの小指《こゆび》を見《み》てのけぞった。

その赤《あか》い糸《いと》は、四方八方《しほうはっぽう》にのび広《ひろ》がっていて、はるか遠《とお》くの山《やま》の向《む》こうや、空《そら》の上《うえ》にまで届《とど》いていた。

（さ、さすが源蔵《げんぞう》さん！　糸《いと》ののびる範囲《はんい》が広《ひろ》いわ！　でも、どうして急《きゅう》に糸《いと》がふえたのかしら……。あ、そうか。峰子《みねこ》さんにふられちゃった瞬間《しゅんかん》に、いろいろ……飼《か》い主希望《ぬしきぼう》の女《おんな》の子《こ》たちのことを思《おも》いだしたのね。引《ひ》く手《て》あまたどころじゃないわ。……まあ、源蔵《げんぞう》さん、気《き》の毒《どく》かなと思《おも》ったけど、これじゃあ、しょうがないわね。）

「あら。マックイーン少尉《しょうい》とさらさんがもどってきたわ。」

峰子《みねこ》さんが指《ゆび》さすほうを見《み》ると、二人《ふたり》が手《て》をつないで走《はし》ってきていた。

マックイーン少尉《しょうい》は、手《て》にカメラを持《も》っていた。

「ヘイ、エブリバディ！　ネンシャ、ネンシャ〜！」

「ネンシャ？」

意味不明《いみふめい》な言葉《ことば》に、三人《にん》の間《あいだ》に流《なが》れていた微妙《びみょう》な空気《くうき》が、一瞬《いっしゅん》でふきとんだ。

（ネンシャって、もしかしたら、心霊特番《しんれいとくばん》でやってた『念写《ねんしゃ》』のこと？　マックイーン少《しょう》尉《い》ってオカルト好《ず》きなのかしら。ウリ坊《ぼう》や美陽《みよ》ちゃんを紹介《しょうかい》できたらよかったかしら。っていうか、そもそも、あたしとチョコちゃんが、ここにいることが、怪奇現象《かいきげんしょう》だけど……。）

おっこは考《かんが》えつつ、小屋《こや》のなかのチョコちゃんを呼《よ》んだ。

「チョコちゃん！　ちょっと来《き》て。」

「エブリバディ！　ネンシャ～！」

マックイーン少尉《しょうい》は、カメラをふりまわしながら、峰子《みねこ》さんたちの間《あいだ》を、おどるように歩《ある》きまわった。

「チョコちゃん。ネンシャって、念写《ねんしゃ》のことかしら？　でも、この時代《じだい》に念写《ねんしゃ》なんてあったの？」

すると、チョコちゃんは、真剣《しんけん》な顔《かお》でうなずいた。

「もちろんだよ。そもそも念写《ねんしゃ》は、明治《めいじ》四十三年《ねん》に、福来博士《ふくらいはかせ》が実験《じっけん》をはじめたもので、霊能力《れいのうりょく》のある高橋貞子《たかはしさだこ》という人《ひと》とさらに実験《じっけん》を進《すす》め……。」

が、そこで、さらさんが、あわてたように、両手《りょうて》をふった。

「ちがいます。スティーブが言《い》いたかったのは、『念写《ねんしゃ》』じゃなくて『記念写真《きねんしゃしん》』です。」

「あ……。」

チョコちゃんは、はずかしそうに、あとずさった。

「ノーノーノー！　ミス・チョコリット！　もっと前《まえ》にでて。いっしょに、念写《ねんしゃ》をとーりましょう！」

あいかわらず『記念写真《きねんしゃしん》』と言《い》えないマックイーン少尉《しょうい》に、チョコちゃんといっしょに小屋《こや》から出《で》てきた伊蔵《いぞう》さんと千香子《ちかこ》さんも大笑《おおわら》いした。

「おお、みんな、そろったな。ようし、撮《と》ろう、撮《と》ろう！　おめでたい記念《きねん》に、念写《ねんしゃ》だ、念写《ねんしゃ》だ！」

大蔵《だいぞう》さんをはじめ、源蔵《げんぞう》さんも伊蔵《いぞう》さんも、子《こ》どもみたいに、大《おお》はしゃぎ。そんなみんなに、さらさんは、深々《ふかぶか》と頭《あたま》を下《さ》げた。

「本当《ほんとう》に……こうして彼《かれ》と気持《きも》ちを通《かよ》いあわせることができたのは、みなさんのおかげです。」

「いいえ、それはわたしもいっしょです。みんな、本当《ほんとう》にありがとう！」

千香子《ちかこ》さんも、感激《かんげき》の面持《おもも》ちで、みんなに深《ふか》く頭《あたま》を下《さ》げた。

「では、念写《ねんしゃ》は、ぼくが撮《と》ってあげよう。マックイーン少尉《しょうい》、これはどうやってピントを合《あ》わせるんですか？」

源蔵《げんぞう》さんがたずねた。

「ジャスト・クリック・ジス・ボタン。ソゥ・イージーね！」

「ふうむ、いいカメラだ。」

源蔵《げんぞう》さんとマックイーン少尉《しょうい》がレンズを向《む》けている場所《ばしょ》に、千香子《ちかこ》さんの背中《せなか》を押《お》して、大蔵《だいぞう》さんがいちばん先《さき》に向《む》かった。後《うし》ろには伊蔵《いぞう》さんもついてきている。

「写真《しゃしん》？　どうしてそんなの撮《と》るんだぞう？」

「いいからいいから。ほら。今日《きょう》の主役《しゅやく》は千香子《ちかこ》さんとおまえなんだから。まん中《なか》に来《き》て！　ほら千香子《ちかこ》さんもはずかしがってないで前《まえ》に出《で》て。」

そう言《い》って千香子《ちかこ》さんの肩《かた》を押《お》そうとしたとき、ぐらっと大蔵《だいぞう》さんの体《からだ》がかたむいた。

「あ！」

「まあ！」

大蔵《だいぞう》さんがつんのめって、転《ころ》びそうになったその体《からだ》を、千香子《ちかこ》さんがしっかり受《う》け止《と》め支《ささ》えた。

「OH《オー》！」

マックイーン少尉《しょうい》も同時《どうじ》にさけんだ。

「ち、千香子《ちかこ》さん、ありがとう。すまない！」

顔《かお》を赤《あか》くして大蔵《だいぞう》さんが、千香子《ちかこ》さんからぱっとはなれた。

「いいえ、どういたしまして。」

「今《いま》の、まちがって撮《と》ってしまったよ。」

源蔵《げんぞう》さんが言《い》った。

「ええ？　大蔵《だいぞう》さんが転《ころ》びそうになった写真《しゃしん》を？」

峰子《みねこ》さんがきいた。

「そうだ。千香子《ちかこ》さん、みかけによらず、たくましいんだな。大蔵《だいぞう》を支《ささ》えてびくともしなかったね。たいしたもんだよ。」

「まあ、そんな……。」

源蔵《げんぞう》さんの言葉《ことば》に、千香子《ちかこ》さんがはずかしそうにうつむいた。

「たくましい芋《いも》ねえちゃんで、うれしいぞう。」

伊蔵《いぞう》さんが言《い》い、ますます千香子《ちかこ》さんが照《て》れてほおを夕日《ゆうひ》の色《いろ》に染《そ》めた。

「あっ！」

おっこの横《よこ》でふいにチョコちゃんがさけんだ。

「チョコちゃん、どうしたの？」

「わかったわ。今《いま》の写真《しゃしん》よ！」

「え？」

「これよ！」

チョコちゃんが、魔《ま》ジタル・フォトフレームを取《と》り出《だ》し、なかの古《ふる》びた写真《しゃしん》をおっこに見《み》せた。

「あ、さっきの！」

そもそも、おっこが家《いえ》で見《み》つけてきた、チョコちゃんのおばあちゃんと、おっこのおじいちゃんの、アベック疑惑《ぎわく》の写真《しゃしん》だ。

すすけた小屋《こや》をバックに、大蔵《だいぞう》さんと千香子《ちかこ》さんが見《み》つめあって笑《わら》っている。大蔵《だいぞう》さんが千香子《ちかこ》さんの肩《かた》に手《て》を置《お》いて、その手《て》を千香子《ちかこ》さんがしっかりつかんでいる。

「さっきの大蔵《だいぞう》さんと千香子《ちかこ》さんの様子《ようす》は、このとおりだわ。そうか、このときの写真《しゃしん》だったのね。」

「仲良《なかよ》さそうに写《うつ》っていて心配《しんぱい》したけど、こういうことだったのね。ほっとしたわ。」

「チョコちゃん、じゃ、あの写真《しゃしん》は？　無智《むち》の滝《たき》であたしたちが写《うつ》っている写真《しゃしん》！」

「待《ま》って。今出《いまで》てくるから！」

魔《ま》ジタル・フォトフレームをじーっと見《み》ていると、すっと大蔵《だいぞう》さんと千香子《ちかこ》さんの写真《しゃしん》が消《き》えて、次《つぎ》の写真《しゃしん》が出《で》てきた。

「あっ！」

「わあっ！」

おっことチョコちゃんは同時《どうじ》に声《こえ》をあげた。

無智《むち》の滝《たき》の前《まえ》に立《た》っている、おっことチョコちゃんの姿《すがた》は、くっきりと写《うつ》っていた。

(大蔵《だいぞう》さんと峰子《みねこ》さん、伊蔵《いぞう》さんと千香子《ちかこ》さんの赤《あか》い糸《いと》がしっかり結《むす》ばれたから……。あたしとチョコちゃんがこの世《よ》から消《き》えちゃうってことは、これでなくなったんだわ。)

「……よかった。」

「……よかったね。」

おっこはチョコちゃんと握手《あくしゅ》しあった。

「乙子《おっこ》ちゃん、千洋子《ちよこ》ちゃん！　なにしてるの？」

声《こえ》がかかった。

「あなたたちも写真《しゃしん》に入《はい》ったら？」

見《み》ると、峰子《みねこ》さんと千香子《ちかこ》さんが手招《てまね》きしていた。

小屋《こや》を背《せ》にして、みんな仲良《なかよ》く並《なら》んでいる。

「せっかくだからいっしょに撮《と》ろう。」

「みんないっしょに写真《しゃしん》を撮《と》るなんて楽《たの》しいぞう。」

大蔵《だいぞう》さんと伊蔵《いぞう》さんも、そう言《い》ってくれた。

「イエース！　みんなでネンシャしましょう！　源蔵《げんぞう》さん、オーケーデスカぁ？」

「オーケー！　マックイーン少尉《しょうい》のカメラはじつにいいね。さ、みんな並《なら》んで！」

「はあい！　今行《いまい》きます！」

源蔵《げんぞう》さんの言葉《ことば》に、チョコちゃんは、元気《げんき》に返事《へんじ》をした。

「待《ま》って、チョコちゃん。」

おっこは、ゴスロリのそでを引《ひ》っぱった。

「過去《かこ》の世界《せかい》で写真《しゃしん》に写《うつ》ったりしたら、よくないんじゃないかしら。ほら、森川《もりかわ》さんに、注意《ちゅうい》されたでしょう？」

チョコちゃんは、はっとしたように、目《め》を大《おお》きく見開《みひら》いた。

「そうだった！　過去《かこ》の世界《せかい》にありえないものを残《のこ》してきちゃだめなんだったわ。」

おっこは、小屋《こや》の前《まえ》で並《なら》んで楽《たの》しげに話《はな》している、峰子《みねこ》さんや千香子《ちかこ》さん、大蔵《だいぞう》さん、伊蔵《いぞう》さん、マックイーン少尉《しょうい》とさらさんを見《み》た。源蔵《げんぞう》さんはしきりにカメラをいじっている。

「それじゃあ、チョコちゃん、みんなに、お別《わか》れを言《い》ってこよう。」

「そうだね。でも……。」

チョコちゃんが急《きゅう》に顔《かお》をくもらせた。

「急《きゅう》に帰《かえ》っちゃうには、なにか理由《りゆう》がいるよね。どうしよう……。」

「それは、あたしにまかせて。さ、行《い》こう。」

おっこは、チョコちゃんの手《て》を引《ひ》いて、みんなのほうに駆《か》けよっていった。

「峰子《みねこ》さん、千香子《ちかこ》さん、あたしたち急《きゅう》なことなんですけど、すぐに行《い》かなくちゃいけなくなりました。」

「え、行《い》くってどこに？」

「あの……花《はな》の湯温泉《ゆおんせん》からお迎《むか》えが来《き》て……。もともとそちらで働《はたら》くつもりだったんです。」

おっこのでまかせを、チョコちゃんは、ぽかんと聞《き》いている。

「まあ、そうだったの！　よかったわね、仕事《しごと》が見《み》つかって！」

峰子《みねこ》さんがうなずいた。

「千洋子《ちよこ》ちゃんもいっしょに行《い》くの？」

「はい。そ、その、あたしも花《はな》の湯温泉《ゆおんせん》で歌謡《かよう》ショーをさせてもらうことになって……。」

とっさに、話《はなし》を合《あ》わせるチョコちゃんの手《て》を、おっこは感心《かんしん》したように、ぎゅっと握《にぎ》った。

「あら、千洋子《ちよこ》ちゃんはやっぱり歌手《かしゅ》だったの？　その衣装《いしょう》も変《か》わってるけどステキよ。きっといつか人気《にんき》が出《で》るわ。」

千香子《ちかこ》さんが、チョコちゃんの手《て》を握《にぎ》ってはげました。

「あ、ありがとうございます。きっといつか、越冬《えっとう》からすちゃんみたいな歌手《かしゅ》になれるようがんばります。」

もうすっかりお芝居《しばい》モードに入《はい》ったチョコちゃんは、堂々《どうどう》とあいさつをしている。

「それじゃ、伊蔵《いぞう》さん、大蔵《だいぞう》さん、源蔵《げんぞう》さんも、ありがとうございました。」

「あたしたち、これでおいとまします。お世話《せわ》になりました。」

「写真《しゃしん》に入《はい》らないのか？」

源蔵《げんぞう》さんがきいてきた。

「お迎《むか》えの人《ひと》を待《ま》たせてはいけませんので。」

おっこがこたえると、ふうん、と源蔵《げんぞう》さんがおっこを見《み》つめてこう言《い》った。

「まあ、あんたなら、どこの旅館《りょかん》に行《い》ってもやっていけるよ。峰子《みねこ》さんより、よほどしっかりしてるからな。」

「あたしがですか？」

おっこはびっくりしてしまった。

「そうだ、きっといいおかみになる。」

「ありがとうございます。源蔵《げんぞう》さんもきっと、ものすごくりっぱで豪華《ごうか》でおしゃれで、大《おお》きな温泉旅館《おんせんりょかん》のオーナーになられると思《おも》います。」

おっこがそう言《い》うと、源蔵《げんぞう》さんが、おやっと目《め》をぱちぱちさせた。

「へえ、おもしろいこと言《い》うな。ぼくは旅館《りょかん》なんて作《つく》る気《き》はなかったけれど、そういう旅《りょ》館《かん》なら作《つく》ってもいいな。……まあ、元気《げんき》で。」

おっこは源蔵《げんぞう》さんと握手《あくしゅ》した。赤《あか》い糸魔法《いとまほう》は消《き》えてしまったのか、源蔵《げんぞう》さんの小指《こゆび》からつながる、たくさんの赤《あか》い糸《いと》はもう見《み》えなかった。

「伊蔵《いぞう》さん、千香子《ちかこ》さん、マックイーン少尉《しょうい》、さらさん、末長《すえなが》くお幸《しあわ》せに！」

「サンキュー、ガールズ！」

「ありがとう！　乙子《おつこ》ちゃん、千洋子《ちよこ》ちゃん、いつでもまた栗林旅館《りつりんりょかん》に遊《あそ》びに来《き》てね！」

「そうだ。こっちから花《はな》の湯温泉《ゆおんせん》に遊《あそ》びに行《い》ってもいいな。」

大蔵《だいぞう》さんが、ぽんと手《て》を打《う》った。

「それがいいわ！」

「みんなで行《い》ったら楽《たの》しいでしょうね。」

「でも、今《いま》は芋作《いもづく》りでいそがしいぞう。」

「伊蔵《いぞう》と千香子《ちかこ》さんも、干《ほ》し芋作《いもづく》りが落《お》ちつく季節《きせつ》になったら、行《い》ったらいいじゃないか。」

「マックイーン少尉《しょうい》も、さらさんと新婚旅行《しんこんりょこう》でどう？」

「オウ！　ナイスアイディア！　ハニムーンに温泉《おんせん》で、ホット・ハニムーンですね〜。」

「すてきだわ。」

みんな、その案《あん》にまたもりあがった。

「楽《たの》しみにしてます！」

おっこはそう言《い》いながら、ずきんと胸《むね》がうずいた。

峰子《みねこ》さんには、おばあちゃんとして、すぐにまた会《あ》える。源蔵《げんぞう》さんもそうだ。真月《まつき》のおじいさんとして、秋好旅館《しゅうこうりょかん》のオーナーとして話《はな》すことはできる。伊蔵《いぞう》さんや千香子《ちかこ》さんだって、チョコちゃんにお願《ねが》いしたら、チョコちゃんのおじいさんおばあさんとしてきっとまた会《あ》える。でも……。

（大蔵《だいぞう》さん……おじいちゃんにはもう、これきり会《あ》えないんだ。）

おっこが八歳《さい》のときに亡《な》くなっている大蔵《だいぞう》さんとは、もう二度《にど》と話《はな》すことはないのだ。

「じゃあな！　きっとみんなを連《つ》れて遊《あそ》びに行《い》くから、花《はな》の湯温泉《ゆおんせん》についたら、はがきでもくれよ。」

「はい……。」

（さよなら。おじいちゃん。会《あ》えてよかった……。）

「楽《たの》しみだな！　みんなでよその温泉《おんせん》なんてさ。」

「きっといい勉強《べんきょう》になるわ。」

「おや、峰子《みねこ》ちゃん、温泉《おんせん》に勉強《べんきょう》に行《い》くのかい？」

「峰子《みねこ》ちゃんは、温泉旅館《おんせんりょかん》のおかみさんになりたいって夢《ゆめ》があるのよ。」

「へえ、そうだったか！」

またわいわいと、新《あたら》しい話題《わだい》で夢中《むちゅう》になっているみんなから、おっこは、そーっと後《あと》ずさりしてはなれた。

「おっこちゃん、行《い》こうか。」

先《さき》に少《すこ》しはなれておっこを待《ま》っていたチョコちゃんが、そう言《い》った。

おっこは、だまってうなずいた。

「じゃあ、行《い》くよ。いい？」

チョコちゃんが魔《ま》ジタル・フォトフレームを取《と》り出《だ》した。

「うん。」

チョコちゃんが、フレームについている『ホーム』のボタンを押《お》した。

すると、おっことチョコちゃんが、ちょっとおどろいた顔《かお》をしてこちらを見《み》ている写真《しゃしん》が出《で》てきた。

「さ、森川《もりかわ》さんのお店《みせ》で撮《と》ってもらった写真《しゃしん》だよ。今《いま》からこの場所《ばしょ》にもどるからね。」

チョコちゃんはそう言《い》うと、魔法《まほう》の呪文《じゅもん》を唱《とな》えた。

「ルキウゲ・ルキウゲ・エントラーレ！」

## 11　思《おも》いもよらないお客《きゃく》さま

目《め》の前《まえ》が、モヤモヤ～っとしたと思《おも》ったら、黒《くろ》くて太《ふと》くて、古《ふる》ーい大黒柱《だいこくばしら》があらわれた。

その周《まわ》りには、ガラスケースがいくつか並《なら》んでる。なかには、えんぴつ、シャープペンシル、ボールペン、折《お》り紙《がみ》に、定規《じょうぎ》に、ノートがずらり。

ついでに、茶色《ちゃいろ》の小《ちい》さなおかまも。これは、かまめしの入《い》れもの……。

さすがは『モリカワ』。人間《にんげん》の小学生向《しょうがくせいむ》け文房具《ぶんぼうぐ》と、黒魔女《くろまじょ》グッズのかまめしの入《い》れものが並《なら》んでいるのは、たぶんここだけです。

と、感心《かんしん》していると、お下《さ》げ髪《がみ》にパフスリーブワンピの女《おんな》の子《こ》が、飛《と》び出《だ》してきた。

「おっこちゃん！　チョコちゃん！」

「森川《もりかわ》さん、ただいま、もどりました！」

おっこちゃん、顔《かお》を輝《かがや》かせて、おじぎしています。ほんとに礼儀正《れいぎただ》しいね。

「本当《ほんとう》にありがとうございました。おかげで、おじいちゃんに会《あ》うことができま……。

わっ、森川《もりかわ》さん、だいじょうぶですか？」

おっこちゃんがあわてて、腕《うで》をさしのべた。それもそのはず、森川《もりかわ》さん、床《ゆか》にぺたんと座《すわ》りこんで、肩《かた》で息《いき》をしてるんだもの。ど、どうしたの？

「だって、あなたたちのことが心配《しんぱい》で心配《しんぱい》で……。見《み》て、これ。」

森川《もりかわ》さんは、よろよろと立《た》ち上《あ》がりながら、あたしたちに向《む》かって、手《て》をつき出《だ》した。指《ゆび》の間《あいだ》にあるのは、小《ちい》さな棒《ぼう》のようなもの。

なんですか、こりは？

「バッテリーよ。魔《ま》ジタル・フォトフレームに電気《でんき》を送《おく》る、電池《でんち》。」

電池《でんち》？　ってことは、これなしでは、魔《ま》ジタル・フォトフレームは動《うご》かないってこと？　でも、ちゃんと動《うご》いてたよ。森川《もりかわ》さんも、あたしたちが、六十年《ねん》まえの世界《せかい》に行《い》くところ、目《め》の前《まえ》で見《み》たでしょう？

「それは、予備《よび》の内蔵電池《ないぞうでんち》が入《はい》っているからよ。でも、このバッテリーがなければ、長《なが》くは動《うご》かないの。それが、裏口《うらぐち》に落《お》ちていたから、あたし、心臓《しんぞう》が止《と》まるかと思《おも》ったわ。」

ええっ？　じゃあ、おっこちゃんとあたし、もう少《すこ》しで、六十年《ねん》まえの世界《せかい》から、もどってこられないところだったってこと？

森川《もりかわ》さん、しっかりしている人《ひと》なのに。でも、そういう人《ひと》にかぎって、ものすごーく大《だい》事《じ》なところで、とんでもないポカをやるらしいよね。

「とんでもないわ。このバッテリーは、最初《さいしょ》から魔《ま》ジタル・フォトフレームに入《はい》っていたの。あたしは、ぬいたおぼえなんてないわ。」

おっこちゃんの顔《かお》が急《きゅう》に真剣《しんけん》になった。

「そ、それじゃあ、だれかが、わざとバッテリーをぬいたってことですか？　チョコちゃんとあたしを、六十年《ねん》まえの世界《せかい》に置《お》き去《ざ》りにするために？」

「そういうことになるわね……。」

なんですって！　そんな、あたしたち、だれかにうらまれるようなことはしてないけど。

あたしたち三人《にん》が、おもわず、だまりこんだとき。

ガラガラッ。

お店《みせ》のガラス戸《ど》が、乱暴《らんぼう》に開《あ》く音《おと》がした。

「森川先輩《もりかわせんぱい》！　どうしましょう、ギュービッド先輩《せんぱい》、どこにもいないんです！　おねえちゃんとおっこちゃん、むかしの世界《せかい》に行《い》ったまま、帰《かえ》れない……。あ！」

飛《と》びこんできたのは、黒革《くろかわ》ハイネック・ノースリワンピの桃花《とうか》ちゃん。

「おねえちゃんたち、無事《ぶじ》だったんですか？　よ、よかったぁ。」

おっこちゃんとあたしの姿《すがた》に、ピンクの瞳《ひとみ》が、きらきら光《ひか》ってる。

「そうなのよ、桃花《とうか》。チョコちゃんたち、無事《ぶじ》にもどってきたの。だから、ギュービッドのことはもういいわ。」

森川《もりかわ》さん、ギュービッドのことって？

「だって、六十年《ねん》まえの世界《せかい》へ、あなたたちをさがしに行《い》くには、ギュービッドの力《ちから》が必要《ひつよう》だもの。だから、このバッテリーが落《お》ちているのを見《み》つけたとき、ギュービッドをさがしてって、桃花《とうか》に連絡《れんらく》したのよ。」

「ギュービッド先輩《せんぱい》の実力《じつりょく》なら、おねえちゃんの居所《いどころ》をつきとめることもできるはずですからね。でも、よかったです、無事《ぶじ》にもどってこられて……。」

桃花《とうか》ちゃんまで、へなへなとしゃがみこんじゃったよ。

おっこちゃんも、魔《ま》ジタル・フォトフレームの黒《くろ》い画面《がめん》を見《み》つめて、しみじみ。

「そ、そうだったんですか。そこまでみなさんに心配《しんぱい》をおかけして……ごめんなさい。それにしても、チョコちゃん、あたしたち、本当《ほんとう》にあぶなかったのね。」

ほんと。内蔵電池《ないぞうでんち》、ぎりぎりで間《ま》に合《あ》ったんだね。もうちょっとおそかったら、今《いま》ごろ、若《わか》き日《ひ》のおじいちゃん、おばあちゃんたちの前《まえ》で、途方《とほう》にくれていたんだよ。

「は？　おねえちゃん、なに言《い》ってるんですか？」

だから、予備《よび》の内蔵電池《ないぞうでんち》がぎりぎりもったから、よかったって。ねえ、おっこちゃん。

「ええ。あたしたち、森川《もりかわ》さんに言《い》われたとおり、『ホーム』ボタンを押《お》して、出発《しゅっぱつ》まえにここで写《うつ》した写真《しゃしん》を画面《がめん》に出《だ》したんです。」

「そうそう。それで、あたしは『画面《がめん》に入《はい》れる魔法《まほう》』の呪文《じゅもん》を唱《とな》えたんだよ。『ルキウゲ・ルキウゲ・エント……。』」

「なんそなかば！　じゃなかった、そんなバカな！」

森川《もりかわ》さんと桃花《とうか》ちゃん、声《こえ》をそろえて、とびあがった。

「あなたたち、それ、見《み》まちがいでしょう！」

「そうですよ、おねえちゃん。内蔵電池《ないぞうでんち》は、三十分《ぷん》しかもたないんですよ！」

ええっ！

あたしとおっこちゃんは、顔《かお》を見合《みあ》わせた。

「で、でも、たしかに、魔《ま》ジタル・フォトフレームは……。」

うん。作動《さどう》していた……。

今度《こんど》は、森川《もりかわ》さんと桃花《とうか》ちゃんが、顔《かお》を見合《みあ》わせた。

「どういうこと、桃花《とうか》？　チョコちゃん、時間移動魔法《じかんいどうまほう》を完全《かんぜん》マスターしたのかしら？」

「それはありえません。おねえちゃんは、まだ三級黒魔女《きゅうくろまじょ》さんです。ピンポイントでの時《じ》間移動《かんいどう》ができるようになるのは、まだまだ先《さき》ですよ。だいたい、50＋50＝１００だなんて、わけのわからないことを言《い》ってるぐらいですから。」

あのう、50＋50＝１００で、合《あ》ってるんですけど。

「となると、これには、なにか大《おお》きな陰謀《いんぼう》がかくされているのかもしれないわね。」

声《こえ》をひそめる森川《もりかわ》さんに、おっこちゃんの顔《かお》が青《あお》ざめていく。

「い、陰謀《いんぼう》？　そ、そ、そんな……。」

「でも、そうとしか考《かんが》えられないわ。だって、何者《なにもの》かが、ここに忍《しの》びこんで、魔《ま》ジタル・フォトフレームのバッテリーをぬきとったのよ。そして、黒魔法《くろまほう》がつかえないはずのあなたたちを、黒魔法《くろまほう》でここへ連《つ》れもどした……。」

けわしい目《め》の森川《もりかわ》さんに、桃花《とうか》ちゃんがうなずいた。

「これは警告《けいこく》ではないでしょうか。黒魔女修行《くろまじょしゅぎょう》なしで、時間移動《じかんいどう》ができる魔《ま》アイテムを開《かい》発《はっ》した、森川先輩《もりかわせんぱい》への警告《けいこく》……。」

「……だとしたら、黒魔女《くろまじょ》しつけ協会《きょうかい》がからんでいるのかも。いや、すばやく情報《じょうほう》を察知《さっち》した、グラシュティグ会長《かいちょう》が、いてもたってもいられず、じきじきに警告《けいこく》を……。」

「そ、それはまずいですよ、先輩《せんぱい》。グラシュティグ会長《かいちょう》は、火《ひ》の国《くに》の王《おう》プルトンさまのお妹《いもうと》ぎみ。一刻《いっこく》も早《はや》く、ごめんなさいを言《い》いに、魔界《まかい》へ行《い》ったほうが……。」

はあ？　グラシュティグさんが、国王《こくおう》さまのお芋《いも》？

「チョコちゃん、お芋《いも》じゃなくて、お妹《いもうと》ぎみ。妹《いもうと》ってことよ。」

へえっ！　たしかに、すごく高貴《こうき》な感《かん》じはしたけど、まさか王《おう》さまの妹《いもうと》だなんて！

「おねえちゃん、知《し》らなかったんですか？　おっくれてるぅ！」

桃花《とうか》ちゃん、深刻《しんこく》な話《はなし》をしているときに、そのつっこみはやめてください。

それより、どうしよう。あたしたちのために、森川《もりかわ》さんが、王《おう》さまのお芋《いも》、じゃなかった、お妹《いもうと》ぎみにしかられるなんて、あたし、かなり心《こころ》が痛《いた》みます……。

と、そのとき。

「……おいもぅとの相性《あいしょう》なんだよっ。やっぱ、大事《だいじ》なのは、そこだぜ！」

お店《みせ》の外《そと》で、大《おお》きな声《こえ》がしたけど、なに？

「そうですよね～。なんてったって、おいもうとの相性《あいしょう》がばつぐんですね、これ！」

くぐもった声《こえ》が、だんだん近《ちか》づいてくる。でも、なにを言《い》ってるの？

「チョコちゃん、なんか『お妹《いもうと》』がどうのって、今聞《いまき》こえたけど。」

おっこちゃんの言葉《ことば》に、森川《もりかわ》さんと桃花《とうか》ちゃんの顔《かお》がひきつった。

「どうしよう！　グラシュティグ会長《かいちょう》の家来《けらい》のかたが、あたしを逮捕《たいほ》にきたのかも！」

そ、それは大変《たいへん》だよ！　とにかく、どこかにかくれるか、逃《に》げるかしなよっ。

おっこちゃんも、力強《ちからづよ》くうなずいた。

「森川《もりかわ》さん、あたし、お客《きゃく》さまの応対《おうたい》には慣《な》れているんです。森川《もりかわ》さんは今《いま》お出《で》かけ中《ちゅう》ですとかなんとか、うまく話《はなし》をしておきますから！」

「でも、それじゃあ、おっこちゃんにもめいわくをかけることに……。」

「なにを言《い》ってるんですか、先輩《せんぱい》！　いいから、こっちへ……。」

桃花《とうか》ちゃんが森川《もりかわ》さんの手《て》を引《ひ》っぱった。

ガラガラッ。

「おい！　森川《もりかわ》！」

あちゃあ、おそかった……。

「こんにちは～。おじゃましますよぉ。」

はあ？　なんか、会長《かいちょう》さんの家来《けらい》のかたにしては、やけにフレンドリーな感《かん》じ……。

「ギュービッドさまじゃないですか！」

ひとあし先《さき》にお店《みせ》に飛《と》び出《だ》していったおっこちゃんが、大《おお》きな声《こえ》をあげた。

「それに鈴鬼《すずき》くんも！　ま……。鈴鬼《すずき》くん、真《ま》っ赤《か》になっちゃって。ひょっとしてお酒《さけ》を飲《の》んでるの？」

ギュービッドさまに鈴鬼《すずき》くん？

あわてて、駆《か》けつけると、そこには、真《ま》っ赤《か》な顔《かお》でへらへら笑《わら》ってる二人《ふたり》がいた。

「よっ、チョコ！　元気《げんき》か？」

「おつかれさまれひた～、三級黒魔女《きゅうくろまじょ》さまにばかおか……いえ若《わか》おかみさま。あら、ピンクふらわーブロッ！　サムお嬢《じょう》さまも、おひさしぶりれす～。ひっく。」

うわっ、ほんとに、二人《ふたり》とも、完全《かんぜん》に酔《よ》っぱらってるよ……。

「先輩《せんぱい》！　いったいどこに行《い》ってたんですか？　ずいぶんさがしたんですよ。」

「おう、桃花《とうか》～。あたしがどこへ行《い》ってたかだと？　ええっと、どこだったっけ……。」

「やらなぁ、ヒューヒットさま。『イモだクリです旅《たび》サラダ』に行《い》ったんじゃないれすか。」

はあ？　なんか、テレビの旅行番組《りょこうばんぐみ》みたいなこと、言《い》ってるけど。

「おお、そうだ。鈴鬼《すずき》、おまえ、なかなか頭《あたま》がいいな。」

だめです。この黒魔女《くろまじょ》と魔物《まもの》、完全《かんぜん》にこわれてます……。

「ちょっと！　鈴鬼《すずき》くん！　だめじゃない、こんなに酔《よ》っぱらっちゃってみっともない。みなさんすいません！　すぐに春《はる》の屋旅館《やりょかん》に連《つ》れて帰《かえ》りますから。そうだ、森川《もりかわ》さん、バケツにいっぱいお水《みず》をいただけますか？　頭《あたま》からひっかけたら正気《しょうき》にもどるかも。それとも角《つの》を根《ね》っこからねじるといいかしら？」

おっこちゃん……。なぜ、鈴鬼《すずき》くんにだけ、そんなにきびしいんでしょうか。

「うわ、角《つの》は敏感《びんかん》なんれすからよしてくださいよう。おこらないでくらさい。いいものさしあげますからね。ひいっく。おっこさまチョコさま、美《うつく》しい二人《ふたり》の黒魔女《くろまじょ》さまがた。これ、おみやげれす〜。」

鈴鬼《すずき》くんは、樽《たる》のようなおなかに巻《ま》きつけた、大《おお》きなびんを、ペンなどが並《なら》んだガラスのケースの上《うえ》に、どすんと置《お》いた。

「これ、馬上栗《ばじょうぐり》で作《つく》った『馬上栗焼酎《ばじょうぐりしょうちゅう》』れす。これがうまいの、うまくないのって

馬上栗焼酎
馬上栗焼酎

「……。」

「うまいのか、うまくないのか、どっちなんですか？」

桃花《とうか》ちゃん、そんなところで、つっこみを入《い》れないでください。

「うまいんれすっ！　ぼくとヒューヒットさまを見《み》れば、おわかりれしょ。」

鈴鬼《すずき》くんは、ギュービッドの黒革《くろかわ》コートに手《て》をつっこんだ。

「おみやげは、まらまら、ありますよ、ひっく！」

それから、ガラスケースの上《うえ》に、箱《はこ》が並《なら》ぶ並《なら》ぶ。

『馬上栗《ばじょうぐり》で作《つく》った「魔《ま》ロングラッセ」』、『馬上栗《ばじょうぐり》で作《つく》った「魔《ま》ロンケーキ」』、『いっしょに炊《た》くだけ「馬上栗《ばじょうぐり》の魔女栗《まじょくり》おこわ」』……。

ちょっと待《ま》て。これ、ぜんぶ、幻《まぼろし》の栗《くり》といわれる『馬上栗《ばじょうぐり》』じゃないの……。

「アホ、バカ、マヌケ、おたんこなす、すっとこどっこい、チャコちゃん、ケンちゃん、イモねえちゃん！」

あたしは、チャコじゃなくて、チョコです！　っていうか、ケンちゃんってだれ？

「オバケちゃん！　じゃないおバカちゃん！　そんなことはどうでもいいんだよっ。それよりこれを見《み》ろ！　魔界一心《まかいいちごころ》づかいのこまやかな黒魔女《くろまじょ》のあたしが、馬上栗《ばじょうぐり》のほかに干《ほ》し芋《いも》も買《か》ってきたとは、お釈迦《しゃか》さまでもわかるめぇ！」

もう、なにを言《い》ってるのかさえ、わかりません……。

「この干《ほ》し芋《いも》、どこかで見《み》たような気《き》がする……。うーん、おいしそうだわ。」

ぽかんとするあたしの横《よこ》から、おっこちゃんの手《て》がのびてきたかと思《おも》うと、袋《ふくろ》を開《あ》け、ひときれ、お口《くち》のなかへ。

「うんうん、やわらかい！　口《くち》のなかにあまさがふわっとひろがるわあ。ひかえめで、しつこくなくて、それでいて、芯《しん》の強《つよ》いあまさがいいわね……。このおいしさは……。」

料理《りょうり》マンガみたいなセリフをはくおっこちゃんに、鈴鬼《すずき》くんがにんまりとした。

「そうれす～。これぞ、茨城《いばらき》の干《ほ》し芋《いも》。そんじょそこらのお店《みせ》では手《て》に入《はい》らない、茨城《いばらき》まで足《あし》をのばしてこそ味《あじ》わえる、極上《ごくじょう》の干《ほ》し芋《いも》れす、ひっく。」

「やっぱりそうよ、チョコちゃん。この干《ほ》し芋《いも》の黄金色《こがねいろ》の輝《かがや》きを見《み》て。これはまぎれもなく、伊蔵《いぞう》さんの作《つく》った干《ほ》し芋《いも》よ！」

ぬわんですとぉ！　伊蔵《いぞう》さんの干《ほ》し芋《いも》、そして、馬上栗《ばじょうぐり》……。

むむむ、もしや……。

……わかった！　三級黒魔女《きゅうくろまじょ》さんの黒鳥千代子《くろとりちよこ》には、すべての謎《なぞ》が解《と》けました！

「な、なんだよ……。」

あたしににらまれて、酔《よ》っぱらいギュービッドの顔《かお》から、赤《あか》みが、すっと消《き》えた。

「魔《ま》ジタル・フォトフレームから、バッテリーをぬいたの、ギュービッドさまでしょ！」

ギュービッドは、おっこちゃんとあたしが、魔《ま》ジタル・フォトフレームをつかって、六十年《ねん》まえの世界《せかい》に行《い》く話《はなし》を、ぬすみ聞《ぎ》きしていたのよ。そんなの、黒魔法《くろまほう》『地獄耳魔法《じごくみみまほう》』をつかえば、かんたんだもの。ルキウゲ・ルキウゲ・エスクチャーレって唱《とな》えれば、一発《いっぱつ》です。

「ぼくは、魔界《まかい》から『危機耳頭《ききみみず》きん』を持《も》ってきましたあ。」

「こ、こら、鈴鬼《すずき》、よけいなことを言《い》うんじゃない！」

だまらっしゃい！

「ギュービッドさま、もう、正直《しょうじき》に言《い》ったらどうなの？」

ギュービッドの計画《けいかく》をまとめると、きっとこうだよ。
一　ギュービッドは、六十年《ねん》まえの世界《せかい》に、馬上栗《ばじょうぐり》があることを、つきとめた。
一　おっこちゃんとあたしも、六十年《ねん》まえの世界《せかい》に行《い》こうとしていることも、ぬすみ聞《ぎ》きした。

――そこで、あたしたちにくっついて、時間移動《じかんいどう》した。

「でも、チョコちゃん、どうしてあたしたちといっしょに？　ギュービッドさまなら、自分《じぶん》の力《ちから》で好《す》きな時代《じだい》に移動《いどう》できるんじゃない？」

移動《いどう》だけならね。でも、馬上栗《ばじょうぐり》を手《て》に入《い》れるには、あたしのおばあちゃん、つまり千香子《ちかこ》さんの居場所《いばしょ》をつきとめなくちゃいけないの。だって、まえに、馬上栗《ばじょうぐり》のことをおばあちゃんに質問《しつもん》したら、そういうの、聞《き》いたことがあるって言《い》ってたもの。

「たぶん、それを手《て》がかりに、馬上栗《ばじょうぐり》は、六十年《ねん》まえ、おばあちゃんがいたところにあると、にらんだのよ。そうでしょ、ギュービッドさま？」

あたしがギュービッドにせまったら、特大《とくだい》ミートボールみたいな頭《あたま》が、わりこんできた。

「ちがいます〜。それをつきとめたのは、ぼくなんれす〜。おいしいお酒《さけ》をもとめているうち、幻《まぼろし》の栗《くり》で作《つく》った焼酎《しょうちゅう》のうわさを聞《き》きまして。もしや、これこそ、ギュービッドさまがさがしている『馬上栗《ばじょうぐり》』ではないかと、いろいろ調《しら》べたところ、なんと六十年《ねん》まえにあったものと判明《はんめい》しまして。それで、さっそく、お知《し》らせしたわけれす、ひっく。」

「鈴鬼《すずき》！　だまってろって、言《い》っただろ！」

ギューピッドさま、あわてても、おそいです。

そうか、それで、あたしとおっこちゃんのあとをつけたんだね。

「というかれすね〜、おっこさんが、千香子《ちかこ》さんと大蔵《だいぞう》さんのツーショット写真《しゃしん》を見《み》つけるように、しくんだのも、ぼく！　というわけれして、ひっく。それに、まんまとひっかかったのも、ま、ぼくの計画《けいかく》どおりってわけー。ふっふふー。」

これには、おっこちゃんも、あぜん。

「鈴鬼《すずき》くん！　それじゃあ、春《はる》の屋《や》の物置《ものおき》のすみから、この写真《しゃしん》が出《で》てきたのは、ぐうぜんじゃなかったの。」

「♪うまい酒《さけ》のためなら、えんやこーらー。ギューピッドさまのためなら、えんやこーらー。なんちって。ひっく。」

あきれた……。ギューピッドがギューピッドなら、鈴鬼《すずき》くんも鈴鬼《すずき》くんです。

「でも、チョコちゃん、もう一つ質問《しつもん》があるの。なぜ、ギューピッドさまは、魔《ま》ジタル・フォトフレームのバッテリーを、ぬいたの？」

それはかんたんです。

馬上栗《ばじょうぐり》が見《み》つからないうちに、あたしたちにさっさと帰《かえ》られたら、困《こま》るからよ。

でも、エロエースのおじいちゃんが栽培《さいばい》してた馬上栗《ばじょうぐり》を手《て》に入《い》れたところで、目標達成《もくひょうたっせい》。ギュービッドは、あたしたちに時間移動魔法《じかんいどうまほう》をかけて、連《つ》れもどしたの。でも、なにも知《し》らないあたしたちは、魔《ま》ジタル・フォトフレームの力《ちから》だと思《おも》ってた……。

「どう、ギュービッドさま。ぜんぶ、バレバレで、ギューの音《ね》もあげられないでしょ！」

「おねえちゃん、それを言《い》うなら、ぐうの音《ね》もあげられない、ですよ。」

桃花《とうか》ちゃん、せっかく、びしっと決《き》めたつもりなのに、水《みず》をささないでください……。

「ふん、なあにが、びしっと決《き》めただよ。なあんにも、わかってないくせに！」

なによ、ギュービッドさま。逆《ぎゃく》ギレ？

「ちがうって。あたしが、バッテリーをぬいたのには、もっと深《ふか》～いわけがあるの。」

深《ふか》いわけ？

「そ。おまえたちに、さっさと帰《かえ》られたら、ごっこ遊《あそ》びができないだろっ。」

ごっこ遊《あそ》びぃ？

「そうです。ふたつのごっこ遊《あそ》び、楽《たの》しかったれすよ～。」

鈴鬼《すずき》くんまで、なによ？

「ごっこ遊《あそ》び、その一ぃ。『バック・トゥ・ザ・フューチャー』ごっこぉ！」

『バック・トゥ・ザ・フューチャー』？　ま、まさか……。

それじゃあ、無智《むち》の滝《たき》の記念写真《きねんしゃしん》で、おっこちゃんとあたしの姿《すがた》が、うすくなったり濃《こ》くなったりしたのは、ギュービッドたちのしわざ……。

「楽《たの》しかったぜ。おまえたち、あわてて青《あお》くなったり、ほっとして血《ち》の気《け》がもどったり、信号《しんごう》みたいでさ、ギヒヒヒヒ！」

あ、ありえん……。いくら黒魔女《くろまじょ》とはいえ、ここまで性悪《しょうわる》だなんて、ありえん……。

「ごっこ遊《あそ》びその二ぃ。『細《ほそ》うで繁盛記《はんじょうき》』ごっこぉ！」

鈴鬼《すずき》くんが、高《たか》らかに声《こえ》をあげたとたん、おっこちゃんが、ひっ、と、息《いき》をのんだ。

「ま、まさか、仲居頭《なかいがしら》の窮美《ぎゅうび》さんと、番頭《ばんとう》の豆頭木《ずずき》さんは、ギュービッドさまと鈴鬼《すずき》くんだった……ってこと⁉」

なんですって？　いや、たしかに、窮美《ぎゅうび》さんのいじわるさといい、豆頭木《ずずき》さんのスーパーいいかげんなコロコロぶりといい、たしかに、ギュービッドと鈴鬼《すずき》くんそのものだよ。

でも、その『細《ほそ》うで繁盛記《はんじょうき》』ごっこって、いったい……。

「そういう旅館《りょかん》ドラマがあったのよ、あたしたちが生《う》まれるまえの古《ふる》いドラマで。」

おっこちゃん、急《きゅう》に目《め》を輝《かがや》かせてる。

「おばあちゃんが見《み》ていて、よく話《はな》してくれたの。伊豆《いず》の古《ふる》い旅館《りょかん》の若《わか》いおかみのお話《はなし》なんだけど、身内《みうち》にいじめられるシーンが、すごく人気《にんき》になったんだって。」

なんだか、ずいぶんと、暗《くら》そうなドラマです……。

「でも、そのセリフが、とってもおもしろかったんだそうよ。『犬《いぬ》にやる飯《めし》はあっても、おみゃーらにやる飯《めし》はにゃーだで！　さっさと出《で》ていくずらあ！』とかって。」

あ、それ、栗林旅館《りつりんりょかん》を追《お》い出《だ》されるとき、窮美《ぎゅうび》さんに言《い》われたセリフ……。

「今《いま》ごろ気《き》がついたか。おみゃー、ほんとに、血《ち》のめぐりの悪《わる》い黒魔女《くろまじょ》だで！」

ぬおうっ。そんなことのために、あたしたちを、危険《きけん》な目《め》にあわせるなんて。

人《ひと》でなし！　悪魔《あくま》！　鬼《おに》！

「あたしは、人《ひと》じゃないだで。悪魔《あくま》と言《い》われるのは、光栄《こうえい》だで。」

「ぼくは、鬼《おに》だで～。ひっく。」

も、森川《もりかわ》さん、なんとか、言《い》ってください。森川《もりかわ》さんの力作《りきさく》にいたずらをしたうえに、弟子《でし》のあたしと、なんの罪《つみ》もない人間《にんげん》のおっこちゃんを、あんなにあぶない目《め》にあわせたんですよ。

「まあまあ、チョコちゃん。そんなにギュービッドのことを、おこらないで。」

はあ？　なんか、森川《もりかわ》さん、グラシュティグ会長《かいちょう》にしかられるんじゃないとわかったら、急《きゅう》に、のんびり黒魔女《くろまじょ》さんになってません？

「そうですよ、おねえちゃん。最初《さいしょ》から、先輩《せんぱい》のしくんだことなら、危険《きけん》なことはなかったんだし、実際《じっさい》、こうして無事《ぶじ》にもどってこられたんですから、いいじゃないですか。」

桃花《とうか》ちゃんまで、なによ。いったい、どうして、そんなにやさしく……。

「チョコちゃん……、お二人《ふたり》とも、おみやげに目《め》をうばわれてるわよ。」

え？　あ、おっこちゃんの言《い》うとおり、森川《もりかわ》さんも、桃花《とうか》ちゃんも、ガラスケースの上《うえ》に並《なら》んだ、干《ほ》し芋《いも》と、馬上栗《ばじょうぐり》の食《た》べ物《もの》に、熱《あつ》い視線《しせん》を送《おく》ってる……。

「これにて一件落着《いっけんらくちゃく》〜。」

ギュービッド、なにが一件落着《いっけんらくちゃく》なのよ。

「だって、そうだろ。昆布巻《こぶま》き女《おんな》は、念願《ねんがん》のおじいちゃんに会《あ》えたし、伊蔵《いぞう》さんと千香子《ちかこ》さん、大蔵《だいぞう》さんと峰子《みねこ》さんも、それぞれラブラブになれた。そして、おまえたちは、ちゃーんと、この世《よ》にいていいことになったわけなんだからな。」

いや、それはそうかもしれないけど。うーん……。

「じゃあ、森川《もりかわ》、桃花《とうか》、お祝《いわ》いしようぜ。おい、鈴鬼《すずき》。コップと氷《こおり》を持《も》ってこい。馬上栗《ばじょうぐり》焼酎《しょうちゅう》で、宴会《えんかい》だ！」

「いいれすねぇ。では、さっそく。ひっく。」

「あなたたちも、いらっしゃい。奥《おく》の座敷《ざしき》で、いっしょにおみやげをいただきましょ。」

い、いや、あたし、どうしても、そんなふうに思《おも》えず……。

「森川《もりかわ》、ほっとけ、ほっとけ。食《た》べるやつが二人《ふたり》へれば、あたしたちの分《ぶん》がふえるんだから。おい、鈴鬼《すずき》！　はやく、グラスと氷《こおり》！」

「はーい、たらいまぁ！　ひっく。」

あぜん。みんな、にこにこ顔《がお》で、お店《みせ》の奥《おく》に行《い》っちゃったよ。

はあ。魔界《まかい》の人《ひと》たちって、ノー天気《てんき》というか、楽天的《らくてんてき》というか……。

「いいじゃない、チョコちゃん。」

おっこちゃん、にこにこしてるね。おこってないの？

「おこったってしょうがないもの。それに、ギュービッドさまの言《い》うとおり、おじいちゃんに会《あ》えて、あたし、とっても幸《しあわ》せな気分《きぶん》だしね。」

おっこちゃん、ほんとに素直《すなお》だね。っていうか、あたしの心《こころ》がせまいのかなぁ……。

と、そのとき、ガラッとお店《みせ》のガラス戸《ど》が開《あ》く音《おと》がした。

「ごめんください。」

あ、お客《きゃく》さんだ。森川《もりかわ》さんを呼《よ》んでこなくちゃ。

「あたしが行《い》くわ。みなさん、楽《たの》しんでいるんだもの。でも、お客《きゃく》さまは、ほうっておけないわ。」

はあ。なんか、本当《ほんとう》に、いい人《ひと》だなぁ、おっこちゃん……。

「いらっしゃいませ。」

「スミマセン。このお店《みせ》、とても古《ふる》い建物《たてもの》デース。ワタシ、興味《きょうみ》をモーチマシタ。写真《しゃしん》とっても、イイデショーカ？」

あれ？　お客《きゃく》さん、子《こ》どもじゃないんだ。しかも、たどたどしい日本語《にほんご》。

のびあがってみたら、思《おも》ったとおり、おっこちゃんが相手《あいて》にしているのは、外国《がいこく》の人《ひと》。

とっても背《せ》が高《たか》いんだけど、髪《かみ》の毛《け》が真《ま》っ白《しろ》の、おじいさんだよ。

「はい、もちろん、かまいませんよ！　どうぞ、お好《す》きなだけ、お撮《と》りください。」

おっこちゃんの、そつのない接客《せっきゃく》に、おじいさん、ぺこりと頭《あたま》を下《さ》げた。

「サンキュー！　オ？　オウ？」

青《あお》い目《め》のおじいさん、顔《かお》を上《あ》げたまま、かたまっちゃったよ。

「あのう、どうかされましたか？　だいじょうぶですか？」

おっこちゃん、あわててる。どうしたんだろ。まさか、おじいさん、急《きゅう》に具合《ぐあい》が悪《わる》くなっちゃったとか？

あたしもお店《みせ》へ飛《と》び出《だ》していくと、青《あお》い目《め》がぎょろり。そして……。

「オウ・マイ・ゴッド！」

ゴッド？　いえ、あたしは神《かみ》さまじゃなくて、黒魔女《くろまじょ》さんです。

ところが、外国人《がいこくじん》のおじいさん、くるりと背《せ》を向《む》けると、泳《およ》ぐようにして、お店《みせ》を飛《と》び出《だ》していった。

「どうしたんだろ？」

「さあ……。」

二人《ふたり》で、あっけにとられていると、こんどは、外《そと》から「カモン！　カモン！」という声《こえ》が聞《き》こえてきた。

ありゃ、おじいさん、またやってきたよ。しかも、こんどは、後《うし》ろから、おばあさんがついてくる。こちらは、どう見《み》ても日本人《にほんじん》だけど、これがまた、ずいぶんときれいな人《ひと》。

着物姿《きものすがた》なんだけど、紫色《むらさきいろ》の着物《きもの》に、うすいクリーム色《いろ》の帯《おび》。帯《おび》には、うっすらと雪景色《ゆきげしき》がうかびあがって、すごく上等《じょうとう》な感《かん》じ。姿勢《しせい》もいいよ。ヤナギの木《き》みたいに細《ほそ》い体《からだ》を、ぴっとのばして、しずしずとお店《みせ》のなかに入《はい》ってくる。

「ルック・アト・ゼム！　スィ？」

青《あお》い目《め》のおじいさん、あたしたちを指《ゆび》さしながら、おばあさんに向《む》かって、なんか言《い》ってます。でも、あたしに、英語《えいご》がわかるわけもなく。

ところが、上品《じょうひん》なおばあさん、あたしたちを見《み》て、一瞬《いっしゅん》、はっとした顔《かお》になった。

「あのう、なにか？」

おずおずとたずねるおっこちゃんに、おばあさんは、目《め》をまるくした。でも、次《つぎ》の瞬《しゅん》間《かん》、くすくすと笑《わら》いだした。

「ごめんなさい。じろじろ見《み》ちゃったりして。でもね、お二人《ふたり》が、とてもよく似《に》ているので、びっくりしてしまって。」

似《に》ている？

「ええ、わたしたちの恩人《おんじん》に。でも、そんなわけないわ。もう六十年《ねん》まえの話《はなし》ですから。」

恩人《おんじん》？　六十年《ねん》まえ？

おもわず顔《かお》を見合《みあ》わせたおっこちゃんとあたし。

そのあいだにも、上品《じょうひん》な和服美人《わふくびじん》おばあさんは、青《あお》い目《め》のおじいさんに向《む》かって、英語《えいご》で話《はな》しかけてる。

「ノウ・ゼイ・キャント・ビー、スティーブ。」

え、いま、スティーブって言《い》った？

「バット、サラ、ゼイ・アー・イグザクトリ……。」

はあ？　おじいさん、おばあさんに向《む》かって、サラって、言《い》った？

ちょっと待《ま》ってよ！　『六十年《ねん》まえ』といい、青《あお》い目《め》の男《おとこ》の人《ひと》に、日本人《にほんじん》の美人女性《びじんじょせい》で、『スティーブ』と『さら』といえば……。

「チョコちゃん、おじいさんの持《も》ってるカメラ、見覚《みおぼ》えない？」

おっこちゃんが指《ゆび》さしたのは、古《ふる》ーいカメラ。あちこち傷《きず》だらけの、すごい年代物《ねんだいもの》。

そして、つい、さっき、源蔵《げんぞう》さんが借《か》りて、峰子《みねこ》さんたちに向《む》けたカメラ……。

そう。このお二人《ふたり》は、スティーブ・マックイーン少尉《しょうい》と、万田《まんだ》さらさん！

あたしたちがぼうぜんとしていると、さらおばあさんが、ほほえんだ。

「ちゃんとお話《はな》ししますね。さっきも言《い》ったように、六十年《ねん》まえになるのですが、わたしとスティーブを結婚《けっこん》させてくれた人《ひと》たちがいましてねぇ。これなんですけど。」

さらおばあさんは、着物《きもの》のふところから、一枚《まい》の小《ちい》さな写真《しゃしん》を取《と》り出《だ》した。それは、あのとき、いまマックイーンおじいさんが手《て》にしているカメラで撮《と》った、『ネンシャ』。

「これがスティーブで、こっちがわたし。そして、この二組《ふたくみ》のカップルと、このときシャッターを押《お》してくれた男《おとこ》のかたが、わたしたちを結《むす》びつけてくれた恩人《おんじん》なんですけど……。」

なんだか、とっても不思議《ふしぎ》な気分《きぶん》。だって、ついさっき撮《と》ったばかりなのに、写真《しゃしん》は黄《き》ばんでよれよれなんだもの。

「じつは、ほかに、小学生《しょうがくせい》ぐらいの女《おんな》の子《こ》が二人《ふたり》いましてね。その子《こ》たちが、あなたたちにうりふたつだったんです。それで、さっきスティーブがあんなふうに……。」

いいえ、それは当然《とうぜん》です。だって、まさに、おっこちゃんとあたしですから。

とは言《い》えず……。

「でも、そんなわけないでしょう？　あれから六十年《ねん》。あの子《こ》たちも、いいおばあちゃんのはずですもの。」

いいえ、まだ小六《しょう》と小五《しょう》のままです。

とは言《い》えず……。

「でも、不思議《ふしぎ》ねぇ。あなたと千香子《ちかこ》さん、そして、あなたは峰子《みねこ》さんに、どことなく似《に》ているような気《き》もしてくるわ。」

でしょうね。だって、あたしたち、その二人《ふたり》の孫《まご》ですから。

とは言《い》えず……。

「オウ……。アイ・ミス・ゼム……。」

写真《しゃしん》をのぞきこんだマックイーンさん、さっきとはうってかわって、しんみりしてる。

さらおばあさんも、こくりとうなずいた。

「本当《ほんとう》ね、スティーブ。なつかしいわ……。」

しわしわの目《め》から、いまにも涙《なみだ》がこぼれおちそう。

おっこちゃんが、おずおずと、口《くち》をはさんだ。

「それでは、ここに写《うつ》っているかたたちとは、ずっと会《あ》っていないんですか？」

さらおばあさんは、こくりとうなずいた。

「わたしたちは、この写真《しゃしん》を撮《と》ったあと、結婚《けっこん》したんですが、スティーブに帰国命令《きこくめいれい》が出《で》ましてね。それ以来《いらい》、ずっとアメリカ暮《ぐ》らしで、この人《ひと》たちとも連絡《れんらく》がとれないまま。今《いま》とちがって、メールとかいうのもない時代《じだい》ですし、わたしたちも、スティーブの部隊《ぶたい》が移《い》動《どう》したり、昇進《しょうしん》したりするたびに、引《ひ》っ越《こ》しつづきでねぇ。日本《にほん》に来《き》たのも、このとき以《い》来《らい》なんですよ。」

そうなんだ……。

「でも、どうしてここへ？」

おっこちゃん、それはいい質問《しつもん》です。だって、ここは観光地《かんこうち》でもないし。よりによって、『モリカワ』に来《き》て、あたしたちに出会《であ》うなんて、天文学的《てんもんがくてき》な確率《かくりつ》ってやつでしょ。

「それが不思議《ふしぎ》なんですよ。」

さらおばあさんは、遠《とお》い目《め》になって、くすっと笑《わら》った。

「ニューヨークの空港《くうこう》で飛行機《ひこうき》を待《ま》っていたら、二人《ふたり》のかたがスティーブのカメラに目《め》をとめましてね。それはとても古《ふる》くて、貴重《きちょう》なカメラだ、なにを撮《と》るのか、ときくので、これから日本《にほん》に行《い》って、古《ふる》い建物《たてもの》を撮影《さつえい》するつもりだと言《い》うと、ここへ行《い》けばいいと……。」

さらおばあさんは、着物《きもの》のたもとから、一枚《まい》のメモを取《と》りだした。

それを広《ひろ》げてみると……。

とうきようと　ひ餓死《がし》とうきよう死《し》　y《ユ》o《ウ》uかり顔《がお》か……

こ、このきたない字《じ》。そして、めちゃくちゃなかなづかい&《アンド》意味不明《いみふめい》の漢字《かんじ》と英語《えいご》……。

「これをくれた二人《ふたり》って、どんな人《ひと》でしたか？」

あたしがたずねると、さらおばあさんは、こくっとうなずいた。

「一人《ひとり》はすらりとして、背《せ》が高《たか》くて、肌《はだ》がぬけるように白《しろ》かったですわ。髪《かみ》は銀色《ぎんいろ》で、瞳《ひとみ》が黄色《きいろ》で。もう一人《ひとり》のかたは、その正反対《せいはんたい》でしてね。背《せ》が低《ひく》くて、ころころと太《ふと》っていて、チョコボールに金髪《きんぱつ》をのせたようなかた……。」

「チョコちゃん……。」

うん、まちがいないよ。これはまぎれもなく、ギュービッドと鈴鬼《すずき》くんのしわざだよ。

「アナタたちに会《あ》えて、よかったデース。この旅《たび》は、わたしとさらの、センチメンタル・ジャーニー。ミス・チョコリットと、オツコのことを思《おも》いだすことができマーシタ。あの二人《ふたり》、きっと神《かみ》さまのおつかいだったのデース。」

いいえ、マックイーン少尉《しょうい》さん。それは神《かみ》さまではなく、黒魔女《くろまじょ》と魔物《まもの》です。

とは言《い》えず……。

だって、マックイーンおじいさん、あたしたちを見《み》つめると、また、黄《き》ばんだ写真《しゃしん》に目《め》を落《お》としてるんだもの。

「ほんとにねぇ。千香子《ちかこ》さん、峰子《みねこ》さん、どこにいるのかしら。お元気《げんき》かしら。」

「みんなに会《あ》いたいデース。アンド、イモぞうの干《ほ》しイモ、食《た》べたいデース……。」

そうなんだ……。うーん……。

あたしは、おっこちゃんの手《て》をつっついて、後《うし》ろを向《む》くように合図《あいず》した。

「おっこちゃん。さらさんたちに教《おし》えてあげようか？　おばあちゃんたちの居場所《いばしょ》を。」

すると、おっこちゃんは、ぱっと顔《かお》を輝《かがや》かせた。

「あ、チョコちゃんもそう思《おも》った？　あたしもよ。お二人《ふたり》を見《み》ていたら、ぜったい会《あ》わせてあげたいって思《おも》ってたの。でね、ちょっと思《おも》いついたんだけど……。」

おっこちゃんは、あたしの耳《みみ》に口《くち》を寄《よ》せると、ひそひそ声《ごえ》で、話《はな》しはじめた。

……うっそ！　おっこちゃん、それ、みんな、びっくりして、腰《こし》をぬかしちゃうんじゃない？

「でも、楽《たの》しそうでしょう？」

うん！　それはもちろん！　でも、すごいこと、考《かんが》えつくね。

「これも、おもてなしの心《こころ》、かな？」

おっこちゃんは、くすっと笑《わら》うと、さらおばあさんと、マックイーンおじいさんのほうをふりかえった。

「あのう、このお写真《しゃしん》のかた、峰子《みねこ》さんとおっしゃるんですよね。ひょっとして、このかた、温泉旅館《おんせんりょかん》のおかみさんじゃありませんか？」

「ああ、そうだと思《おも》います！　温泉旅館《おんせんりょかん》のおかみさんになるのが夢《ゆめ》だって言《い》ってらしたから。」

「やっぱり！　じつは、あたし、この峰子《みねこ》さんというかたの旅館《りょかん》をよおく知《し》ってるんです。もちろん、今《いま》はおばあさんになられていますけど、この写真《しゃしん》と面影《おもかげ》がそっくりで。そして、その旅館《りょかん》は花《はな》の湯温泉《ゆおんせん》にあるんですけど……。」

「花《はな》の湯温泉《ゆおんせん》！　峰子《みねこ》さんや大蔵《だいぞう》さんが遊《あそ》びにいきたいって言《い》っていらしたところですわ。」

「オウ！　ミラクル・ダズ・ハップン！」

さらおばあさんとマックイーンおじいさんの目《め》、まんまるになっちゃったよ。

いやあ、すごい演技力《えんぎりょく》だね、おっこちゃん。

「住所《じゅうしょ》と行《い》きかたをお教《おし》えしますから、おたずねになられては、いかがですか？」

おっこちゃん、近《ちか》くにあったボールペンで、ギュービッドが書《か》いた、きたならしいメモの裏《うら》に、さらさらと書《か》きつけはじめてます。

「まあ、スティーブ。なんて幸運《こううん》なんでしょう！」

「オウ！　やっぱり、あの二人《ふたり》は、神《かみ》さまのおつかいだったのデース！」

マックイーンおじいさんと、さらおばあさんの目《め》から、ぽろぽろと涙《なみだ》がこぼれてる。

お年寄《としよ》りの涙《なみだ》って、めっちゃ感動《かんどう》します！　こっちまで泣《な》きだしそうで……。

「そうだわ。おじいさん、おばあさん、いっしょにお写真撮《しゃしんと》りませんか？」

メモを書《か》きおえたおっこちゃん、にっこり。

「ここが、峰子《みねこ》さんたちと再会《さいかい》できるきっかけになったんですもの。記念写真《きねんしゃしん》を見《み》せたら、峰子《みねこ》さんも、きっと喜《よろこ》ばれると思《おも》いますよ。」

そうそう。これが、おっこちゃんの、びっくり企画《きかく》。

だって、おっこちゃんは、このあと、すぐに春《はる》の屋《や》に帰《かえ》ることになってる。

六十年《ねん》ぶりの再会《さいかい》に涙《なみだ》する峰子《みねこ》さんに、きっと、さらさんはここで撮《と》った写真《しゃしん》を見《み》せるでしょ。そこにおっこちゃんが写《うつ》っているのを見《み》て、まず峰子《みねこ》さんがびっくりぎょうてん。そこへ、若《わか》おかみのおっこちゃんがごあいさつに出《で》て、こんどは、さらさん&《アンド》マックイーンさんが、びっくりぎょうてん。

もう、想像《そうぞう》するだけで、楽《たの》しいです！

「千香子《ちかこ》さんも、チョコちゃんの姿《すがた》におどろくわよ。」

え？　おばあちゃんが？　どうして？

「千香子《ちかこ》さんも、春《はる》の屋《や》にご招待《しょうたい》するんだもの。なにしろ、六十年《ねん》ぶりの再会《さいかい》。お呼《よ》びしないわけにはいかないわ。」

ああ、おっこちゃん……。本当《ほんとう》に、心《こころ》づかいがこまやかなんだね。

一歳《さい》ちがいとは思《おも》えない、スーパーおねえさんです。

「オウ！　ザット・サウンズ・ナイス！　とりましょう、ネンシャ！　ネンシャ！」

あはっ。マックイーンおじいさん、やっぱり記念写真《きねんしゃしん》って言《い》えないんだねぇ〜。

「では、シャッターはわたしが。」

あ、森川《もりかわ》さん。

「ギュービッドも、粋《いき》なはからいをするわね。わたしにも、一役買《ひとやくか》わせて。」

森川《もりかわ》さんは、そっとささやくと、マックイーンおじいさんから、カメラを受《う》けとって、あたしたちを並《なら》ばせた。

まん中《なか》に、さらさんとマックイーン少尉《しょうい》。それぞれのわきに、おっこちゃんとあたし。

「ウォー、あたしも入《い》れろ！」

「ぼくも、入《い》れてください！」

「おねえちゃん、あたしもお願《ねが》いします！」

ギュービッド！　鈴鬼《すずき》くんに桃花《とうか》ちゃんまで。

ちょっと、魔界《まかい》の人《ひと》まで写《うつ》ってたら、あたしのおばあちゃんはともかく、峰子《みねこ》さんやさらさんたち、びっくりを通《とお》りこして、腰《こし》をぬかしちゃうよ。

「いいじゃないですか、おねえちゃん。魔界《まかい》の人《ひと》は、人間《にんげん》には見《み》えないんですから。」

そ、そうか。桃花《とうか》ちゃん、冷静《れいせい》です。

「それはどうかな、桃花《とうか》。もしかしたら、見《み》えるかもしれないぜ。」

え？

「だとしても、だいじょうぶですよ、チョコちゃん。」

はあ？　鈴鬼《すずき》くん、どういうこと？

「だって、これはネンシャですからね。ありえないものが写《うつ》るのもとうぜんですよ。」

がくっ。鈴鬼《すずき》くん、それはシャレにならないような……。

「いいじゃない、チョコちゃん。記念写真《きねんしゃしん》は、おおぜいで撮《と》ったほうが、楽《たの》しいわ。」

それもそうだね、おっこちゃん。

ようし、六十年《ねん》ぶりの再会《さいかい》を祝《いわ》って、ネンシャ、ネンシャ〜。

「はい、チーズ！」

カシャっ。

●令丈《れいじょう》ヒロ子《こ》先生《せんせい》●

ついに、完成《かんせい》しましたね。ほんとうにおつかれさまでした。

『若《わか》おかみ×黒魔女《くろまじょ》コラボ』は、これで三作目《さくめ》ですね。

最初《さいしょ》は、短編《たんぺん》の「黒魔女《くろまじょ》さん、若《わか》おかみに会《あ》いにいく──おっことチョコの冬休《ふゆやす》み」（『あなたに贈《おく》る物語《ストーリー》』所収《しょしゅう》）でした。次《つぎ》の『おっことチョコの魔界《まかい》ツアー』は、青《あお》い鳥文庫《とりぶんこ》の一冊《さつ》として、独立《どくりつ》しました。そして、今回《こんかい》は、なんとハードカバー！（編集部注《へんしゅうぶちゅう》　二〇一〇年発行《ねんはっこう》のハードカバー版《ばん》のこと）

いや、ウラ話《ばなし》をすれば、もともとは、『黒魔女《くろまじょ》さんが通《とお》る‼』のサイトに、ふたりで、かけあいの文章《ぶんしょう》を載《の》せたのが、コラボの始《はじ》まりだったんですよね（しかも、悪《わる》ノリがすぎて、青《あお》い鳥文庫編集部《とりぶんこへんしゅうぶ》に一部《いちぶ》カットされたりしたのでした）。

うーん、すごいです。なんか、どんどん成長《せいちょう》してる感《かん》じがします。

本《ほん》だけじゃありません。お話《はなし》もです。最初《さいしょ》は、黒魔女《くろまじょ》チームが「春《はる》の屋《や》」をたずねる話《はなし》が、魔界《まかい》への旅《たび》になり（しかも団体旅行《だんたいりょこう》！）、ついにタイムスリップですからねぇ。

でも、タイムスリップといえば、「物語時間《ものがたりじかん》」もふしぎなんですよ。

だって、最初《さいしょ》のコラボ短編《たんぺん》は二〇〇六年《ねん》の十一月《がつ》。つまり、令丈先生《れいじょうせんせい》とぼくにとっては、四年以上《ねんいじょう》もたっています。本編《ほんぺん》の『若《わか》おかみは小学《しょうがく》生《せい》！』や『黒魔女《くろまじょ》さんが通《とお》る!!』でも、少《すこ》しずつですけれど、時間《じかん》が進《すす》んでます。

なのに、コラボの世界《せかい》では、三冊《さつ》で、たった十日《とおか》ぐらいしかたっていない！　これ、なんなんでしょう？　魔界時間《まかいじかん》？　アインシュタインもびっくりですよ〜。

「だったら、次《つぎ》は『おっことチョコの相対性理論《そうたいせいりろん》』でコラボしろ！」

あ、ギュービッドさま！　ちょっとぉ、人《ひと》の手紙《てがみ》に、乱入《らんにゅう》しないでくださいよ。

うーん、でも、それもありかなぁ。どう思《おも》います、令丈先生《れいじょうせんせい》？

石崎洋司《いしざきひろし》

## ◆石崎洋司《いしざきひろし》先生《せんせい》◆

お手紙《てがみ》ありがとうございます。もうもう、本当《ほんとう》にお疲《つか》れさまでした。

黒魔女《くろまじょ》さんたちと、若《わか》おかみたちの合同旅行《ごうどうりょこう》も三度《ど》目《め》になりますね。旅先《たびさき》も「春《はる》の屋《や》旅館《りょかん》」「魔界《まかい》の旅館《りょかん》」「過去《かこ》の旅館《りょかん》」とどんどん無茶《むちゃ》な……いえ、遠《とお》くになっていきます。

「本当《ほんとう》にできるんだろうか。」とか考《かんが》えこまないで、勢《いきお》いよくはじめたのが良《よ》かったですね。無茶《むちゃ》でもなんでも、おもしろいことをやろう！　根性《こんじょう》と熱意《ねつい》とでなんとかなる！　というのが黒魔女《くろまじょ》チームと若《わか》おかみチームの共通《きょうつう》の気持《きも》ちだったように思《おも》います。

で、今回《こんかい》、過去《かこ》を舞台《ぶたい》にするという設定《せってい》を決《き》めた時《とき》には、わたしも石崎先生《いしざきせんせい》もノリノリだったのですが、さあ、いざお話《はなし》を作《つく》り始《はじ》めたら……。

「……干《ほ》し芋農家《いものうか》ってさ、この時代《じだい》にはどんなやり方《かた》でお芋《いも》を干《ほ》していたのかな。」

「調《しら》べないとわからないねえ。で、この時代《じだい》の温泉旅館《おんせんりょかん》って、そもそも営業《えいぎょう》してたのかな？　宴会《えんかい》とか、お料理《りょうり》とかさ、どんな感《かん》じだったんだろう。」

「さー、調《しら》べないとわからないな。それより、この時代《じだい》の最先端《さいせんたん》のファッションってどんな感《かん》じかな。」

「うーん、調《しら》べないとわからないよ。あ、この時代《じだい》ってさ、国際結婚《こくさいけっこん》する人《ひと》はどのぐらいいたんだろうか？」

「どうだろー。それも調《しら》べてみないとねえ。」
という調子《ちょうし》で、黒魔女《くろまじょ》さんチーム、若《わか》おかみチームで初《はつ》の取材旅行《しゅざいりょこう》を敢行《かんこう》。

干《ほ》し芋農家《いものうか》のおじいさんに戦中戦後《せんちゅうせんご》のお話《はなし》をうかがったり、実際《じっさい》の栗《くり》の重《おも》さや感触《かんしょく》などを体験《たいけん》しに栗拾《くりひろ》いに行《い》ったり。石崎先生《いしざきせんせい》と、各担当《かくたんとう》さん、そして藤田香先生《ふじたかおりせんせい》、亜沙美《あさみ》先生《せんせい》の間《あいだ》で、どれだけの原稿《げんこう》やイラストや資料《しりょう》が添付《てんぷ》されたメールが行《い》きかったかわかりませんが、すごい回数《かいすう》じゃないでしょうか。

さて、さて。とても充実《じゅうじつ》し、楽《たの》しかったうえにおおいに勉強《べんきょう》になり、改《あらた》めていろんなことも考《かんが》えさせられたこのコラボ作品《さくひん》について、申《もう》し上《あ》げますと。

前回《ぜんかい》のコラボの後《あと》「異世界《いせかい》への旅《たび》は二度《ど》としないでおこう！　難《むずか》しいから！」と言《い》い合《あ》いましたが、今度《こんど》は「過去《かこ》への旅《たび》も二度《ど》としないでおこう！」とつけくわえたいです。

で、なんです？　相対性理論《そうたいせいりろん》ですか？　そうたいせいりろんって、先生《せんせい》……。

……でも、それはおもしろいですね。そうなると未来《みらい》への旅《たび》ですか？　やはり天才博士《てんさいはかせ》は出《で》てきてほしいですよね、ははは！

新《あたら》しいおもしろさを見《み》つけられるならなんでもアリですが……一つ希望《きぼう》を。

老後《ろうご》でよいので、「ふつうの温泉《おんせん》めぐりツアー」を希望《きぼう》します。ご検討《けんとう》くださいませ。

令丈《れいじょう》ヒロ子《こ》

## この本《ほん》にご出演《しゅつえん》の読者《どくしゃ》キャラ＆《アンド》魔法《まほう》

『黒魔女《くろまじょ》さんが通《とお》る!!』シリーズには，読者《どくしゃ》のアイデアから生《う》まれたキャラクター（読者《どくしゃ》キャラ）や魔法《まほう》（読者魔法《どくしゃまほう》），魔《ま》アイテムが，たくさん登場《とうじょう》，大《だい》活躍《かつやく》しています。

これはみんな青《あお》い鳥文庫《とりぶんこ》のサイト『黒魔女《くろまじょ》さんのキャラ＆《アンド》魔法《まほう》をつくろう!!』で募集《ぼしゅう》したもの。

あなたのアイデアで『黒魔女《くろまじょ》さんが通《とお》る!!』をもっともっと楽《たの》しくしてね！

青《あお》い鳥文庫《とりぶんこ》のサイトでまってます！

http://aoitori.kodansha.co.jp/

### 特別《とくべつ》キャラ

黒鳥千香子《くろとりちかこ》　提案者／靏見萌

### 5年《ねん》1組《くみ》の読者《どくしゃ》キャラ

東海寺阿修羅《とうかいじあしゅら》　提案者／井黒麗羅　今成健太　井規子　佐藤択哉

麻倉良太郎《あさくらりょうたろう》　提案者／鈴木拓馬　横江真美

要《かなめ》　陸《りく》　提案者／亀谷実紀

霧月姫香《きりつきひめか》　提案者／蔵下依子

### 魔界《まかい》キャラ

桃花《とうか》・ブロッサム　提案者／森泉菜々

森川瑞姫《もりかわみずき》　提案者／阿部優子

駄天使《だてんし》　提案者／宮川桃

### 読者魔法《どくしゃまほう》

時間自由自在魔法《じかんじゆうじざいまほう》　提案者／永井亜津子　西森千咲

画面《がめん》に入《はい》れる魔法《まほう》　提案者／岩間朱莉　後藤遥菜

赤《あか》い糸魔法《いとまほう》　提案者／田村優花

### 魔界組織《まかいそしき》

黒魔女《くろまじょ》しつけ協会《きょうかい》　提案者／金田夏帆

### 魔界《まかい》の名所《めいしょ》

魔《ま》ったり旅館《りょかん》　提案者／仲里繭

＊著者紹介

石崎洋司《いしざきひろし》

東京都生まれ。ぎりぎりで魚座のA型。慶応大学経済学部卒業後、出版社に勤める。『世界の果ての魔女学校』（講談社）で野間児童文芸賞、日本児童文芸家協会賞受賞。手がけた作品に「黒魔女さんが通る!!」シリーズ（講談社青い鳥文庫）、『杉原千畝 命のビザ』『福沢諭吉「自由」を創る』（ともに講談社火の鳥伝記文庫）、翻訳の仕事に『クロックワークスリー』（講談社）、「少年弁護士セオの事件簿」シリーズ（岩崎書店）などがある。

＊画家紹介

藤田《ふじた》 香《かおり》

関西出身。1月生まれの水瓶座B型。書籍、雑誌の挿絵や、ゲームのキャラクター画などで幅広く活躍。さし絵の仕事に、「黒魔女さんが通る!!」シリーズ、『リトルプリンセス―小公女―』、「若草物語」シリーズ（以上、講談社青い鳥文庫）ほか。画集に『Fs5藤田香アートワークス』（エンターブレイン）がある。2018年7月逝去。

＊著者紹介

令丈《れいじょう》ヒロ子《こ》

　大阪府生まれ。嵯峨美術短期大学卒業。講談社児童文学新人賞に応募した作品で注目され、作家デビュー。おもな作品に「若おかみは小学生！」シリーズ、『温泉アイドルは小学生！（全3巻）』『アイドル・ことまり！（全3巻）』『異能力フレンズ（全3巻）』『パンプキン！　模擬原爆の夏』（以上、講談社青い鳥文庫）『長浜高校水族館部！』『よみがえれ、マンモス！　近畿大学マンモス復活プロジェクト』『病院図書館の青と空』（以上、講談社）、『妖怪コンビニで、バイトはじめました。』（あすなろ書房）、『クルミ先生とまちがえたくないわたし』（ポプラ社）などがある。

＊画家紹介

亜沙美《あさみ》

　大阪府生まれ。京都芸術短期大学（現・京都芸術大学）ビジュアルデザインコース卒業。2001年、講談社フェーマススクールズ　コミックイラスト・グランプリ佳作入選。さし絵の作品に、「若おかみは小学生！」シリーズ、『フランダースの犬』『南総里見八犬伝（全3巻）』（以上、講談社青い鳥文庫）などがある。

この本《ほん》は、二〇一〇年《ねん》十二月《がつ》三日《みっか》発行《はっこう》の『恋《こい》のギューピッド大作戦《だいさくせん》！「黒魔《くろま》女《じょ》さんが通《とお》る!!」×「若《わか》おかみは小学生《しょうがくせい》！」』を青《あお》い鳥《とり》文庫《ぶんこ》化《か》したものです。

講談社　青い鳥文庫

# 恋《こい》のギュービッド大作戦《だいさくせん》！
「黒魔女《くろまじょ》さんが通《とお》る!!」×「若《わか》おかみは小学生《しょうがくせい》！」

石崎洋司《いしざきひろし》×令丈《れいじょう》ヒロ子《こ》

2015年２月15日　第１刷発行
2022年11月22日　第４刷発行

（定価はカバーに表示してあります。）

発行者　鈴木章一

発行所　株式会社講談社

東京都文京区音羽2-12-21　郵便番号112-8001

電話　編集（03）5395-3536
販売（03）5395-3625
業務（03）5395-3615

N.D.C.913　316p　18cm

装　丁　久住和代

印　刷　図書印刷株式会社

製　本　図書印刷株式会社

本文データ制作　講談社デジタル製作

KODANSHA



ISBN978-4-06-285470-2

シリーズ累計《るいけい》300万部突破《まんぶとっぱ》！
『若《わか》おかみは小学生《しょうがくせい》！
〜花《はな》の湯温泉《ゆおんせん》ストーリー〜』
PART《パート》 1 〜 20 &スペシャル
&スペシャル短編集《たんぺんしゅう》①②
好評発売中《こうひょうはつばいちゅう》!!

おっこは小学《しょうがく》六年生《ねんせい》。
交通事故《こうつうじこ》で両親《りょうしん》をなくし、
温泉旅館《おんせんりょかん》「春《はる》の屋《や》」を経営《けいえい》する
おばあちゃんにひきとられて、
若《わか》おかみ修業《しゅぎょう》のまっさいちゅう。
春《はる》の屋《や》に住《す》みつくユーレイのウリ坊《ぼう》、
美陽《みよ》や、小鬼《こおに》の鈴鬼《すずき》といっしょに、
毎日大奮闘《まいにちだいふんとう》。失敗《しっぱい》してもめげない、
がんばりやのおっこに、
あなたも元気《げんき》をもらっちゃおう！

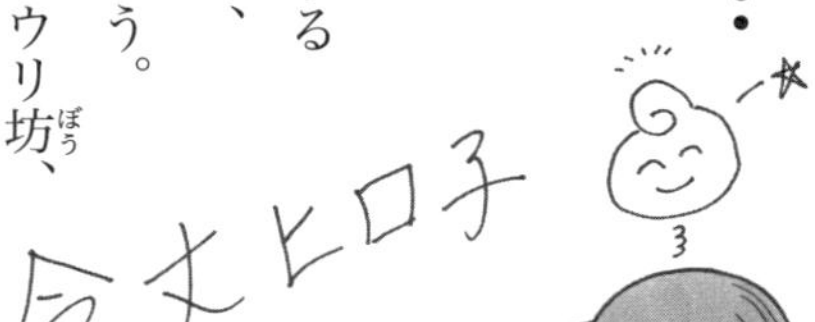

シリーズ累計《るいけい》400万部突破《まんぶとっぱ》！

# 『黒魔女《くろまじょ》さんが通《とお》る!!』

part《パート》 0 〜 part《パート》 20

好評発売中《こうひょうはつばいちゅう》〜!

「あたし、チョコこと黒鳥千代子《くろとりちよこ》です。
あたしが通《かよ》う第一小学校《だいいちしょうがっこう》の五年《ねん》一組《くみ》は、
キャラの濃《こ》いひとばかりで毎日《まいにち》、大騒動《おおそうどう》なの！
おうちに帰《かえ》れば、うっかり呼《よ》びだしてしまった、
インストラクター黒魔女《くろまじょ》ギュービッドさまが
まちかまえていて。
ギュービッドの厳《きび》しい指導《しどう》のもと、
つら〜い黒魔女修行《くろまじょしゅぎょう》にはげむ日々《ひび》なのです。
いつか魔力《まりょく》をすべて身《み》につけたら、
ふつうの女《おんな》の子《こ》にもどりたい……。
みんな、応援《おうえん》してね！」

石崎洋司

## 「講談社《こうだんしゃ》 青《あお》い鳥《とり》文庫《ぶんこ》」刊行《かんこう》のことば

太陽《たいよう》と水《みず》と土《つち》のめぐみをうけて、葉《は》をしげらせ、花《はな》をさかせ、実《み》をむすんでいる森《もり》。小《こ》鳥《とり》や、けものや、こん虫《ちゅう》たちが、春《はる》・夏《なつ》・秋《あき》・冬《ふゆ》の生活《せいかつ》のリズムに合《あ》わせてくらしている森《もり》。森《もり》には、かぎりない自然《しぜん》の力《ちから》と、いのちのかがやきがあります。

本《ほん》の世界《せかい》も森《もり》と同《おな》じです。そこには、人間《にんげん》の理想《りそう》や知恵《ちえ》、夢《ゆめ》や楽《たの》しさがいっぱいつまっています。

本《ほん》の森《もり》をおとずれると、チルチルとミチルが「青《あお》い鳥《とり》」を追《お》い求《もと》めた旅《たび》で、さまざまな体験《たいけん》を得《え》たように、みなさんも思《おも》いがけないすばらしい世界《せかい》にめぐりあえて、心《こころ》をゆたかにするにちがいありません。

「講談社《こうだんしゃ》 青《あお》い鳥《とり》文庫《ぶんこ》」は、七十年《ねん》の歴史《れきし》を持《も》つ講談社《こうだんしゃ》が、一人《ひとり》でも多《おお》くの人《ひと》のために、すぐれた作品《さくひん》をよりすぐり、安《やす》い定価《ていか》でおおくりする本《ほん》の森《もり》です。その一さつ一さつが、みなさんにとって、青《あお》い鳥《とり》であることをいのって出版《しゅっぱん》していきます。この森《もり》が美《うつく》しいみどりの葉《は》をしげらせ、あざやかな花《はな》を開《ひら》き、明日《あす》をになうみなさんの心《こころ》のふるさととして、大《おお》きく育《そだ》つよう、応援《おうえん》を願《ねが》っています。

昭和《しょうわ》五十五年《ねん》十一月《がつ》

講談社